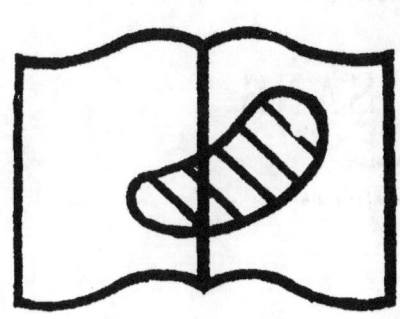

Illisibilité partielle

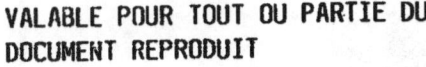

VALABLE POUR TOUT OU PARTIE DU
DOCUMENT REPRODUIT

Début d'une série de documents
en couleur

LES PARTISANS

ROMAN TRADUIT DE L'ANGLAIS

AVEC L'AUTORISATION DE L'AUTEUR

PAR

HEPHELL

BIBLIOTHÈQUE DES MEILLEURS ROMANS ÉTRANGERS

1 FRANC

LE VOLUME

PARIS
LIBRAIRIE HACHETTE ET Cⁱᵉ
79, BOULEVARD SAINT-GERMAIN, 79

Librairie HACHETTE et Cie, boulevard Saint-Germain, n° 79, à Paris.

BIBLIOTHÈQUE DES MEILLEURS ROMANS ÉTRANGERS

ÉDITIONS A 1 FRANC LE VOLUME

ROMANS TRADUITS DE L'ANGLAIS

Ainsworth (W.) : Abigell. 1 v. — Crichton.
1 v. — Jack Sheppard. 1 v.
Anonymes : Les pilleurs d'épaves. 1 v. —
Miss Mortimer. 1 v. — Paul Ferroll. 1 v.
— Violette. 1 v. — Whitehall. 2 v. — Whitefriars. 2 v. — La veuve Barnaby. 2 vol.
— Tom Brown à Oxford. 4 vol. — Mehalah. 1 vol. — Molly Bawn. 1 vol.
Austen (Miss) : Persuasion. 1 v.
Beaconsfield (lord) : Endymion. 2 vol.
Beecher-Stowe (Mrs) : La case de l'oncle
Tom. 1 v. — La fiancée du ministre. 1 v.
Black (W.) : Anna Beresford. 1 vol.
Blakmore (R.) : Rrome. 1 vol.
Braddon (Miss) : Œuvres. 41 volumes.
Bulwer Lytton (sir Ed.) : Œuvres. 25 vol.
Conway (H.) : Le secret de la neige. 1 v.
Craik (Miss Mulock.) : Deux mariages. 1 v.
— Une noble femme. 1 vol. — Mildred. 1 v.
Cummins (Miss) : L'allumeur de réverbères.
1 v. — Mabel Vaughan. 1 v. — La rose du
Liban. 1 v.
Currer-Bell (Miss Brontë) : Jane Eyre. 2 v.
— Le Professeur. 1 v. — Shirley. 2 v.
Dasent : Les Vikings de la Baltique. 1 v.
Derrick (F.) : Olive Varcoe. 1 v.
Dickens (Ch.) : Œuvres. 28 volumes.
Dickens et Collins : L'abîme. 1 v.
Voir ci-dessus Beaconsfield.
Disraeli : Sybill. 1 v. — Lothair. 1 v.
Edwardes (Mrs. Annie) : Un bas-bleu. 1 v,
— Une singulière héroïne. 1 v.
Edwards (Miss Amélia.) : L'héritage de Jacob Trefalden. 1 vol.
Elliot (F.) : Les Italiens. 1 vol.
Fleming (M.) : Un mariage extravagant. 2 v.
Le mystère de Catheron. 2 vol. — Les
chaînes d'or. 1 vol.
Fullerton (Lady) : L'oiseau du bon Dieu. 1 v.
— Hélène Middleton. 1 v.
Gaskell (Mrs.) : Autour du sofa. 1 v. — Marie Barton. 1 v. — Marguerite Hall (Nord
et Sud). 1 v. — Ruth. 1 v. — Les amoureux de Sylvia. 1 v. — Cousine Phillis.
1 v. — L'œuvre d'une nuit de mai; Le
héros du fossoyeur. 1 v.
Grenville Murray : Le jeune Brown. 2 v.
— La cabale du boudoir. 1 v. — Veuve ou
mariée? 1 v. — Une famille endettée. 1 v.
— Étranges histoires. 1 v.
Hall (cap. Basil) : Scènes de la vie maritime
1 v. — Scènes du bord et de la terre ferme. 1 v.
Hamilton (Miss) : Rita. 1 v.

Hardy (T.) : Le trompette-major. 1 v.
Norwood (J.) : Lord Ulswater. 1 vol.
Haworth (Miss) : Une méprise. — Les trois
soirées de la Saint-Jean. — Morwell. 1 v.
Hawthorne : La lettre rouge. 1 v. — La maison aux 7 pignons. 1 v.
Hildreth : L'esclave blanc. 1 v.
Howells : La passagère de l'Aroostook. 1 v.
James : Léonora d'Orco. 1 v. — L'Américain
à Paris. 1 v. — Roderick Hudson. 1 v.
Jenkin (Mrs.) : Qui casse paye. 1 v.
Jerrold (D.) : Sous les rideaux. 1 v.
Kavanagh (J.) : Tuteur et pupille. 2 v.
Kingsley : Il y a deux ans. 2 v.
Lawrence (G.) : Frontière et prison. 1 v. —
Guy Livingstone. 1 v. — Honneur stérile.
1 v. — L'épée et la robe. 1 v. — Maurice
Dering. 1 v. — Flora Bellassy. 1 v.
Longfellow : Drames et poésies. 1 v.
Marryat (Miss) : Deux amours. 1 v.
Marsh (Mrs) : Le contrefait. 1 v.
Mayne-Reid : La piste de guerre. 1 v. — La
Quarteronne. 1 v. — Le doigt du destin.
1 v. — Le roi des Séminoles. 1 v. — Les
partisans 1 v.
Melville (Whyte) : Les gladiateurs : Rome
et Judée. 1 v. — Katerfelto. 2 v. — Digby
Grand. 1 v. — Kate Coventry. 1 v. — Satanella. 1 v.
Ouida : Ariane. 2 v. — Pascarel. 1 v.
Page (H.) : Un collège de femmes. 1 v.
Foynter (E.) : Hetty. 1 v.
Reade et Dion Boucicault : L'île providentielle. 1 v.
Segrave (A.) : Marmorne. 1 v.
Smith (J.) : L'héritage. 3 v.
Stephens (Miss) : Opulence et misère. 1 v.
Thackeray : Henry Esmond. 2 v. — Histoire de Pendennis. 3 v. — La foire aux
vanités. 2 v. — Le livre des Snobs. 1 v. —
Mémoires de Barry Lyndon. 1 v.
Thackeray (Miss) : Sur la falaise. 1 v.
Townsend (V.-F.) : Madeline. 1 v.
Trollope (A.) : Le domaine de Belton. 1 v.
— La veuve remariée. 2 v. — Le cousin
Henry. 1 v.
Trollope (Mrs.) : La Pupille. 1 v.
Wilkie Collins : Œuvres. 16 volumes.
Wood (Mrs.) : Les filles de lord Oakburn.
2 v. — Le serment de Lady Adélaïde. 2 v.
— Le maître de Greylands. 1 v. — La gloire
des Verner. 1 v. — Edina. 1 v. — L'héritier
de Court-Netherleigh. 1 v.

Coulommiers. — Imp. P. Brodard.

Fin d'une série de documents
en couleur

LES PARTISANS

OUVRAGES DU MÊME AUTEUR

PUBLIÉS DANS LA BIBLIOTHÈQUE DES ROMANS ÉTRANGERS

PAR LA LIBRAIRIE HACHETTE ET Cⁱᵉ

La piste de guerre, traduit de l'anglais par V. Boileau. Un vol.

La quarteronne, traduit par L. Stènio. Un vol.

Le doigt du destin, traduit par H. Vattemare. Un vol.

Le roi des Séminoles, traduit par B. H. Révoil. Un vol.

Coulommiers. — Imp. PAUL BRODARD. — 277-99.

MAYNE REID

LES PARTISANS

ROMAN TRADUIT DE L'ANGLAIS

AVEC L'AUTORISATION DE L'AUTEUR

PAR

HEPHELL

TROISIÈME ÉDITION

PARIS
LIBRAIRIE HACHETTE ET Cⁱᵉ
79, BOULEVARD SAINT-GERMAIN, 79

1899

LES PARTISANS

CHAPITRE PREMIER

LES PARTISANS

« J'irai ! »

Cette exclamation laconique était poussée par un jeune homme qui arpentait la levée de la Nouvelle-Orléans. Avant de prononcer ces mots, il s'était arrêté subito en face d'un mur, dont l'aspect dénudé était cependant égayé par une grande affiche sur laquelle étaient imprimés en très grosses lettres les mots suivants : « Aux patriotes et amis de la liberté ! » Au-dessous, mais en plus petits caractères, on lisait une proclamation, rappelant en termes énergiques la trahison de Santa-Anna, le massacre de Fanning, la boucherie d'Alamo et autres atrocités semblables; après quoi, on conjurait les patriotes et amis de la liberté, de prendre les armes contre le tyran du Mexique et ses myrmidons.

« J'irai ! » s'écria le jeune homme dès qu'il eut jeté les yeux sur l'affiche; puis, après l'avoir relue plus

1

attentivement, il répéta son exclamation avec l'énergie d'un homme qui a irrévocablement pris son parti. L'affiche annonçait aussi un meeting, qui devait se tenir le même soir dans un café bien connu situé rue Poydras.

Le jeune homme, après avoir pris l'adresse du lieu du rendez-vous, allait continuer sa route, quand le chemin lui fut barré par un spécimen du genre humain, d'une taille de six pieds six pouces et chaussé de bottes d'alligator.

« Ainsi donc vous y allez? lui demanda le nouveau venu.

— Que vous importe? rétorqua brusquement le jeune homme, dont l'humeur était un peu irritée par ce qui lui semblait être l'impertinente curiosité de quelque fanfaron.

— Plus que vous ne supposez, jeune homme, répondit le colosse en lui barrant toujours le passage, car c'est moi qui ai fait coller cette affiche.

— Vous êtes donc un colleur d'affiches? » riposta en ricanant le jeune homme.

Le géant répondit à son tour par un éclat de rire qui ressemblait au hennissement d'un cheval.

« Un afficheur! dit-il enfin; ah! ce n'est pas mauvais! Ah! ah! ah! en tout cas, j'aime votre franchise, et il me tarde de vous détromper.

— Qui donc êtes-vous? je vous prie.

— Avez-vous entendu parler de Cris Rock.

— Quoi! Cris Rock du Texas? Celui qui à Fanning...

— A été blessé mortellement, mais qui ne s'en porte pas plus mal pour cela, ajouta Cris Rock en interrompant son interlocuteur.

— Celui qui a miraculeusement échappé à la boucherie de Goliad?

— Celui-là même, jeune homme; puisque vous

connaissez si bien mon passé, il est inutile de vous dire que je ne suis pas un colleur d'affiches! Lorsque je vous ai entendu vous écrier : « J'irai! » j'ai pensé que toute présentation était inutile, avec quelqu'un que j'espérais sous peu appeler camarade. Ne viendrez-vous pas ce soir au café?

— Si fait; j'ai l'intention d'y aller.

— Moi aussi, et, si vous pouvez regarder assez haut, il ne vous sera pas difficile de me reconnaître au milieu de la foule, car il est peu probable que je sois là le plus petit, ajouta-t-il d'un ton qui montrait combien il était fier de sa haute stature; cherchez toujours Cris Rock, et, quand vous l'aurez trouvé, il pourra vous être utile.

— C'est aussi ce que je ferai, » répondit l'autre, dont la bonne humeur était revenue.

Au moment de se séparer, le colosse tendit au jeune homme une main aussi large qu'une pelle d'aviron et lui dit, après l'avoir toisé de la tête aux pieds, comme frappé d'une inspiration soudaine :

« Avez-vous jamais été militaire? Vous en avez tout l'air.

— J'ai été élevé dans une école militaire, mais voilà tout.

— Où cela? aux États-Unis?

— Non, je suis de l'autre côté de l'Atlantique.

— Oh! un Anglais! Peu importe au Texas; il y a du monde de tous les pays; Anglais, n'est-ce pas?

— Non pas, répondit vivement l'étranger, avec un sourire légèrement ironique; je suis Irlandais et non pas de ceux qui le cachent.

— Tant mieux; car alors nous avons, je crois, un peu du même sang dans les veines, par une grand'mère venue jadis dans le Kentucky avec Dan Boone; ainsi donc vous dites que vous avez passé par une

école militaire; seriez-vous capable d'instruire des
hommes?

— Certainement.

— Que le diable m'emporte si vous n'êtes pas
l'homme dont nous avons besoin; cela vous irait-il
d'être officier? Il me semble que vous êtes fait pour
cela.

— Ah oui, cela m'irait parfaitement; mais, étant
étranger, j'aurais peu de chance d'être élu; vous éli-
sez vos officiers, n'est-il pas vrai?

— Oui, et nous allons faire des élections ce soir
même dans ce dessein; attention, jeune homme :
votre air me va; je suis sûr que vous avez de l'étoffe.
Écoutez-moi : j'appartiens à cette compagnie qui va
se former; un individu doit poser sa candidature
comme capitaine; il est à moitié Espagnol, à moitié
créole français de la Nouvelle-Orléans; il nous semble, à nous autres, vieux Texiens, qu'il ne vaut pas
cher, tandis qu'il s'est rendu très populaire parmi
les citoyens de la Nouvelle-Orléans, en buvant comme
un trou; il a l'esprit militaire, et d'aucuns prétendent
même qu'il a servi; mais il a dans le regard quelque
chose qui ne m'inspire pas confiance, et je ne suis
pas le seul de cet avis; ainsi donc, jeune homme, si
vous venez au rendez-vous à l'heure indiquée et si
vous faites un bon discours... Vous pouvez parler,
hein?

— Oh! je suis capable de dire quelques mots.

— Très bien; vous l'enfoncerez; je commencerai
par faire un petit speech, puis je vous proposerai
comme capitaine; qui sait si nous n'aurons pas la
majorité? Vous essayerez, n'est-ce pas?

— Certainement, répondit l'Irlandais d'un air qui
prouvait que la proposition lui souriait; mais pourquoi, monsieur Rock, n'êtes-vous pas vous-même

candidat, pourquoi, dites? Vous avez déjà servi, et vous feriez, j'en ai la conviction, un excellent officier.

— Moi, candidat pour être officier! Je suis assez grand pour cela et même assez laid, si vous voulez; mais je n'ai pas cette ambition. Puis, je ne sais pas un traître mot de l'école du soldat, c'est ce qui me manque le plus; nous ne nous piquons pas d'être des soldats réguliers au Texas; c'est pourquoi ces Mexicains ont l'avantage sur nous; mais, à notre tour, nous l'aurons sur eux, si vous consentez à venir avec nous; vous dites oui, n'est-il pas vrai?

— Oui, puisque vous le désirez.

— Voilà qui est réglé, reprit le Texien, s'emparant de la main de son protégé avec la force brutale d'un ours gris; il y a encore six heures d'ici que le soleil se couche; allez donc prendre un peu d'exercice, tout en songeant à votre discours; de mon côté, j'irai faire un tour au milieu des frères et amis pour préparer votre candidature. »

L'Hercule, après avoir serré une dernière fois la main de l'étranger, fit quelques pas, puis s'arrêta tout court en criant :

« Eh, là-bas!

— Qu'y a-t-il? demanda le jeune Irlandais.

— Décidément, il faut croire que Cris Rock est un des plus grands étourdis de la Nouvelle-Orléans, car j'allais me lancer à recommander un candidat, sans savoir la première lettre de son nom; comment vous appelez-vous?

— Kearney, Florence Kearney.

— Florence, dites-vous? mais c'est un nom de femme.

— C'est vrai; mais porté en Irlande par beaucoup d'hommes.

— C'est très curieux! Du reste, cela ne fait rien à

l'affaire; le nom de Kearney sonne assez bien; j'ai
entendu parler de Kate Kearney; il existe une chanson sur elle; y a-t-il quelque relation de parenté
entre vous?

— Non, monsieur Cris Rock; non pas que je sache;
c'était une femme de Killarney : moi je suis un peu
plus dans le nord de l'île verte.

— Peu importe après tout, Kearney ! j'aime ce nom,
qui d'ailleurs résonnera encore mieux lorsqu'il sera
suivi du titre de capitaine, comme il va l'être ce soir
avant dix heures, si Cris Rock ne se trompe pas dans
ses prévisions. Je vous conseille d'arriver de bonne
heure au rendez-vous, pour pouvoir causer un peu
avec les camarades; ce sera d'une bonne politique;
puis, si vous avez sur vous une dizaine de dollars, je
vous engage à offrir libéralement aux uns et aux autres, consommations sur consommations; ce sera
d'une bonne politique aussi. »

Le Texien s'éloigna ensuite, laissant Kearney mé-
diter les sages avis et les bons conseils qui venaient
de lui être si amicalement et si cordialement donnés.

CHAPITRE II

IL S'AGIT D'UNE FEMME

Nous allons apprendre sans ambages au lecteur
qui était Florence Kearney et comment il se trouvait
en Amérique.

Six mois environ avant la rencontre dont il a été
question plus haut, il débarquait sur la levée de la
Nouvelle-Orléans, comme passager d'un bâtiment
marchand chargé de balles de coton.

Gentleman de naissance, élevé dans une école militaire, il était parti pour le Nouveau-Monde en vue de compléter son éducation par des voyages. L'idée de visiter un pays peu exploré d'ordinaire par les touristes européens lui avait été suggérée par ses propres inclinations et par les conseils d'un oncle qui avait fait ce voyage.

Durant le cours de ses études, Florence Kearney avait lu et relu l'histoire chevaleresque de la conquête du Mexique par Fernand Cortez, et la description de ce pittoresque pays avait singulièrement frappé la vive imagination du jeune Irlandais. Depuis lors, un de ses rêves le plus doucement caressé était de connaître *de visu* le pays d'Anahuac et son ancienne capitale Tenochtitlan. En quittant le collège, ce rêve prit la forme d'une idée fixe et enfin d'un projet irrévocablement arrêté. Ce projet était, en effet, en voie de se réaliser, lorsque nous trouvons Florence Kearney à la Nouvelle-Orléans. Là, il avait déjà fait une bonne partie du chemin.

Il y était venu pour y prendre passage sur quelque caboteur à destination d'un port mexicain quelconque, Tampico ou Vera-Cruz, par exemple.

S'il n'avait pas continué son voyage, une fois arrivé à la Louisiane, ce n'était pas faute d'avoir eu cent occasions de lever l'ancre; des goélettes partant chaque semaine pour un de ces ports auraient dû faire son affaire. Pourquoi donc s'éternisait-il ainsi à la Nouvelle-Orléans? Le motif qui le retenait captif au rivage n'avait rien d'extraordinaire, car il s'agissait d'une belle, dont il était tombé amoureux fou. Une autre raison l'avait d'abord décidé à prolonger son séjour à la Nouvelle-Orléans : ne connaissant pas la langue espagnole, il s'était dit qu'il ferait bien de l'apprendre avant de continuer son voyage dans l'Ouest, et qu'à la Nouvelle-Orléans, il lui serait facile de se procurer un professeur. Celui auquel il s'adressa se nommait don Ignacio Valverde.

C'était un réfugié mexicain, homme de distinction, victime du tyran Santa-Anna, et qui, banni de son pays, était venu s'établir aux États-Unis comme exilé. Exilé besogneux, l'une des conditions les plus pénibles de l'existence.

Don Ignacio, jadis riche propriétaire dans son pays, se voyait maintenant réduit à donner des leçons d'espagnol aux élèves qui d'aventure s'adressaient à lui. Parmi eux était Florence Kearney; mais, tout en étudiant à fond la langue des Andalous, Florence apprit aussi à aimer quelqu'un qui la parlait avec beaucoup plus de charme encore : c'était la fille de don Ignacio Valverde!

Après avoir quitté Cris Rock, le jeune Irlandais fit quelques pas sur la levée, baissant la tête, les yeux fixés sur le sol, comme s'il eût examiné les coquilles d'huîtres qui le recouvraient d'une couche épaisse; puis tout à coup il releva la tête et considéra d'un air étonné le cours majestueux du fleuve. En réalité, il ne songeait pas plus aux bivalves qu'au Mississipi, et encore moins peut-être au discours qu'il devait prononcer au rendez-vous des patriotes et amis de la liberté; une seule chose l'absorbait... la passion qui lui poignait le cœur depuis quelque temps. Pour bien comprendre ses sentiments, il est nécessaire de raconter ce qui s'était passé dans son esprit après avoir quitté le Texien.

« Il y a quelque chose d'anormal dans tout ceci, se disait-il tout en marchant; je vais me battre pour un pays qui n'a aucunement mes sympathies, prenant parti contre un autre, pour lequel je n'ai pas de motif de haine, tant s'en faut, puisqu'au contraire j'ai fait des milliers de kilomètres pour le connaître, animé de sentiments amicaux et pacifiques à son égard. Voilà maintenant que je me propose d'y arriver le sabre à la main, en ennemi et en conquérant! C'est, en outre, la terre natale de celle qui a pris possession de mon cœur! Ah! la vraie raison, la voilà : c'est que je n'ai pas su gagner le sien... j'en suis sûr d'après ce que j'ai vu ce matin. Mais à quoi bon songer à elle? y penser sans cesse?

« Louisa Valverde ne se soucie pas plus de moi que d'une demi-douzaine de créoles pur sang, ainsi qu'ils se qualifient eux-mêmes, et qui voltigent autour d'elle comme des papillons autour d'une fleur! Il n'y en a qu'un qui ait chance de succès : c'est Charles Santander; la vue de cet homme m'est insupportable; c'est un fourbe, un misérable; mais elle ne devinera pas le fourbe, et, si ce que l'on dit du pays qui l'a vu naître et de la race à laquelle il appartient est vrai, il n'est pas pire que tous les autres. Miséricorde! comment ai-je pu tomber amoureux de cette jeune Mexicaine, après tout ce que j'ai entendu dire de ses compatriotes; ah! c'est un charme qu'elle m'a jeté; plus tôt je m'y soustrairai, plus tôt je m'éloignerai de sa présence, mieux cela vaudra pour moi. Cette affaire du Texas m'offre l'occasion d'échapper au péril; si Louisa Valverde ne partage pas les sentiments qu'elle m'inspire, ce sera une satisfaction pour moi de penser, qu'en combattant contre son pays, je puis d'une certaine façon abaisser son orgueil. Ah! Texas, si tu trouves en moi un défenseur, ce n'est pas que j'éprouve pour toi d'amour patriotique, mais bien pour essayer de chasser de mon cœur d'amers et poignants souvenirs.

« En vérité, s'écria-t-il après un moment de silence et paraissant renouer le fil de ses réflexions un instant interrompu, en vérité, le hasard qui m'a fait rencontrer Cris Rock est de bon augure; je veux me soustraire à l'empire des sourires d'une sirène, et il me tombe du ciel un ami, un protecteur qui me propose de devenir le chef d'une compagnie de Partisans! Pourquoi refuserais-je la faveur que la fortune vient m'offrir? Pourquoi? C'est le sort plutôt que la chance; d'ailleurs, je verrai bien ce qu'il en est. Allons, Cris Rock, allons! faites ce que vous pourrez pour moi, et moi je ferai tous mes efforts pour seconder les vôtres par un bon discours. Si je suis élu, le Texas y gagnera un défenseur, et Louisa Valverde y perdra un de ses adorateurs! »

En finissant ce monologue, mélange de gloriole et d'amertume, Florence Kearney était arrivé à l'hôtel, le magnifique hôtel Saint-Charles, où il était descendu. Entrant dans le grand salon, il s'assit pour songer encore au parti à prendre.

CHAPITRE III

ÉLECTION DES OFFICIERS

Le rendez-vous des partisans était dans une taverne, située rue Poydras; la salle louée pour l'occasion pouvait contenir trois cents personnes. Deux cents environ avaient répondu à l'appel de la proclamation que le jeune Irlandais avait lue le matin, et la moitié au moins était bien résolue à marcher contre Santa-Anna.

Cette assemblée se composait d'éléments hétérogènes, ainsi qu'il en a toujours été et qu'il en sera toujours dans toute réunion d'hommes s'enrôlant pour une aventure militaire.

Il y avait ce soir-là dans cette salle des représentants de presque toutes les nations civilisées de l'Europe et même d'aucunes qui ne pouvaient se targuer de la moindre civilisation, car, parmi les visages qu'on y voyait, il en était d'assez barbus et d'assez hâlés par le soleil, pour dénoter un long séjour dans les pays sauvages, voire peut-être une association plus directe avec les sauvages eux-mêmes!

Se conformant à l'avis du Texien, Florence Kearney arriva de bonne heure au rendez-vous, mais non pas toutefois de si bonne heure, qu'il n'y trouvât personne de connaissance. Cris Rock était là avant lui, entouré d'un groupe considérable d'amis, vieux Texiens pur sang, qui, après avoir défendu la jeune République dans maints combats, étaient revenus à la Nouvelle-Orléans en partie pour se divertir, en partie pour gagner de nouveaux amis à la cause qui les avait d'abord conduits au Texas : la doctrine Monroe. Le jeune Irlandais fut présenté aux Texiens, comme l'un des leurs et comme pouvant leur tenir tête à tous le verre à la main; ce qu'il eût fait volontiers, sans s'inquiéter des conséquences, puisque c'était l'habitude de cette généreuse nation, s'il ne se fût aperçu. en entrant dans la salle, que ce n'était pas seulement des petits verres, mais des dollars que l'on distribuait dans le parti opposé ; de ce côté, on était à coup sûr bien décidé à ne rien épargner pour faire triompher son candidat.

Or, Kearney n'avait pas encore vu son compétiteur, et il ignorait jusqu'à son nom. Jugez de la stupéfaction du jeune Irlandais, lorsqu'entra dans la salle un individu qu'il ne connaissait que trop bien : son rival dans le cœur de Louisa Valverde, Carlos Santander! escorté de nombreux amis. Il venait, lui aussi, briguer le commandement des Partisans! Kearney n'en

croyait pas ses yeux, sachant ce personnage non seulement au mieux avec don Ignacio, mais avec d'autres Mexicains, qu'il avait souvent rencontrés chez
son professeur. Comment donc ce créole pouvait-il
aspirer à devenir le chef d'une bande qui voulait
envahir leur pays, car c'était bien réellement une
invasion qu'on avait en vue, pour se venger de
l'incursion des Mexicains dans la capitale du Texas,
San-Antonio? Toutefois, comme les Mexicains bannis
étaient les ennemis de Santa-Anna, la candidature
de Carlos Santander n'avait rien, en résumé, de trop
impossible; en triomphant du dictateur, ils aide-
raient leur propre parti à ressaisir le pouvoir, bien
qu'il leur fallût faire cause commune avec les squat-
ters du Texas, leurs ennemis héréditaires.

Le jeune Irlandais tournait et retournait toutes ses
hypothèses dans son esprit, sans pouvoir arriver à la
conciliation des contraires, et la candidature de Santander au grade de capitaine des Partisans lui paraissait des plus étranges. Mais ce n'était pas le moment
de se perdre en conjectures; il n'avait eu d'ailleurs
que le temps d'échanger des regards de défi avec son
rival, lorsque le président du meeting, en uniforme
texien, s'élança d'un bond sur une table en s'écriant :
« Silence ! » Après une allocution courte, mais bien sen-
tie, il proposa de procéder immédiatement à la nomination des officiers. Cette motion ne souleva aucune
objection; la chose se fit sans bruit, ni confusion; le
calme régnait à l'extérieur comme à l'intérieur, il
était prudent d'ailleurs de s'entourer d'un certain
mystère, car, si populaire que fût ce mouvement sur
tous les États, la loi internationale prêtait à tant d'in-
terprétations, que le gouvernement aurait pu se mêler de l'affaire. Le mode d'élection était aussi simple
que primitif : les noms des candidats, écrits sur des

morceaux de papier, étaient distribués dans la salle ;
les membres fondateurs de cette réunion avaient seuls
le droit de voter ; chacun d'eux prenait un bulletin
sur lequel était inscrit le nom du candidat de son
choix, puis le déposait dans un chapeau qu'on faisait circuler à cette intention, ou mettait le bulletin
dans sa poche.

Quand tout le monde eut voté, on retourna le chapeau en vidant le contenu sur la table. Le président,
assisté de deux secrétaires, examina les bulletins et
les compta ; il y eut ensuite un court moment de silence, interrompu seulement de temps à autre par
un mot du président ou les murmures des secrétaires. Enfin le colonel texien proclama le résultat du
scrutin : Florence Kearney élu capitaine à la majorité de 33 voix !

Ce nom fut suivi d'un immense hourra dominé par
les éclats de voix de stentor de Cris Rock. Puis le
géant, fendant la foule, vint serrer vigoureusement
la main de son protégé, devenu son supérieur grâce
à son patronage puissant.

Le vaincu profita de ce moment d'effusion pour se
défiler, comme on dit maintenant ; il était évident, à
le voir s'éloigner l'oreille basse, qu'il en avait assez,
et que le nom de Carlos Santander serait, dorénavant, rayé des rangs des Partisans. Toujours est-il
qu'il ne fut pas plus tôt parti qu'oublié.

Restaient encore à élire le premier et le second
lieutenant, plus un sous-lieutenant ; puis ce fut le
tour des sergents et des caporaux ; il fallait sortir de
la séance avec une organisation complète. Dès que
les opérations furent terminées, on se livra à toutes
les manifestations de l'enthousiasme ; les félicitations
pleuvaient dru comme grêle, on trinquait à droite, à
gauche ; on faisait des discours émaillés de lieux

communs; en un mot, rien ne manquait à la fête; pas
même les plaisanteries sur Santa-Anna et sa jambe
de liège. On ne se sépara, bien entendu, qu'après
avoir chanté en chœur l'air patriotique de : *Star span-
gled banner.*

CHAPITRE IV

INVITATION A SOUPER

Après avoir pris congé de ses nouveaux camarades
et quitté la taverne de la rue Poydras, Florence
Kearney s'arrêta *ex abrupto*, comme s'il ne savait
quelle direction prendre. Ce n'était pas cependant
qu'il eût oublié le chemin de son hôtel, situé dans le
voisinage ; il avait appris depuis longtemps à se reconnaître dans tous les quartiers de la ville, et son hésitation ne provenait pas d'ignorance topographique,
mais d'un motif tout différent.

— Don Ignacio, lui du moins, m'attendra, se disait-il, me désirera même, que sa fille me désire ou
non. Ayant accepté son invitation, je ne puis guère
maintenant.... Ah ! si j'avais su... Si j'avais vu ce que
j'ai vu ce matin ! Décidément il vaut mieux que je
retourne à l'hôtel et que je renonce pour jamais à
me rapprocher d'elle. »

Mais, au lieu de retourner à l'hôtel, il restait tou
jours là, sans pouvoir prendre de parti.

Quel était donc le vrai motif de ses tergiversations?
C'était uniquement la crainte de n'être pas aimé de
Louisa Valverde; que lui importe, se disait-il, que
j'aille ou non souper chez elle? Car c'était à souper
que don Ignacio l'avait engagé. Après avoir reçu la

veille cette invitation, Florence Kearney s'était empressé d'y répondre affirmativement. Mais, depuis, il
avait entrevu un tableau qui lui avait fait regretter
plus d'une fois cette décision ; c'était Carlos Santander, murmurant à l'oreille de Louisa Valverde des
paroles qui ne pouvaient être que des paroles d'amour,
à en juger par la rougeur qui montait aux joues de
la jeune fille en les écoutant.

Il n'avait aucun droit à demander à Louisa Valverde
compte de sa conduite : il n'avait vu qu'une dizaine
de fois la fille de son professeur, en allant prendre
ses leçons, parfois ils avaient échangé quelques
phrases banales sur le temps, sur la langue espagnole et sur la Nouvelle-Orléans, où tous deux
étaient étrangers. Une fois, seulement, elle avait paru
trouver un intérêt plus sérieux à la conversation ;
c'était un jour qu'en parlant voyages il avait dit
qu'il se proposait d'aller à Mexico. A ce propos, il
s'était aventuré à raconter ce qu'il avait entendu dire
des brigands mexicains, plus encore de la beauté des
Mexicaines, ajoutant plus ou moins naïvement qu'il
courrait là moins de dangers pour sa vie que pour
son cœur. Florence Kearney crut s'apercevoir qu'elle
avait écouté cette phrase avec une attention particulière.

« Oui, don Florence, avait-elle répondu d'un ton
mélancolique, vous verrez à Mexico bien des choses
qui justifieront votre attente ; il est sûr que mes compatriotes sont belles, souvent même très belles ; en
les voyant, vous oublierez bientôt... »

Le cœur de Kearney battait follement, imaginant
qu'il allait entendre : « Louisa Valverde. » Mais les
mots suivants : *nous, pauvres exilés*, accompagnés de
quelques lieux communs, servirent de péroraison à
son discours. Toutefois, il y avait eu, dans le son ému

de la voix de Louisa Valverde, un accent qui avait profondément touché Florence Kearney.

Si ce n'était pas la certitude d'être aimé, c'était du moins une raison pour ne pas désespérer de l'être.

Depuis lors, il s'enivrait de douces pensées et d'espérances, mais tout s'était évanoui à la vue du tête-à-tête de Louisa Valverde avec Carlos Santander et par l'interprétation des mots qu'il avait saisis. C'en était assez pour chasser tout espoir du cœur de Florence Kearney et pour qu'il se laissât empoigner par l'appel aux armes dont nous avons parlé plus haut. Voilà, en effet, pourquoi il s'était associé à la bande des Partisans et comment il était devenu leur chef!

Le jeune Irlandais, toujours aussi perplexe, faisait quelques pas dans la rue, puis s'arrêtait, s'adressant à lui-même ce monologue :

« La reverrai-je, ou non? Pourquoi non? Si elle est perdue pour moi, je ne risque rien en cherchant à jouir encore une fois de sa présence; je n'en serai, après tout, ni plus ni moins malheureux. Quel effet lui ferait le nouveau laurier attaché à mon front? Si je lui disais que je suis sur le point de mettre tout à feu et à sang à Mexico? Si elle aime son pays, ma résolution lui portera un coup, et, si je lui suis indifférent, sa peine sera pour moi une sorte de vengeance. »

Il faut avouer que voilà de singulières dispositions d'esprit pour un amoureux allant voir sa belle; elles n'en étaient pas moins assez naturelles, les circonstances étant données, et, sans hésiter cette fois, Florence Kearney se dirigea vers le quartier qu'habitait don Ignacio Valverde.

CHAPITRE V

UNE PROVOCATION PRÉMÉDITÉE

Don Ignacio Valverde habitait une petite maison située dans une rue appelée Casacalvo. C'était une construction en bois dans le style français-créole, n'ayant qu'un étage et dont les fenêtres ouvraient sur une veranda ou piazza, peu élevée au-dessus du sol. Don Ignacio était le seul locataire de cette maison; il n'avait qu'une servante, jeune fille mexicaine de naissance et de sang mêlé, à moitié blanche, à moitié indienne, c'est-à-dire métisse; les ressources de don Ignacio ne lui permettaient pas d'avoir plus grand état de maison; mais rien ne dénotait chez lui la pauvreté; le salon était petit, il est vrai, mais bien meublé; des livres, une harpe, une guitare et des cahiers de musique attestaient les goûts raffinés et cultivés de ses hôtes. Louisa Valverde jouait en artiste de ces deux instruments en grande faveur dans son pays. Le soir de l'élection des officiers, racontée plus haut, don Ignacio, seul avec sa fille dans son salon, l'avait priée de lui chanter quelque chose en s'accompagnant sur la harpe. Elle avait choisi une de ces romances dont la langue de Cervantes est si riche c'était la belle chanson *el Trovador*. Mais ce soir-là l'esprit de la senorita mexicaine n'était pas à sa musique; dès qu'elle eut fini, elle s'esquiva, quittant le salon pour la piazza. Là, regardant à travers les stores qui la dissimulaient aux regards des passants, elle paraissait guetter quelqu'un. Comme elle savait que son père avait invité don Florence à souper, il y avait tout à parier que c'était lui qu'elle attendait.

S'il en était ainsi, quel ne dut pas être son désappointement en apercevant un autre personnage devant la porte! Un coup de sonnette ayant retenti, Pepita, la servante mexicaine, courut ouvrir. Puis on entendit craquer les degrés de bois qui conduisaient à la piazza. Pendant ce temps, la jeune fille était retournée au salon; la chaleur était accablante ce soir-là; on avait laissé la porte entr'ouverte pour donner un peu d'air. Une expression de contrariété, presque de chagrin, assombrit la physionomie de Louisa Valverde, lorsqu'elle reconnut, à la faveur du clair de lune, le visage bistre de Carlos Santander.

« Pasa V. adentro, señor don Carlos, » dit don Ignacio, qui avait, lui aussi, aperçu par la fenêtre le visiteur.

Un moment après, le créole entrait dans le salon, et Pépita lui avançait un siège.

« Nous ne comptions pas sur le plaisir de vous voir ce soir, mais vous n'en êtes pas moins toujours le bienvenu. »

Nonobstant l'amabilité apparente de ce compliment, l'hésitation, la contrainte avec lesquelles il fut prononcé permettaient de douter de sa sincérité. Il était évident que, ce soir-là du moins, don Ignacio considérait Carlos Santander comme un fâcheux. L'accueil encore moins empressé et moins cordial de Louisa Valverde trahissait la même impression. Au lieu de sourire au nouveau venu, la jeune fille fronça le sourcil, lançant de temps en temps un regard courroucé, qui ne pouvait laisser aucune illusion sur le plaisir que lui procurait cette visite. A coup sûr, ce n'était pas celui-là qu'elle guettait à travers le store.

En réalité, l'arrivée de Santander paraissait aussi

malencontreuse au père qu'à la fille; tous deux en
effet, pour des raisons différentes, ne se souciaient
pas qu'il rencontrât chez eux leur invité.

Soit que le créole s'en aperçût ou non, il ne laissa
rien voir de ses impressions. Don Carlos Santander
n'avait pas seulement reçu en don la beauté, mais
encore une rare intelligence et les facultés les plus
diverses; chez lui aussi, le flegme et la puissance
de la dissimulation étaient poussés aux dernières
limites.

Ce soir-là cependant, son maintien faisait exception à la règle; il était agité, surexcité; ses yeux bril-
laient d'un feu étrange, comme s'il venait de subir un affront dont le souvenir le suffoquait encore.

Don Ignacio s'en aperçut, mais n'en souffla mot.

Ce visiteur paraissait exercer sur son hôte une
sorte de mystérieuse influence qui le tenait sous sa
domination; il en était ainsi en effet. Santander,
bien que né à la Nouvelle-Orléans, était d'origine
mexicaine et se considérait toujours comme un
citoyen du pays de ses ancêtres; ses amis les plus
intimes étaient les seuls à savoir qu'il avait toute la
confiance du dictateur mexicain. Don Ignacio, qui
connaissait l'intimité de leurs relations, espérait pouvoir en tirer parti. Plus d'une fois, pour des motifs
que nous allons exposer; Santander avait fait mi-
roiter aux yeux de don Ignacio la possibilité de rentrer dans son pays natal et de recouvrer les biens qui
lui avaient été confisqués.

Le patriote exilé, fatigué d'une longue attente,
était enfin disposé à prêter l'oreille à des proposi-
tions qu'en d'autres temps il eût regardées comme
humiliantes, pour ne pas dire plus.

C'était pour discuter ces conditions avec Santander,
qui se doutait de la chose, que don Ignacio fit signe

à sa fille de quitter le salon; elle s'empressa d'obéir à son père, heureuse, en ce moment surtout, de pouvoir aller se promener sur la piazza. Elle s'y rendit d'un pas léger et vif, laissant don Ignacio et son visiteur en tête à tête.

Il s'agissait d'arrêter les termes d'un contrat, dont ils avaient déjà parlé vaguement, contrat ayant pour objet la restitution des biens de don Ignacio et l'abrogation du décret qui frappait le Mexicain de bannissement.

La main de Louisa Valverde, accordée à Carlos Santander, était le prix de cette négociation. Le créole avait dicté lui-même ses conditions, allant, dans son insistance pour les obtenir, jusqu'à s'abaisser lui-même.

Follement épris de Louisa Valverde, il ne se flattait pas de lui inspirer les mêmes sentiments; mais, à défaut de son cœur, il voulait sa main.

Le sort avait décidé, paraît-il, que l'affaire ne serait pas encore conclue ce soir-là, car, au cours de leur entretien, ils entendirent les pas d'un homme montant sur le perron et traversant la piazza; puis ils distinguèrent la voix de Louisa Valverde, échangeant des salutations avec quelqu'un. Don Ignacio en parut plus troublé que surpris; il savait bien qui était là; mais quand les paroles prononcées au dehors arrivèrent aux oreilles de Santander, quoique murmurées d'un ton mystérieux et confidentiel, il ne put se contenir plus longtemps, et, bondissant de son siège, il s'écria :

« Carrai! c'est ce chien d'Irlandais.

— Chut! repartit don Ignacio; le señor don Florence pourrait vous entendre.

— C'est ce que je voudrais, » riposta Carlos Santander.

Et, pour qu'on n'en pût douter, il répéta le mot en anglais. Aussitôt une exclamation brève, mais énergique, partit du dehors, poussée évidemment par un homme blessé au vif. Cette exclamation fut suivie de quelques mots prononcés sur le ton de la prière par la voix plus douce d'une femme; de la fenêtre, on voyait Florence Kearney, dont le visage respirait la colère, et à côté de lui Louisa Valverde, pâle et tremblante, dans l'attitude de la supplication. Sans attendre davantage, Kearney s'élança d'un bond sur le bord de la fenêtre et de là sauta dans le salon. Ce tableau, composé de trois personnages, était d'un effet saisissant; la physionomie du Mexicain exprimait la crainte, celle du créole la provocation, et celle de Florence Kearney le défi indigné!

Il y eut là un moment de silence menaçant, comme celui du calme au moment où l'orage va éclater. Puis, d'un ton parfaitement digne, le jeune Irlandais adressa à don Ignacio quelques mots d'excuses pour l'irruption intempestive qu'il venait de faire dans son salon.

« Pas n'est besoin de vous excuser, répliqua don Ignacio, vous êtes venu ici sur mon invitation, señor don Florence, et votre présence est un honneur pour mon humble maison. »

L'hidalgo avait senti son noble sang bouillonner dans ses veines, en voyant un homme insulté sous son toit.

« Je vous remercie, don Ignacio Valverde, répondit le jeune Irlandais; maintenant, monsieur, continua-t-il en se tournant vers Santander et en le regardant d'un air implacable, que j'ai fait mes excuses, j'exige que vous fassiez les vôtres.

— Et pourquoi? demanda Santander en feignan l'ignorance.

— Pour vous être servi d'un langage qui appartient aux Bagnios de la Nouvelle-Orléans, endroit où je ne doute pas que vous passiez une partie de votre temps. »

Puis, changeant immédiatement de ton et d'expression, il ajouta :

« Chien de créole ! je vous somme de retirer votre mot.

— Jamais ! je n'ai pas l'habitude de prendre, mais de donner. »

En disant ces mots, Carlos Santander s'élança vers l'Irlandais en lui crachant au visage.

Kearney, la rage au cœur, avait déjà la main sur la détente de son revolver; mais, s'étant retourné et ayant aperçu la physionomie bouleversée de Louisa Valverde, il fit un effort suprême sur lui-même et dit avec calme à Santander :

« Un gentleman, comme vous avez la prétention d'en être un, ne saurait manquer d'avoir sur lui sa carte et son adresse; je vous prie de vouloir bien me la donner, car je me propose de vous écrire demain. Si un homme de votre espèce peut se flatter d'avoir un ami, je vous engage à le prévenir que vous aurez besoin de lui; votre carte, monsieur.

— Prenez-la ! » siffla le créole en la jetant sur la table, puis, lançant un coup d'œil foudroyant autour de la pièce, il prit son chapeau, salua respectueusement don Ignacio, lança des regards furibonds à Louisa Valverde, et partit.

Bien qu'en apparence vaincu et humilié, il n'en était pas moins arrivé à son but, but depuis long-temps caressé et poursuivi, celui d'avoir un duel avec Kearney, où ce dernier serait le provocateur; de cette façon, ayant le choix des armes, Carlos Santander se croyait sûr de triompher; sans cette certitude, il eût été le dernier des hommes à provoquer une telle rencontre, car, en dépit de son air fanfaron, ce n'était qu'un poltron fieffé.

***

CHAPITRE VI

LE SALUT SOUS LES ARMES

L'épais brouillard du marais enveloppait encore la ville de la Nouvelle-Orléans, que déjà une voiture à deux chevaux roulait à travers l'un des faubourgs et le long de la route qui conduit au lac Ponchartrain; c'était une voiture fermée, un flacre, avec deux hommes sur le siège et deux à l'intérieur. L'un de ceux-ci était le capitaine Florence Kearney, et l'autre le lieutenant Francis Crittenden, tous deux officiers des Partisans et dont la promotion avait à peine deux jours de date; ils se dirigeaient alors, non vers le Texas ou le Mexique, mais vers le lac Ponchartrain, où il a été répandu beaucoup de sang pour régler des affaires d'honneur. Étranger à la Nouvelle-Orléans et n'y connaissant pour ainsi dire personne, Kearney avait songé au jeune homme élu la veille lieutenant en premier et lui avait demandé d'être son second. Crittenden, Kentuckien de naissance, qui était capable non seulement de soutenir le feu, mais de le braver, répondit avec empressement à cet appel; ils étaient donc maintenant sur la route du lac, pour se rencontrer avec Carlos Santander et ceux qu'il devait amener avec lui.

Le troisième individu dans l'intérieur de la voiture était un des membres de cette profession qui assiste toujours en tiers dans les duels : un docteur!

Ce jeune homme s'était enrôlé en qualité de chirurgien dans la compagnie des Partisans. Outre la boîte d'acajou qui ballottait sur la hanche du docteur, on en avait déposé une autre sur le coussin en face de Crittenden ; celle-ci était d'une forme tant soit peu différente de l'autre ; il suffisait d'avoir vu une boîte de pistolets pour ne pouvoir s'y méprendre, car c'en était une. Comme il avait été convenu que le duel devait avoir lieu à l'épée et qu'il y en avait une paire placée dans un coin de la voiture, à quoi bon ces pistolets?

Ce fut Kearney qui posa cette question en apercevant ce qui lui semblait être un armement superflu. On demanda à Crittenden à qui appartenaient ces pistolets ; il eût suffi, pour l'apprendre, de regarder le nom gravé sur la plaque d'argent incrustée au milieu du couvercle.

« Eh bien! répondit le Kentuckien, je ne suis pas habile à l'escrime ; en général, je préfère le pistolet. La mine du témoin de votre adversaire ne me revient pas, et je me suis imaginé qu'avant de quitter le terrain, j'aurais peut-être quelque chose à lui dire pour mon compte. Si on en arrive là, j'aurai à me servir de mes pistolets. »

Kearney sourit, mais sans rien dire, se tenant pour satisfait d'avoir comme second, en cas de trahison quelconque, la personne qu'il lui fallait.

La présence de l'individu assis à côté du cocher aurait dû lui donner plus de sécurité encore ; il portait un long fusil dont le canon dépassait de deux pieds la hauteur de ses épaules et dont la crosse reposait entre ses deux pieds chaussés de bottes fortes ; c'était Cris Rock, qui avait tenu à venir s'assurer par lui-même que le combat se passerait avec toutes chances loyales et égales. Lui aussi avait conçu une opinion défavorable des deux hommes qu'on devait rencontrer, par ce qu'il en avait vu au rendez-vous, car le second de Santander y était venu également. Avec la circonspection d'un individu habitué à se défendre contre les Indiens, il sortait toujours armé d'une canardière.

Arrivée à un terrain vague, longeant la route et voisin de la rive du lac, la voiture s'arrêta. C'était l'emplacement choisi la veille comme lieu de rendez-vous par les témoins. Bien que leurs adversaires ne fussent pas encore là, Kearney et Crittenden descendirent, laissant le jeune chirurgien occupé avec ses instruments et ses bandages.

« J'espère que vous n'aurez pas à en faire usage, docteur, dit Kearney en souriant et tout en quittant la voiture. Je ne désire pas que vous vous exerciez sur moi, avant que nous ayons fait la conquête du Mexique.

— Ni moi non plus, répondit le chirurgien avec calme. Puis Crittenden descendit, portant les épées. Tous les deux sautèrent le fossé qui séparait la route du lieu du rendez-vous et s'assirent sous un arbre. Cris Rock resta sur le siège, toujours silencieux. Le champ était en plein exposé à sa vue et à portée de sa carabine; comme le docteur, il se disait qu'il était assez près, si on avait besoin de ses services. Dix minutes s'écoulèrent dans un silence solennel, tout absorbé qu'était Kearney par de graves pensées. Si brave, si habile, si exercé qu'un homme puisse être aux armes, il ne saurait se défendre, dans un pareil moment, d'un certain trouble de cœur, sinon d'un certain scrupule de conscience. Il est là pour tuer ou être tué : la perspective de l'une de ces éventualités suffirait à ébranler le moral le mieux trempé. Dans de semblables moments, celui qui n'est pas doué de

courage naturel, a besoin d'avoir confiance dans la
justice de sa cause et dans l'arme dont il va se servir. Florence Kearney, bien que ce fût sa première
affaire, n'éprouvait pas d'appréhension. Même l'aspect encore sombre du paysage, avec les longues
mousses grises qui pendaient aux branches des noirs
cyprès comme les draperies d'un cercueil ne lui inspiraient pas de pénibles pressentiments. Si parfois il
se sentait un peu ému, cette impression s'effaçait à
la pensée de l'insulte qui lui avait été faite, et peut-
être aussi un peu au souvenir de certains yeux noirs
que son triomphe ou son échec ne pourrait manquer, croyait-il, de faire briller d'orgueil ou pleurer
de regret.

Ces sentiments différaient du tout au tout, on s'en
souvient, de ceux qu'il éprouvait quarante-huit heures auparavant, en allant chez don Ignacio Valverde.
C'est qu'en effet il ne lui était plus possible, depuis la
veille, de douter que le cœur de Louise lui appartenait, puisqu'elle le lui avait doucement avoué.
N'était-ce pas assez pour lui donner du courage au
moment du combat? Moment imminent, à en juger
par le bruit des roues qu'on entendait à travers
les pendentifs de mousses grises que nous avons dé-
crites plus haut; c'était évidemment la voiture des
adversaires, qui se rapprochait d'eux; au bout de
dix minutes au plus, deux hommes en descendaient:
bien qu'enveloppés d'amples manteaux et semblant
aussi grands que des géants, il n'en était pas moins
facile de reconnaître en eux Carlos Santander et son
second. Un troisième individu resta dans la voiture,
probablement un docteur aussi. La partie était désormais complète et parfaitement régulière. Santander et son ami ôtèrent leurs manteaux et les dépose-
rent dans la voiture; arrivés en face du fossé, ils le

sautèrent; le premier s'en tira assez maladroitement, retombant sur l'autre bord d'un bond pesant. C'était un homme fort et bien bâti, mais qui ne paraissait doué ni d'agilité ni d'élasticité.

Son adversaire aurait pu bien augurer de cette apparente gaucherie, n'était ce qu'il savait de don Carlos Santander, qui, bien qu'ayant la réputation d'un bravache tant soit peu poltron, n'en avait pas moins prouvé deux fois qu'il était un adversaire redoutable, en tuant son homme. Son second, un créole français, appelé Duperron, avait également établi sa réputation par plusieurs affaires, dont le résultat avait été fatal à ses adversaires. A cette époque, la Nouvelle-Orléans passait pour la ville du duel par excellence, et, sous ce rapport, elle occupait le premier rang dans le monde. Ainsi qu'on l'a vu plus haut, Florence Kearney savait quel était l'homme qu'il devait rencontrer, et, comme c'était la première fois qu'il allait sur le terrain, il eût été excusable d'éprouver une certaine inquiétude à l'endroit du dénouement; mais cette impression, s'il la subissait, était si légère qu'elle ne se trahissait ni dans ses regards ni dans ses gestes; confiant dans son habileté, acquise par une longue pratique des salles d'armes, et encouragé comme il l'était par le jeune et vaillant Kentuckien, il n'éprouvait pas la moindre frayeur.

Pendant que son adversaire s'avançait de son côté, et tout en regardant le sinistre visage de cet homme (en songeant à la fois à Louisa Valverde et à l'insulte qu'il avait reçue), ses nerfs, exempts de surexcitation, devinrent fermes comme l'acier. La physionomie confiante, presque souriante, de son adversaire en arrivant sur le terrain, loin de l'exciter, ne faisait qu'augmenter son calme.

Les deux arrivants ayant franchi un certain espace du champ, Crittenden se leva de son pliant, vint au-devant d'eux, puis les suivit après cela quelques pas en arrière. On échangea une sorte de quadruple salut. Les deux combattants restèrent à l'écart. Les seconds se rapprochèrent l'un de l'autre et entamèrent les pourparlers de rigueur. Il leur suffit d'ailleurs d'échanger quelques paroles, les armes, la distance et la question de l'ordre à donner ayant été réglées à l'avance. Il ne fut pas parlé d'excuses, car il ne vint à l'esprit de personne qu'on en pût offrir ou accepter. L'attitude et les regards de l'offenseur et de l'offensé indiquaient une détermination invincible d'aller jusqu'au bout. Duperron paraissait indifférent ; quant au Kentuckien, il n'était pas homme à accepter des termes de conciliation, lorsqu'il s'agissait d'une insulte aussi grave que celle que son capitaine avait reçue. Les préliminaires ayant été réglés, les seconds se séparèrent de nouveau pour se rendre auprès de leurs parties respectives. Le jeune Irlandais ôta sa redingote et releva les manches de sa chemise jusqu'au coude. Santander, d'un autre côté, qui portait une chemise de flanelle rouge sous son paletot sac, enleva seulement celui-ci, laissant les manches de sa chemise boutonnées au poignet. Ensuite chacun se tut, les cochers de fiacre sur leurs sièges, les deux docteurs, le gigantesque Texien, tous ressemblant à de grands spectres au milieu du brouillard, tandis que les longues traînées de mousses espagnoles des cyprès formaient un décor bien approprié à une pareille scène.

Tout à coup un cri partant d'un grand cyprès du voisinage éclata au milieu de ce silence mortel : ce son étrange et sauvage était fait non seulement pour saisir, mais pour terrifier le cœur le plus ferme ;

c'était une sorte de cri perçant, aigu, qui, bien qu'humain, ne pouvait cependant se comparer à rien d'humain, si ce n'est au rire d'un maniaque; chacun,
toutefois, connaissant le ricanement de l'aigle blanc,
personne n'en tint compte; bientôt le cri cessa, mais
les échos le répercutaient encore d'arbre en arbre,
lorsqu'un autre son également lugubre retentit dans
la forêt; c'était le who, who, who de la grande
chouette du Sud; on eût dit un grognement, répondant au ricanement de l'aigle.

Dans tous les pays et dans tous les siècles, le cri de
la chouette a été un présage de mort; nos duellistes
eussent pu en être troublés, s'ils eussent été des
hommes d'un courage ordinaire; mais ils étaient au-
dessus de la moyenne; aussi, tandis que les lugubres
notes résonnaient encore à leurs oreilles, ils se rapprochèrent épées levées, se fixant l'un l'autre et
n'ayant au cœur et dans l'esprit qu'une pensée : tuer!

CHAPITRE VII

LE DUEL A MORT

Les combattants demeurèrent tous deux dans la
position du salut, la main sur l'épée tenue haute et
horizontale. Chaque témoin à sa place respective, à
la gauche de la partie intéressée, un demi-pas en
avant. Il n'y avait plus qu'à donner l'ordre de faire
droit, qui appartenait au second de celui qui avait
exigé la réparation par les armes. Crittenden n'était
pas homme à tergiverser.

« Faites, » s'écria-t-il d'une voix ferme et claire,
avançant d'un demi-pas, ainsi que Duperron.

Ce mouvement était une précaution prise contre
l'éventualité d'un coup déloyal, quelquefois, mais
pas toujours intentionnel. En effet, dans l'exaltation
d'un tel moment, ou sous l'impulsion de la colère,
l'une des deux parties peut se rapprocher trop vivement de l'autre, ce qu'il est du devoir des témoins
d'empêcher.

Répondant vivement au mot *faites*, les deux adversaires se mirent en garde avec une vivacité qui,
en faisant jaillir l'étincelle de l'acier, prouvait l'état
de fureur des combattants; s'ils eussent été plus
calmes, ils n'auraient pas croisé le fer avec autant
d'emportement; mais un moment après, lorsqu'ils
en vinrent à la tierce, ils se mesurèrent avec plus
de sang-froid, leurs épées restant en contact et glis-
sant autour l'une de l'autre, comme si elles n'en
avaient fait qu'une; cette phase expectative, pour
ainsi dire, dura plusieurs instants sans produire
d'autres étincelles que celles qui semblaient jaillir
des yeux des combattants; puis une passe sans
avantage pour personne. Bien avant ce moment,
tout observateur expert dans le maniement des
épées eût été convaincu que, des deux combattants,
Kearney était le plus fort tireur. En changeant de
quarte à tierce, ou *vice versa*, le jeune Irlandais
tenait toujours le bras tendu, n'agissant que du poignet, tandis que le créole, en pliant le coude, expo-
sait son bras en avant aux coups de son adversaire.
C'est une qualité rare parmi les tireurs; mais,
lorsqu'on la possède, elle assure presque certainement la victoire, si les autres circonstances sont
égales.

Pour ce qui est de Kearney, cela le sauva peut-
être, car il semblait que le seul but de son adversaire était de le charger en se découvrant lui-même;

mais cette longue et ferme lame, toujours bien tendue à partir de l'épaule et jamais oblique, déjouait tous les coups.

Après un certain nombre de passes, Santander parut surpris de voir que ses efforts restaient sans résultat; puis sa physionomie trahit une sorte d'appréhension. Pour la première fois, sur le terrain, il se trouvait réduit à l'impuissance; car c'était son premier combat avec un adversaire capable de tenir son bras ferme et droit. Non seulement Florence Kearney savait la théorie, mais la pratique de la tierce et de la quarte; il arriva que, pendant ce temps, il fut empêché de s'en servir par les attaques impétueuses et incessantes de son adversaire, qui le forçaient de se tenir sur la défensive; à ce jeu d'épée, il finit par découvrir le point faible de Carlos Santander, et, avec un coup bien dirigé, Florence Kearney atteignit le créole au bras, le lui déchirant du poignet au coude. Un cri de triomphe, mal réprimé, s'échappa des lèvres du Kentuckien, tandis que du regard il semblait adresser à l'autre témoin une question qui paraissait lui dire : « En avez-vous assez? » Puis il la posa en quelques mots.

Duperron interrogea aussi du regard sa partie, mais sans avoir l'air d'y mettre un grand empressement; on eût dit qu'il devinait la réponse.

« A la mort! dit le créole avec une emphase homicide; son œil sinistre exprimait une détermination implacable.

— Va pour la mort, » répondit l'Irlandais, mais avec moins de calme et montrant pour la première fois sa colère, sentiment qu'il était bien naturel à lui d'éprouver, en face d'un adversaire si résolu à le tuer.

Il s'ensuivit une pause d'une ou deux secondes, dont Santander profita pour se bander le bras blessé

avec un mouchoir, permission qui n'était pas stricto-
ment conforme aux règlements du duel, mais qui lui
fut facilement accordée.

Quand les deux champions se rapprochèrent et se
mirent en garde, leurs témoins n'étaient plus auprès
d'eux; au cri : « A la mort! » ils s'étaient retirés,
ainsi qu'il est d'usage de le faire dans tout duel de ce
genre. Leur rôle se bornait à regarder, n'ayant plus à
intervenir qu'au cas où l'une des parties essayerait
d'agir déloyalement; mais rien n'autorisait à le supposer. La signification des mots : « A la mort! » est
trop connue des duellistes à la Nouvelle-Orléans. Une
fois prononcés, il ne s'agit plus de faire preuve d'habileté ou de toucher le premier son adversaire; c'est
une provocation donnant carte blanche pour tuer,
quoi qu'il puisse arriver. En cette occurrence, ces
mots furent suivis d'un silence mortel; l'attention des
spectateurs, dont les témoins faisaient partie, semblait redoubler en ce moment. On n'entendait que le
bruit d'ailes qui déferlaient; le brouillard s'était dis-
sipé, et plusieurs grands oiseaux planaient en cercle
dans l'espace, cou tendu vers la terre, comme si eux
aussi prenaient intérêt à ce qui se passait au-dessous
d'eux. Rien que de naturel à cela, car c'étaient des
vautours, et, s'ils ne voyaient pas, ils sentaient tout
au moins qu'il se répandait du sang.

De nouveau on entendit le rire moqueur de l'aigle;
des longues et sombres arcades de la forêt sortaient
les sifflements funèbres de la grande chouette blanche : musique bien appropriée à la circonstance;
malgré ces lugubres sons, qui tous semblaient des
présages de mort, les combattants se rapprochèrent
de nouveau, leurs épées s'entre-choquant avec
cliquetis si effroyable, que la grande chouette, l'aigle
et le vautour en suspendirent eux-mêmes leurs cris.

Bien que le combat fût poussé de part et d'autre avec une rage croissante, il n'en était pas donné grande preuve extérieure; aucune imprudence à signaler; s'ils avaient perdu le sang-froid moral, les deux adversaires n'en continuaient pas moins à manier leurs armes avec une grande présence d'esprit. Leurs gardes et leurs attaques, bien qu'échangées un peu rapidement peut-être, indiquaient toujours la même habileté.

Si les attaques incessantes de Santander étonnaient Kearney et l'obligeaient à se tenir sur la défensive, Santander paraissait non moins dérouté devant le bras toujours tendu, droit et rigide de son adversaire; si le créole avait pu ajouter six pouces à la lame de son arme, il ne lui eût pas fallu plus de dix secondes pour la plonger dans les côtes du jeune Irlandais; deux fois il le toucha, effleurant légèrement sa poitrine et en faisant jaillir le sang.

Pendant vingt minutes la lutte continua sans avantage marqué d'aucun côté; spectacle pénible en lui-même, car les combattants étaient affreux à voir; la chemise de Kearney, du plus beau blanc, ressemblait à celle d'un boucher; ses manches étaient ensanglantées et aussi ses mains, tenant la poignée de son épée, couverte non par son sang à lui, mais par celui de son adversaire qui s'était enferré. Son visage avait été éclaboussé par les gouttes de sang répandues sur les épées frappant l'une contre l'autre; celui de Santander faisait un effet sinistre. En se fendant pour transpercer son adversaire, le créole s'était découvert, et Kearney en avait profité pour lui faire une estafilade à la joue, dont il pouvait être sûr de garder la cicatrice toute sa vie. Cet incident amena le dénouement du combat. Santander, très fier de sa beauté physique, se sentant

3

atteint à la joue, perdit subitement tout empire sur
lui-même; il se jeta comme un fou sur son adversaire, sans égard aux conséquences, et, en poussant
un juron formidable, il réussit à porter un coup,
mais non celui qu'il désirait, car c'était le cœur de
Kearney qu'il visait. Au lieu de cela, son épée avait
simplement passé à travers la boucle des bretelles
du jeune Irlandais, où elle resta prise; une demi-
seconde encore, c'était tout ce que l'habile tireur
réclamait. Alors, pour la première fois depuis le com-
mencement du combat, on le vit plier le coude;
c'était pour pousser une pointe et, selon toute apparence, frapper son adversaire au cœur; chacun s'attendait à voir tomber Santander, car la force du
coup aurait dû partager en deux le corps du créole;
loin de là, la pointe de l'épée de Kearney ne parut
pas pénétrer à la profondeur d'un pouce; lorsque
Santander fut touché, on distingua un son semblable à celui de pièces d'argent frottant les unes
contre les autres dans une bourse, en même temps
que le bruit d'une lame qui se brise. Le jeune Irlandais paraissait stupéfait, ne tenant plus dans sa main
qu'une moitié d'épée, l'autre partie gisant à terre,
où elle brillait dans l'herbe.

Le plus infâme coquin pouvait seul tirer profit de
la fatale malechance qui frappait Kearney; c'est ce
que fit Santander; rompant plusieurs semelles pour
reprendre du champ, il se jeta sur son adversaire,
alors désarmé; mais Crittenden, s'interposant entre
eux, s'écria : Trahison! Cependant son intervention
eût été superflue, puisqu'un instant de plus, et c'en
était fait de la vie du jeune Irlandais, s'il n'était
survenu un autre individu qui venait de voir distinctement ce qu'il soupçonnait depuis longtemps;
en moins d'une seconde, l'épée de Santander lui

fut arrachée de la main, son bras pendant à son côté,
le sang coulant de ses doigts, le tout résultant d'un
coup de fusil suivi d'un nuage de fumée s'élevant du
sommet de l'une des voitures et cachant à moitié la
personne colossale de Cris Rock, encore assis sur le
siège. Un cri de fureur du Texien perçait cette fumée
et donnait la clef de ce qui s'était passé.

« Misérable créole, dit-il, voilà pour ta trahison
et ta lâcheté! Arrachez-lui sa chemise, et vous verrez
dessous quelque chose en métal. J'ai reconnu, à ne
m'y pas tromper, le bruit de l'acier. »

Ce que disant, il bondit de son siège, franchit le
fossé rempli d'eau et s'élança vers les combattants :
encore une douzaine d'enjambées, et il était au milieu d'eux. Avant d'avoir laissé aux témoins le temps
d'intervenir, il avait saisi Santander à la gorge et
déchiré le devant de sa chemise. Sous celle-là, il s'en
trouvait une autre, non pas de flanelle, de coton ou
de toile, mais une cotte de mailles!

CHAPITRE VIII

LE CHATIMENT FÉLON

Force nous est de renoncer à peindre le coup de
théâtre qui suivit cette scène et la physionomie des
gens qui entouraient alors Santander. Le Texien, dont
force était proportionnée à sa grandeur, tenait toujours le Mexicain dans sa main, mais à longueur de
bras, en y mettant si peu d'effort qu'on eût pu supposer qu'il s'agissait d'un enfant plutôt que d'un
homme; sous la chemise de flanelle de Santander,
on voyait une cotte de mailles aussi impénétrable

à la pointe d'une épée qu'une plaque d'acier. C'en était assez pour expliquer la facilité avec laquelle il se rendait sur le terrain et comment, par deux fois, il y avait couché son adversaire; désormais on savait pourquoi il était tombé si lourdement sur l'autre bord du fossé. Pouvait-il en être autrement sous le poids d'un semblable fardeau?

Les deux docteurs et les deux cochers s'étant aperçus de la fraude descendirent de leur voiture pour venir, eux aussi, prendre part à la scène; les cochers, par sympathie pour Cris Rock, criaient : Infamie! trahison! A la Nouvelle-Orléans, ceux-ci même ont quelque chose de chevaleresque dans leur nature, tant ils y sont excités par tout ce qui les entoure. Bref, le misérable créole se trouvait abandonné de tous, voire même de celui qui jouait tout au moins près de lui le rôle d'un ami, c'est-à-dire son témoin; car, ayant constaté l'imposture dont il avait été également la dupe, Duperron se mit à le dévisager d'un air de mépris, en l'apostrophant de lâche. Puis, se tournant vers Kearney et Crittenden, il ajouta :

« Je vous propose, messieurs, comme excuse pour ce qui vient d'arriver, de me battre avec vous en son lieu et place.

— Nous sommes parfaitement satisfaits, monsieur, riposta le Kentuckien, du moins pour ce qui me concerne. J'espère que le capitaine Kearney partagera cette manière de voir.

— Certainement, repartit l'Irlandais; je vous absous de tout blâme, persuadé que vous ne soupçonniez pas cette armure jusqu'à tout à l'heure, » dit-il en montrant la chemise d'acier de son adversaire.

Le créole français remercia poliment, tout en saluant avec une certaine hauteur, puis, après avoir toisé de haut en bas Santander avec mépris et répété le mot lâche, il quitta silencieusement le terrain.

Tous avaient mal jugé cet individu, qui, malgré sa physionomie d'assez mauvais aloi, était évidemment un homme d'honneur, ainsi qu'il venait de le prouver.

« Que désirez-vous qu'on en fasse? demanda le Texien, tenant toujours Santander ferme sous son étreinte, faut-il le fusiller ou le pendre?

— Le pendre, s'écrièrent simultanément les deux cochers, qui paraissaient aussi montés contre le traître, que s'il les eût frustrés du pourboire d'usage.

— C'est aussi mon avis, repartit le Texien; trop noble est le feu pour un misérable de son espèce! Après s'être conduit aussi lâchement, il ne mérite que d'être tué comme un chien. » Puis, se tournant vers Crittenden, il ajouta : « Que faut-il faire, lieutenant?

— Ni le fusiller ni le pendre, si vous m'en croyez; il doit être suffisamment puni, s'il reste en lui une étincelle de honte ou de conscience.

— De conscience? s'écria Cris Rock; mais un drôle de cette espèce ignore la signification d'un tel mot. Diantre, continua-t-il en se retournant vers son prisonnier, le secouant à faire résonner l'acier de sa cotte de mailles : je brûle de vous passer la lame de mon poignard à travers le corps, cotte de mailles et le reste. »

Et, ce disant, il tira son poignard, le brandissant d'un geste menaçant.

« Cris Rock, Cris Rock, calmez-vous, » s'écria le Kentuckien.

Kearney appuya son second, en ajoutant :

« Il n'est digne ni de colère ni de vengeance. Laissez-le aller.

— Vous avez raison, lieutenant, répondit Cris Rock; je risquerais d'empoisonner mon poignard si je le salissais avec le sang de ce misérable. Je ne le lâcherai

cependant que si vous et le capitaine insistez encore ;
mais après un exercice si échauffant, après la trans-
piration qui en est résultée, une immersion bien
administrée ne saurait lui nuire. C'est donc ce que
je vais faire. »

Et il se dirigea vers le fossé, moitié tirant, moitié
portant Santander. Le malheureux s'abandonnait
sans résistance, sachant bien qu'autrement il pourrait lui en coûter cher. En effet, la lame du poignard
du Texien miroitait toujours aux yeux du captif, qui
sentait qu'à la moindre tentative pour s'échapper,
Cris Rock lui enfoncerait la lame entre les deux
côtes. Silencieux et morne, le créole se laissait trai-
ner, non pas comme un agneau qu'on mène à l'abat-
toir, mais comme un chien ou un loup, qu'on va cor-
riger de quelque méfait.

Un instant après, le Texien lui fit subir le châtiment qu'il avait imaginé ; tenant son homme à deux
mains, il le souleva, puis le plongea dans le fossé, au
fond duquel le poids de sa cotte de mailles le fit tomber comme une masse.

« Ah ! vous mériteriez cent fois pire, dit le Texien
en lâchant Santander. Si j'eusse été libre d'agir, vous
auriez été pendu, car jamais personne ne l'a si bien
mérité. Ah ! ah ! ah !... Voyez donc un peu quel bain
prend ce coquin ! »

Ces derniers mots et ces éclats de rire avaient été
provoqués par la ridicule figure que faisait Santander, remontant péniblement à la surface de l'eau,
sous le poids de sa chemise d'acier recouverte d'un
manteau vert fait par la mousse que forme à la longue l'eau stagnante. Le cocher qui restait encore là,
puisque l'autre était parti avec Duperron et le docteur, riait aussi à gorge déployée. Kearney, Crittenden et leur chirurgien ne pouvaient s'empêcher

de faire chorus avec eux. Jamais humiliation plus
comique n'avait été infligée à un héros de tragédie.
Cris Rock lui permit ensuite de se retirer, ce qu'il fit
sans se faire prier. Il suivit d'abord la grande route;
puis, peu à peu, il s'enfonça sous la futaie, le long
du marais, et disparut. Quelques instants après
passa la voiture occupée par Kearney et ses amis,
tous regardant à droite et à gauche s'ils n'aperce-
vaient pas Santander; mais il n'était plus rien pour
eux que le sujet d'un souvenir ridicule; il n'occupa
donc pas longtemps leurs pensées, qu'ils reportèrent
sur le Texas et sur la nécessité de regagner la Nouvelle-Orléans, afin de pouvoir effectuer leur départ
pour le Mexique.

CHAPITRE IX

LA COMPAGNIE DES SPARTIATES

Dans les temps anciens, Sparte eut ses Thermo-
pyles. Les actes héroïques, toutefois, n'appartiennent pas exclusivement à l'histoire du vieux monde.
Celle du nouveau offre bien des pages équivalentes;
le Texas peut en fournir qui n'ont été surpassées,
pour la valeur et le courage, dans les annales d'aucun
peuple.

On peut citer, comme preuve, la bataille de San-
Jacinta, où la victoire resta aux Texiens, bien que
leurs ennemis fussent dans la proportion de dix
contre un. Telle fut aussi la défense du fort Alamo,
qui coûta la vie à l'héroïque colonel Crochette, ainsi
qu'au non moins héroïque Jim Bowie, celui qui
donna son nom au couteau dont il s'était servi en

cette circonstance, avant de s'affaisser sans vie sur le groupe des ennemis, qu'il venait de transpercer avec la pointe aiguë de sa lame.

De tous les actes mémorables qui furent accomplis par les braves défenseurs de la jeune république, il en est un qui surpasse tous les autres : c'est la bataille de Mier ; bien que la défaite ne fût imputable qu'à l'incapacité d'un chef mal choisi, les vaincus acquirent ce jour-là une gloire immortelle ; chacun de ceux qui tombaient avait abattu un ou plusieurs ennemis, et parmi les survivants personne n'eut la faiblesse de demander quartier.

Le drapeau blanc ne fut hissé qu'après que ceux-ci furent réduits par l'écrasante supériorité de l'ennemi. Le combat ayant été engagé avec la mousqueterie et des carabines à longue portée, les combattants ne tardèrent pas à se rapprocher ; les balles pleuvaient des fenêtres, des meurtrières percées dans les murs, et même des toits plats des maisons ; puis le combat se changea en mêlée : couteaux, sabres, revolvers, crosses de fusil, car on ne prenai pas le temps de recharger, les Texiens se servant de leurs fusils comme de massues, après avoir commencé par en loger les balles dans le corps d'un ennemi.

Efforts inutiles ! la force matérielle donnée par la supériorité du nombre triompha des prouesses inspirées par l'héroïsme, et l'expédition de Mier, sur laquelle les Texiens avaient fondé tant d'espoir, finit d'une façon désastreuse, quoique glorieuse. Ceux qui survécurent furent faits prisonniers et emmenés dans la capitale du Mexique.

Dans le corps des Partisans composant cette fatale expédition, aucune compagnie ne s'illustra plus que celle organisée rue Poydras, à la Nouvelle-Orléans, et parmi ceux qui la composaient, personne ne sur passa en héroïsme celui qui en avait été élu chef. Florence Kearney, justifiant leur choix, s'était montré digne de la confiance de ses soldats. Tous ceux qui échappèrent à cette fatale journée se plurent à le reconnaître; au nombre des survivants, heureusement, était Kearney; le sort protégea également Crittenden et Cris Rock. De même qu'au massacre de Fanning, le gigantesque Texien fit à Mier des prodiges de valeur, couchant des ennemis tout autour de lui, jusqu'à ce qu'il fût lui-même blessé et mis hors de combat.

Comme un lion criblé de lances des Cafres, il fut obligé de se rendre, se battant toujours aux côtés de celui qui lui avait inspiré une sympathie spontanée sur la levée de la Nouvelle-Orléans et dont il s'était assuré le concours en le faisant nommer capitaine. Il l'avait trouvé à la hauteur de ce qu'il en attendait, le déclarant d'acier bien trempé; Cris Rock n'avait pas tardé à éprouver pour Kearney des sentiments presque paternels, unis au respect que tout cœur vaillant ressent toujours pour un galant homme; puis il avait fini par lui vouer tant de dévouement, que, si le jeune Irlandais l'eût prié, aux risques de ses jours, de prendre la défense d'une cause noble juste, il l'eût fait sans hésitation et sans réflexion, pour sauver la vie de ce chef si cher, il eût, en effet, volontiers, non pas seulement risqué, mais sacrifié la sienne.

La suite de ce récit va confirmer ce dire; quiconque connaît l'histoire du Texas n'a pas oublié sans doute que les prisonniers faits à Mier se révoltèrent contre les soldats à la garde desquels ils étaient confiés, puis s'en rendirent maîtres, se dispersant ensuite dans la montagne. Cet événement eut lieu dans le voisinage de la petite ville d'El-Salado; cette révolte avait été provoquée par les mauvais traitements, par les insultes et les cruautés que soldats et officiers avaient fait subir aux captifs pendant la route. Lorsqu'on atteignit El-Salado, la situation était devenue intolérable.

Alors éclata la crise préparée de longue date ; les Texiens cherchaient toutes les occasions de se concerter pour combiner leur projet de fuite prévu depuis longtemps. Un beau matin, pendant que les soldats de l'escorte se promenaient nonchalamment avant de reprendre leur marche fatigante, on entendit le signal convenu :

« Allons ! enfants, debout et sur eux ! »

Tout le monde comprit. C'était presque la répétition du fameux ordre donné par Wellington à Waterloo, et presque aussi promptement suivi. A peine ces mots étaient-ils prononcés, que les Texiens se jetèrent sur leurs gardes, s'emparèrent de leurs armes, s'en servant pour percer les rangs de leurs ennemis reformés en hâte, et se frayer un passage à travers champs ; tout en pouvant considérer ce fait comme une victoire, ce ne fut néanmoins, pour la plupart des évadés, qu'un court et fatal répit.

Pressés, harcelés par des forces supérieures venues des garnisons voisines au secours d'une escorte honteusement défaite et d'autant plus ardente à se venger de l'affront qu'elle venait de subir, les évadés étaient poursuivis dans un pays qui leur était absolument inconnu, presque inhabité, sans route et, ce qui est cent fois pire encore, sans eau ! Il n'est donc pas surprenant qu'ils aient été tous, ou presque tous, repris et amenés à El-Salado.

La scène qui suivit eût été digne des sauvages ; les soldats chargés de la garde de ces malheureux ne valaient guère mieux que des sauvages eux-mêmes ;

tout fiers d'avoir fait main basse sur les insurgés, ils
parlaient de les fusiller jusqu'au dernier; c'était
l'avis de la majorité; cette barbarie menaçait de s'accomplir, et jamais plus on n'aurait entendu parler de
notre héros Florence Kearney, ni de son compagnon
Cris Rock (comme conséquence, le roman des *Partisans* n'aurait pu être écrit); mais, parmi ces vindi-
catifs bourreaux, il s'en trouva quelques-uns qui,
plus sages que les autres, ne voulurent pas de l'exé-
cution en masse.

Ils savaient bien que, si loin que fussent les États-
Unis, l'écho de cette boucherie s'y ferait néanmoins
entendre. Alors qu'arriverait-il? On n'aurait plus seulement affaire à une bande de Texiens mal orga-
nisés, médiocrement armés, qui passeraient le Rio-
Grande, mais à une armée bien disciplinée, en nombre
suffisant pour la revanche et portant la bannière
étoilée. Finalement, on s'arrêta à un parti plus clé-
ment : celui de décimer les prisonniers, en fusillant
un homme sur dix; il n'y avait pas de différence à
établir dans le degré de leur crime, puisqu'ils étaient
tous égaux sous ce rapport; il fut donc convenu que
le hasard aveugle déciderait du sort de chacun. Une
fois les évadés arrivés à El-Salado, on les fit mettre
sur une seule ligne en les comptant soigneusement;
en guise d'urne, on se servit du casque d'un des dragons chargés de la garde des captifs. On y jeta des
fèves, les pijoles du Mexique, en nombre égal à celui
des victimes. Il y a plusieurs variétés de pijoles,
qui se distinguent surtout par leur couleur; les plus
communes sont la noire et la blanche : ce fut celle-là
qu'on choisit pour cette terrible loterie de vie ou
de mort. Pour neuf pois blancs, on mettait un pois
noir; celui qui le tirerait du casque devait être fusillé
sur l'heure. Aussitôt que les fèves furent précipitées

dans le casque, on procéda au fatal tirage. Moi qui
fais ce récit longtemps après coup, j'affirme que
jamais, dans l'histoire de l'humanité, il n'a été donné
un exemple de mâle courage plus grand qu'il n'en
fut donné ce jour-là à El-Salado.

Ceux qui montrèrent cet héroïsme n'appartenaient
à aucune nationalité particulière ; bien que la majorité de ce corps de Texiens fût d'origine améri-
caine, il y avait aussi dans le nombre, des Anglais,
des Écossais, des Français, des Allemands, quelques-
uns même parlant espagnol, la langue de ceux qui
les avaient repris, maintenant leurs juges, bientôt
leurs exécuteurs.

Lorsqu'on passa le casque à la ronde, plein de son
terrible contenu, chacun, lorsqu'il l'eut devant soi,
ne montra pas la plus légère hésitation, y plongeant
la main sans tergiverser, quoique tous sussent que ce
qu'ils allaient en retirer entre leurs doigts ne pouvait
être qu'un arrêt de vie ou de mort ; la plupart même
riaient et faisaient rire leurs camarades par quelques
bons mots ; l'un d'eux, qui n'était autre que Cris
Rock, s'écria, en secouant les fèves :

« Ah ! mes enfants, voilà le plus sérieux des jeux
que j'aie jamais joués ! Je ne crains rien d'ailleurs ;
je suis né *chanceux*, comme nous disons, et mon
heure n'a pas encore sonné. »

Cette confiance dans son heureuse étoile ne tarda
pas à se confirmer, puisqu'il tira une fève blanche ;
c'était maintenant à Kearney de subir la terrible
épreuve ; il se préparait, sans donner signe d'émotion, à mettre la main au casque, quand le Texien,
la lui saisissant vivement, l'arrête *ex abrupto.*

« Non, mon capitaine, dit-il, non ;... je suis
blessé,... grièvement blessé, comme vous le voyez
(il avait reçu un coup de lance dans la lutte contre

l'escorte); il est probable que je n'en reviendrai pas; votre vie est plus précieuse que la mienne; d'ailleurs il est sûr que j'ai la veine en ce moment; laissez-moi donc tirer à votre place, vous savez que c'est permis; ces coquins l'ont déclaré eux-mêmes. »

En effet, l'officier chargé de surveiller cette opération avait dit que, pour des motifs d'humanité, on admettait l'exemption de quiconque trouverait un suppléant. Cris Rock ne fut pas le seul à donner à un camarade cette preuve d'amitié; un frère aîné surtout insista avec le dévouement le plus touchant pour tirer à la place de son frère cadet. Tout en recevant avec la plus vive reconnaissance une ouverture aussi généreuse, Kearney n'était pas homme à en profiter.

« Merci, mon brave camarade, dit-il avec effusion, mais en arrachant vivement sa main de celle du Texien et en la plongeant dans le casque. Si blessé que vous soyez, votre vie vaut mieux encore que la mienne, et puis j'aurai peut-être bien autant de chance que vous; nous allons voir. »

Il fut en effet aussi heureux; on entendit un murmure de satisfaction lorsqu'on vit Kearney retirer sa main tenant une fève blanche entre ses doigts.

« Dieu soit loué! s'écria joyeusement le Texien en voyant cette fève; nous voilà tous deux hors d'affaire, et, puisque pas n'est besoin que je meure, j'entends vivre et bien vivre! »

En effet, la force et la santé lui étaient complètement revenues lorsqu'il passa le seuil de la prison où il fut incarcéré à Mexico.

CHAPITRE X

L'ACCORDADA

L'un des édifices les plus remarquables de Mexico est la prison de l'Accordada; peu nombreux sont les étrangers de passage dans la capitale du Mexique qui s'abstiennent de visiter cet établissement pénitentiaire; peu nombreux également sont ceux qui, après en avoir franchi les sombres portes, n'en conservent pas au cœur un ineffaçable souvenir de tristesse et de répulsion. Nulle prison au monde ne renferme peut-être autant d'hommes coupables de crimes divers; il n'en est pas qui n'aient été commis par l'un quelconque des hôtes de l'Accordada. Les cellules, car ce bâtiment était une abbaye, sont toujours bondées de voleurs, faussaires, bandits et assassins; au lieu de paraître domptés ou repentants, ils montrent au contraire un front d'airain, se targuant avec forfanterie de leurs forfaits; l'air résolu, comme au moment d'accomplir leurs crimes, à l'exception de ceux que des blessures ou quelque maladie retiennent sur les planches de leur lit de camp; même à l'intérieur de la prison se passent fréquemment d'affreux drames; les cellules et plus souvent les cours de l'ancien couvent, où les prisonniers sont autorisés à se réunir pour passer la majeure partie de leur temps, sont le théâtre de crimes de tous genres. Là, on voit des groupes en haillons sales, accroupis sur les dalles, jouant aux cartes, trichant quand ils peuvent, se prenant de querelle à tout moment, criant et blasphémant comme des démons; c'est à ces êtres immondes que se trouvèrent mêlés deux prisonniers de la bataille de Mier, et c'est d'eux seulement que nous devons nous occuper ici.

Pour des raisons dans le détail desquelles il est inutile d'entrer, cette humiliation fut épargnée à la plupart des captifs; le corps tout entier, à quelques exceptions près, ayant été dirigé sur le joli village de Tacubaya, aux environs de la ville.

Cris Rock et Kearney, se trouvant parmi les plus mal partagés, avaient été conduits dans l'horrible pandémonium dont on vient de lire la description; leur unique consolation était de partager la même cellule; mais, au lieu de l'occuper seulement tous deux, ainsi qu'ils l'avaient d'abord espéré, ils se virent condamnés à supporter la présence de deux autres individus; cette cellule, de dimension moyenne (huit pieds sur dix), avait sans doute été, au temps passé, occupée par quelque vieux moine qui, n'étant point soumis de par sa règle au régime des anachorètes, avait probablement profité de son mieux de la proximité du réfectoire.

En dehors des prisonniers texiens, les autres étaient Mexicains de naissance. L'un d'eux, dans tout autre milieu, aurait eu vraiment grand air, et même, sous son costume de prisonnier déchiré et sale, il semblait encore un homme bien élevé et même mieux, car sa physionomie et sa tournure n'étaient rien moins que vulgaires. La captivité peut enchaîner le lion, mais ne peut l'avilir; il en était de même de ce prisonnier dans sa cellule. La coupe de son visage était ronde plutôt qu'ovale; sa physionomie, pleine d'audace, trahissait néanmoins quelque chose de doux et d'humain, quand on sondait les profondeurs de son œil pénétrant et noir; le teint olivâtre, comme celui des Mexicains de pur sang espagnol, descendants des « conquistadores »; sa barbe, ses moustaches noir d'ébène, de même que son épaisse chevelure qui tombait en longues mèches sur ses oreilles.

Cet homme plut à Cris Rock à première vue, et son impression ne fut pas modifiée, lorsqu'il apprit que c'était un voleur, supposant qu'au Mexique un voleur peut relativement être un honnête homme, ou tout au moins avoir subi l'entraînement de quelque faute personnelle ou politique; le vol paraît une action moins répréhensible et moins passible d'un châtiment sévère, dans un pays où le premier magistrat peut être un voleur; en dehors de cette imputation, qui, après tout, n'est qu'une simple hypothèse, les hôtes de l'Accordada paraissaient connaître peu de choses du passé de cet homme; d'ailleurs, il n'était pas là depuis longtemps; en outre il préférait rester enfermé dans sa cellule, plutôt que de s'associer à leurs jeux grossiers; son nom cependant avait fini par se faire jour, et il était même revenu à quelques-uns de ses codétenus certains souvenirs desquels il résultait qu'il avait dû être de leur monde comme chef d'une bande de salteadores.

Le quatrième habitant de la cellule présentait la même opposition avec ce prétendu voleur que le Satyre avec Hypérion; opposition aussi complète au physique qu'au moral. Jamais deux êtres appartenant au même degré de l'échelle humaine ne se sont moins ressemblés, chacun offrant dans son genre le type le plus dissemblable. Ruperto Rivas, en dépit des loques dont l'autorité l'avait fait revêtir, n'en conservait pas moins toujours l'air digne et superbe, tandis que Elzerillo, à qui ses camarades avaient donné le surnom du Petit-Renard, représentait la bassesse et la vulgarité en personne; aussi contrefait au moral qu'au physique, en un mot, un véritable Quasimodo. Ces deux individus, si mal assortis qu'ils fussent, étaient

enchaînés ensemble lors de l'arrivée de Cris Rock et
de Kearney, autant pour les punir que pour les
empêcher de s'évader. Or le directeur de la prison,
comme frappé soudain d'une inspiration étrange,
donna ordre de les séparer, puis d'enchaîner le nain
au géant texien et le capitaine de flibustiers à Ruperto
Rivas.

De tous les nouveaux hôtes de l'Accordada, Cris
Rock était celui à qui sa situation inspirait le plus
d'horreur; son cœur, assez large pour accorder sa
compassion à tout être humain, ne l'aurait certes pas
refusée à un de ses compagnons, si disgracié qu'il fût
par la nature, n'étaient ses difformités morales, bien
autrement hideuses que ses difformités physiques; en
effet, le Texien n'avait pas tardé à savoir que l'individu dont il était condamné à partager la chaîne et
le lit était un criminel de la pire espèce, un assassin,
et, qui plus est, un empoisonneur; s'il avait échappé à
la peine capitale, c'était parce que les preuves légales
n'avaient pas été jugées absolument suffisantes; mais
sa culpabilité n'en était pas moins bien établie aux
yeux de tout le monde.

Le premier contact avec ce misérable causa à Cris
Rock un frisson d'épouvante; il étouffait de rage,
grinçait des dents, frappait le sol du pied, comme
s'il eût voulu réduire en poussière, sous les talons de
ses bottes, cet être infâme.

Pendant les deux premiers jours de leur emprisonnement, nos Texiens ne cessaient de se demander
quel était le motif d'un châtiment qui ne semblait
pouvoir être que la conséquence d'une vengeance
personnelle; aucun des captifs de Mier, incarcéré en
même temps qu'eux à l'Accordada, n'avait été soumis
à pareille dégradation; on les avait enchaînés ensemble et non avec des criminels mexicains; pour-

4

quoi alors étaient-ils l'objet d'une pareille exception?
Impossible à eux de le soupçonner, bien qu'ils se
perdissent littéralement en conjectures. On savait
que Cris Rock avait été l'un des chefs de l'insurrection d'El-Salado et que le jeune Irlandais y avait
également pris une part active, mais ils n'étaient pas
les seuls qui se fussent compromis dans l'affaire, et
leurs camarades subissaient un traitement tout différent.

Le rôle joué par Kearney et Cris Rock ne pouvait
fournir l'explication du châtiment exceptionnel dont
ils étaient frappés; outre l'humiliation de se voir
enchaînés à de vils coquins, on les traitait avec une
extrême dureté. La pitance qu'on leur apportait était
aussi détestable qu'insuffisante. Parfois le gardien, se
moquant de ses prisonniers, riait de leur situation
pénible et du singulier couple qu'offraient le géant et
le nain. Le directeur de la prison n'ayant pas épargné
à Kearney et à Cris Rock les marques non équivoques
d'hostilité, en les introduisant pour la première fois
dans leur cellule, le gardien s'était ensuite naturellement permis de suivre l'exemple donné d'en haut;
mais ni Florence Kearney, ni son fidèle ami, ne pouvaient trouver le mot de l'énigme; ils finirent par
l'avoir après trois jours de résidence dans la prison;
en effet, tout leur devint facile à comprendre lorsqu'à
travers la porte entre-bâillée de leur cellule ils aper-
çurent, à côté du gouverneur... Carlos Santander!

CHAPITRE XI

LE PLUS RESPLENDISSANT DES COLONELS

C'était bien Carlos Santander qui était devant la porte de leur cellule, en grand uniforme, l'épée au côté, et sur la tête un chapeau à cornes avec un grand panache de plumes blanches. Pour expliquer sa présence dans un tel costume, il faut remonter le cours du temps et faire connaître quelques particularités nouvelles de sa vie, ignorées du lecteur. Ainsi qu'on l'a déjà lu plus haut, il était né à la Nouvelle-Orléans, mais d'origine mexicaine, se considérant comme citoyen mexicain et même comme quelque chose de mieux encore. Avant de rencontrer Florence Kearney, il avait habité pendant quelque temps Mexico, pourvu d'une sorte d'emploi par le gouvernement, ou par le dictateur, Santa-Anna. Personne ne se rendait exactement compte de ce qu'il faisait à la Nouvelle-Orléans, bien que ses amis intimes e soupçonnassent d'y servir le maître mexicain en qualité d'agent secret, c'est-à-dire de procurados ou d'espion.

Ce n'était pas à tort qu'on le croyait, car il recevait bel et bien de l'argent de Santa-Anna, en payement des services qu'il lui rendait aux États-Unis et qui n'avaient rien de commun avec le service honorable de la diplomatie. Il suffira, pour en faire connaître la nature, de rappeler ses agissements avec les volontaires de la rue Poydras.

En se trouvant au rendez-vous, en se faisant enrôler dans le corps des Partisans, en posant sa candidature au grade de capitaine, Santander n'avait fait qu'obéir à des instructions antérieures, dont les fins

exécrables étaient dignes de Satan lui-même. Eût-il
réussi à devenir le chef de cette malheureuse compagnie, le résultat n'eût pas été pire, mais à coup
sûr il n'eût pas non plus été meilleur, puisqu'il
avait pour mission de la trahir à la première occasion. Trompé dans son attente, et ne voulant plus
se montrer dans ses rangs en qualité de simple
soldat; craignant, de plus, la honte à laquelle il
serait exposé à la Nouvelle-Orléans, dès que l'histoire de la chemise d'acier y serait connue, il s'était
décidé à décamper et à repartir pour Mexico.

Heureusement pour lui, l'affaire n'avait pas été
ébruitée ou, du moins, elle n'était encore par-
venue aux oreilles de personne dans la capitale du
Mexique et ailleurs; on n'en entendit guère parler
non plus à la Nouvelle-Orléans; Duperron, par
raison d'amour-propre, ne désirait pas que cette histoire se répandît dans le public, et il s'était bien
gardé d'en rien dire. Le docteur, petit Français
discret, dûment catéchisé par Duperron, s'était tu
également; d'autre part, Kearney, Cris Rock et Crittenden étaient partis pour le Texas le jour même du
duel, ayant, comme on dit vulgairement, bien d'autres chiens à fouetter.

Toutefois, il y avait encore les deux cochers qui,
s'ils fussent restés à la Nouvelle-Orléans, n'auraient
pas manqué de raconter par le menu, à qui eût voulu
l'entendre, cette scandaleuse affaire; mais le hasard voulut précisément que ce fussent des Irlandais;
pris soudain d'aspirations belliqueuses, que leur inspirait ou le spectacle du duel, ou la conduite vaillante de leur compatriote, ils s'étaient enrôlés le jour
même dans le corps des Partisans et étaient parmi
ceux qui avaient fait partie de la malheureuse expédition de Mier.

Or donc, pendant un certain temps, Carlos Santander avait échappé à la flétrissure que sa lâcheté méritait; sa réapparition sur la scène dans cette si brillante tenue ne sera pas longue à expliquer. L'une des faiblesses de Santa-Anna, soldat d'une bravoure éprouvée, mais aussi vain que brave, était de se voir entouré d'une escorte resplendissante; les officiers appelés à en faire partie avaient l'air de véritables paons dans la splendeur de leurs uniformes.

A son arrivée à Mexico, Santander avait été nommé d'abord aide de camp de Santa-Anna; étant précisément un garçon bon pour la montre, il se vit promptement élevé en grade; voilà comment le candidat déconfit dans l'armée des Partisans texiens, était devenu colonel dans l'armée mexicaine et attaché à l'état-major du général en chef.

Si Florence Kearney et Cris Rock se fussent doutés qu'ils rencontreraient cet homme à Mexico et qu'ils le verraient comme ils le voyaient alors à la porte de leur cellule, ils auraient supporté avec moins de courage les fatigues de leur long et pénible voyage; peut-être aussi qu'il leur aurait été plus indifférent de tirer une fève blanche ou noire à la loterie dont il a été question. La vue de cet homme éveilla instantanément dans leur esprit les souvenirs de la scène du duel; le Texien se rappelait le plongeon qu'il avait fait faire à ce misérable et sa piteuse mine lorsqu'il sortit du bourbier tout couvert de vase et d'écume verdâtre. Quel contraste avec son air crâne d'aujourd'hui! Kearney, en se souvenant aussi de tous ces détails, remarqua en outre une blessure sur la joue de Santander, blessure qu'il lui avait faite et que ce personnage cherchait en vain à dissimuler sous des favoris qu'il avait laissés croître à tous crins. Il y avait là de quoi émouvoir le prisonnier irlandais

et ébranler son courage. Le Texien n'était pas moins
autorisé à sentir son cœur battre d'appréhension.

La physionomie de Santander ne pouvait d'ailleurs leur inspirer confiance; il leur semblait, au contraire, y lire une sentence de mort. Carlos Santander
souriait, mais c'était un sourire de Satan vainqueur,
ironique, méchant, disant avec une expression aussi
claire que la parole : « Je vous tiens en ma puissance,
et ma vengeance vous attend ! » Il n'était pas venu là
par hasard, ni par devoir d'inspection, mais simplement pour faire étalage de sa grandeur et jouir des
appréhensions qu'il comptait inspirer. Sa présence
leur donnait la clef de l'énigme, en leur faisant comprendre pourquoi ils étaient exceptionnellement condamnés à se voir enchaînés avec d'infâmes coquins.
C'était pour les humilier; ils en eurent la certitude
en entendant le discours suivant, adressé par le directeur de la prison à Santander, lorsque la porte de
leur cellule tourna sur ses gonds :

« Les voilà, colonel, vous voyez que je les ai accouplés comme vous m'en avez donné l'ordre. Quel couple!
ajouta-t-il d'un ton moqueur en désignant Cris Rock
et le bossu. Aydios! c'est à faire éclater de rire le plus
morne de tous les hôtes de ces lieux, ha! ha! ha!.... »

Santander, trouvant la plaisanterie de son goût,
en rit à se tordre, et les échos de leur joie cynique
résonnaient bruyamment dans toute la prison.

CHAPITRE XII

PRENEZ VOTRE REVANCHE

Pendant ce temps-là, les quatre prisonniers de
la cellule restèrent bouche close. Le nain seul avait

dit pendant qu'on ouvrait la porte : « Buenos dias, Excelencia, vous venez pour nous accorder la liberté, n'est-ce pas? » C'était simplement par bravade, car on doit facilement supposer que le misérable contrefait ne pouvait guère avoir d'autre espoir que la potence, à laquelle il venait d'être condamné; mais cette perspective terrible n'inspirait pas à cette créature énergique une terreur telle, qu'elle lui fît renoncer à son habitude invétérée de plaisanterie; puis il ne croyait pas sa condamnation sans appel; bien qu'assassin, il savait qu'il lui restait encore une chance de pardon, s'il trouvait une somme suffisante pour payer sa rançon et satisfaire la conscience de ses gardiens. Sa question ne provoqua ni réponse ni attention.

Les personnages restés sur le seuil de la porte, étaient trop absorbés par les autres habitants de la cellule; parmi ceux-ci, il n'en était que deux dont on pût apercevoir le visage. Le prétendu voleur se tenait tourné vers le mur, la porte ouverte derrière son dos. Rien ne l'obligeait à changer d'attitude, aussi ne bougea-t-il que lorsque Santander eut cessé de parler avec Cris Rock et Kearney. Le colonel avait ouvert la conversation sur un ton goguenard, disant :

« Eh bien! mes braves, vous voilà donc ici! Caspita! Quel séjour et quelle compagnie, hein! Elle ne ressemble pas à celle que vous aviez l'habitude de fréquenter à la Nouvelle-Orléans, señor don Florence! Et vous, géant texien, j'imagine que vous ne devez pas trouver non plus l'atmosphère de l'Accordada aussi agréable que celle des prairies? »

Après une pause destinée à le laisser jouir de l'effet de ses sarcasmes, Santander ajouta :

« Voilà donc le résultat de cette fameuse expédition de Mier, qui devait être suivie de l'invasion du

Mexique! Vous avez trouvé le chemin de sa capitale malgré vous... et, maintenant que vous y êtes, qu'espérez-vous, dites?

— Pas grand'chose de bon d'un drôle comme vous, répondit Cris Rock d'un ton assuré et défiant.

— Comment! vous n'espérez rien de bon de moi..... une ancienne connaissance, je devrais plutôt dire un ami, après ce qui s'est passé entre nous sur les bords du lac Ponchartrain. Jetés comme vous l'êtes au milieu de gens qui vous sont tous inconnus, vous devez vous applaudir de retrouver un visage ami, quelqu'un qui vous a tant d'obligations! Puisque l'occasion s'en présente, je vais faire tous mes efforts pour acquitter ma dette.

— Faites comme il vous plaira, répliqua Cris Rock toujours sur le même ton; nous ne saurions faire appel à votre générosité. D'abord vous n'en avez pas dans le cœur; mais, même si vous en aviez, Cris Rock aurait honte de s'en réclamer; ainsi donc, vous pouvez continuer à chanter sur votre fumier. Il y a des coqs qui pourront y prendre peur, mais il n'y en a pas de cette espèce ici. »

Santander ne s'attendait pas à cette riposte. Sa visite à l'Accordada n'avait d'autre objet que de se donner la satisfaction de poser devant ses ennemis vaincus, qu'il savait être incarcérés dans la prison de l'Accordada. Il avait été informé de tous leurs faits et gestes depuis Mier jusqu'à Mexico. Il espérait les trouver domptés et empressés à lui demander grâce, ce qu'il ne comptait pas leur accorder plus qu'à des chiens qui l'auraient mordu; mais, au lieu de témoigner quelque crainte, les prisonniers avaient un air de défi; le Texien, comme un loup en cage, semblait prêt à se jeter sur ce visiteur intempestif, s'il faisait un pas de plus pour entrer dans la cellule.

« Très bien, dit Santander, sans paraître attacher d'importance aux paroles de Cris Rock, puisqu'il ne vous plaît pas d'accepter des services d'un vieil ami et, vous le savez, d'un ami éprouvé, je me garderai bien de vous les imposer ; mais vous, señor Irlandais, vous ne serez pas à coup sûr aussi récalcitrant ? »

Dévisageant hardiment son ex-adversaire, le jeune Irlandais répondit :

« Comme j'ai appris par expérience que vous n'êtes pas digne d'un coup de mon épée, je vous déclare aussi indigne de mes paroles, me refusant même à vous appeler poltron, bien que vous le soyez depuis la pointe des cheveux jusqu'à la plante des pieds, vous qui n'êtes pas brave dans une cotte de mailles ! Lâche, je vous défie ! »

Bien que manifestement blessé par l'allusion, Santander ne se laissa pas désarçonner ; s'il manquait de courage, du moins il savait le feindre. Trompé dans son espoir d'humilier ses ennemis et craignant en outre de se voir compromis aux yeux du gouverneur de la prison (un vieux militaire) au cas où l'histoire de la chemise d'acier lui parviendrait aux oreilles, il renonça à questionner les Texiens. Heureusement pour lui que personne ne comprenait l'anglais, langage dont ceux-ci avaient fait usage dans ce court, mais vif dialogue.

« Vous voyez, señor don Pedro, dit-il, en s'adressant au gouverneur de la prison, ces deux messieurs sont pour moi d'anciennes connaissances, dont la triste situation m'inspire grand intérêt et au secours de qui j'aurais été heureux de pouvoir venir ; mais, hélas ! j'ai tout lieu de craindre que la loi ne suive son cours. »

Don Pedro se contenta de sourire mélancoliquement aux paroles de commisération de Santander.

L'intérêt que les prisonniers inspiraient au colonel
ne laissait aucun doute à don Pedro, car il savait
que l'ordre de les enchaîner provenait de Santander
lui-même. Mais, par position et par caractère, cet
agent n'était pas homme à demander des explications, surtout quand il s'agissait de ses supérieurs.
En effet, Santander était un officier de l'état-major
du dictateur et, de plus, fort bien en cour. Le gouverneur de la prison savait cela et se montrait
obséquieux. Lui eût-on ordonné d'étrangler ou d'empoisonner en secret les deux prisonniers confiés à
sa garde, il l'eût fait sans pitié et sans protestation.
Le cruel tyran qui l'avait nommé gouverneur de
l'Accordada connaissait bien son homme, et, d'après
un bruit confirmé par l'histoire, il en usa plusieurs
fois pour se débarrasser d'ennemis politiques ou personnels.

Pendant tout ce temps, le prétendu voleur était
toujours resté dans la même position, le visage
contre le mur et tournant le dos à tout le monde. Les
Texiens ne pouvaient comprendre pour quel motif il
agissait ainsi; il semblait très probable aussi que
Santander ne savait pas plus que les autres qui était
cet homme; mais cette conduite si étrange provoquait la curiosité. Le colonel, également intrigué,
s'adressa au gouverneur.

« A propos, dit-il, pourriez-vous m'apprendre quel
est le quatrième occupant de la cellule; on dirait
qu'il est honteux de montrer son visage, sans doute
aussi laid que le mien. »

C'était là une plaisanterie qu'aimait à faire Santander, car il savait qu'il était beau et bien fait de sa
personne.

« C'est un héros de grand chemin, un salteador,
répondit le gouverneur de la prison.

— Genre d'homme qui a toujours son intérêt, reprit le colonel; laissez-le-moi voir, afin que je m'assure si c'est bien un vrai type de brigand, un Mazaroni ou un Diavolo. »

En disant ces mots, il entra dans la cellule, de façon à voir par-dessus l'épaule du voleur, qui, à ce moment, ayant tourné légèrement la tête, se trouvait face à face avec lui. Ils n'échangèrent pas un mot, mais leur regard exprimait clairement qu'ils ne se voyaient pas pour la première fois; une expression de haine non moins vive que celle que lui inspirait la vue de Florence et de Cris Rock assombrissait la physionomie de Carlos Santander, il poussa involontairement une exclamation de colère; ce fut tout ce qui lui sortit de la bouche, lorsqu'il rencontra une paire d'yeux qui semblaient lui percer le cœur.

Il ne s'attarda pas là plus longtemps, mais tourna immédiatement sur ses talons; toutefois il n'arriva pas à la porte sans incident. Dans sa hâte à s'en aller, il s'embarrassa dans les longues jambes de Cris Rock, qui faisaient comme une barrière en travers de la cellule. Furieux de cet obstacle, il le poussa dédaigneusement du pied, en continuant son chemin. Par bonheur pour lui, il fut aussitôt hors de portée du géant, qui, bondissant de son siège, entraînant le nain après lui, l'aurait probablement étranglé si, dans cette conjoncture, le gouverneur de la prison, voyant le danger, n'eût fermé subitement la porte, lui sauvant ainsi la vie. Dès que le bruit de cette porte eut cessé de résonner, Cris Rock dit avec calme à Florence :

« N'avais-je pas cent fois raison, capitaine, quand je disais qu'il fallait pendre ce coquin sur la route de Shell? Quelle sottise j'ai faite de ne pas l'avoir

noyé sur le coup! Maintenant je réponds qu'il va
nous en cuire! »

CHAPITRE XIII

LE RETOUR DES EXILÉS

Des personnages de notre roman, déjà connus de
nos lecteurs, Carlos Santander, Florence Kearney et
Cris Rock n'étaient pas seuls à avoir quitté la Nouvelle-Orléans pour Mexico. Pendant l'espace intermédiaire, deux autres personnes avaient fait de même :
don Ignacio Valverde et sa fille. Non seulement
l'exilé était revenu dans son pays natal, mais ses
propriétés lui avaient été restituées, et lui-même
était rentré dans la faveur du dictateur.

En outre, il occupait un rang plus élevé que
jamais, car il avait été nommé ministre d'État.

Pour ce qui est de ce premier pas sur l'échelle
ascendante de la prospérité, don Ignacio devait tout
à Carlos Santander. Le bel aide de camp, ayant
l'oreille de son chef, obtint sans difficulté l'abrogation du décret de bannissement, avec autorisation au
réfugié, criminel seulement au sens politique du mot,
de rentrer dans son pays.

La raison qui l'avait fait agir ainsi sera facile à
saisir; ni l'amitié ni l'humanité n'y avaient poussé
Santander, mais uniquement l'amour; ceci ne s'adressait pas à don Ignacio, mais à sa fille. N'osant ré-
sider à la Nouvelle-Orléans depuis son fameux duel,
il ne pouvait plus voir Louisa Valverde. Un amour
purement égoïste l'avait donc incité à solliciter du
chef politique du Mexique la grâce du condamné

politique; mais, s'il avait été l'instrument du retour de don Ignacio dans son pays natal, c'était tout; la restitution des biens du prisonnier étant la conséquence forcée du rétablissement de don Ignacio dans ses droits politiques. Les honneurs et les appointements obtenus par lui plus tard, ainsi que sa nomination à un siège dans le cabinet, vinrent du chef de l'État, Santa-Anna lui-même. Son motif pour combler ainsi de ses faveurs un homme qui avait été récemment encore et depuis longtemps son ennemi politique était précisément le même que Carlos Santander; le dictateur du Mexique, aussi célèbre pour sa galanterie que pour sa bravoure et même un peu plus, avait jeté les yeux sur Louisa Valverde et vu qu'elle était belle.

Pour ce qui est de don Ignacio, le bénéficiaire de ces faveurs, on pourrait dire beaucoup de choses à sa décharge : bannissement du pays natal entraînant la perte de ses propriétés; séparation de ses amis et de la meilleure société; condamnation à vivre dans un autre pays, au milieu de gens peu sympathiques; et enfin l'obligation de travailler, pour gagner sa vie, le *res angusta domi;* faites la somme de tout ce qui précède, et vous aurez l'histoire de don Ignacio pendant son séjour à la Nouvelle-Orléans. Il supporta ces épreuves avec patience et courage, ainsi que tout homme pourrait et devrait le faire. Toutefois, il ne faut pas s'étonner du parti qu'il prit, le jour où il reçut une lettre portant le sceau d'État de la république mexicaine (car il n'était pas encore changé), lui annonçant sa grâce et l'autorisation de rentrer chez lui.

Connaissant son protecteur, Carlos Santander, don Ignacio avait des raisons particulières pour soupçonner le motif de sa conduite; mais, lorsqu'il s'agit

de faveurs, il ne faut pas être trop délicat. Depuis le
certain soir où il s'était conduit d'une manière si in-
convenante chez don Ignacio, Santander s'était fait
très avare de ses visites, si avare même qu'il n'en avait
fait qu'une seule à la calle de Casa Calvo, se présentant quelques jours après le duel, avec du taffetas d'An-
gleterre sur la joue, et le bras en écharpe, tâchant de
se rendre aussi intéressant que possible par les explications qu'il donnait de son aventure. Il avait compris que le caractère de Duperron et celui du docteur garantissaient leur silence. Quant aux autres, ils
étaient tous partis pour le Texas, même les cochers,
ainsi qu'il s'en était assuré lui-même. Il n'avait donc
pas à craindre de voir démentir ou mettre en doute
ce qu'il affirmait. A l'entendre, il s'était battu avec
Florence Kearney, lui avait fait des blessures plus
nombreuses et plus sérieuses que celles qu'il avait
reçues lui-même, et très suffisamment dangereuses
pour qu'il n'eût pas à craindre que son adversaire
pût y survivre longtemps.

Il n'avait pas raconté cette histoire à Louisa Valverde, mais à son père; lorsqu'elle fut à son tour
mise au courant de la chose, elle faillit presque en
mourir; mais, Santander étant parti (peut-être heureusement pour lui), on ne pouvait plus l'interroger.
A quelques mois de là, quand ils se retrouvèrent à
Mexico, il répéta le même conte, tout en sachant
bien cependant que cet adversaire, si terriblement
malmené qu'il avait manqué en mourir, vivait encore;
en effet, un journal américain, en rendant compte
de la bataille de Mier, avait parlé en termes élo-
gieux du capitaine Kearney, mais sans comprendre
son nom sur la liste des morts. Santander avait lu
cet article; Kearney, selon toute probabilité, devait
donc se trouver parmi les survivants.

Voici quelle était la situation lors de l'arrivée des prisonniers de Mier, au moins pour ce qui concerne les personnages qui occupent une place si importante dans notre récit : Carlos Santander, colonel attaché à l'état-major du dictateur; don Ignacio Valverde, ministre d'État; sa fille, reine par la beauté et ne prétendant à rien autre; Florence Kearney, ex-capitaine de Partisans; Cris Rock, le guide, l'éclaireur, le grand tirailleur de la bande; ces deux derniers incarcérés dans une horrible prison, l'un enchaîné par la jambe à un voleur, l'autre à un assassin aussi hideux au physique qu'au moral.

Une plus grande humiliation encore les attendait. C'est ce que Kearney apprit dès que le gouverneur de la prison eut fermé la porte avec tant de brusquerie. Les leçons qu'il avait reçues de don Ignacio à la Nouvelle-Orléans n'avaient pas été perdues pour lui; puis la pratique qu'il avait acquise en conversant avec les soldats de son escorte avait fini par faire de l'élève presque un maître dans la langue espagnole. Carlos Santander n'avait pas pensé à cela, ou peut-être supposait-il les portes de la prison trop épaisses pour craindre que ce qu'il disait ne transpirât dans la cellule; c'est cependant ce qui advint. En entendant ce qui avait été dit au dehors, l'Irlandais sut enfin pourquoi Cris Rock et lui avaient été jetés dans une prison de malfaiteurs, avec des bandits de la pire espèce.

« Señor don Pedro, disait Santander, ces deux Texiens sont pour moi d'anciennes connaissances; je les ai rencontrés non pas au Texas, mais aux États-Unis, à la Nouvelle-Orléans, où nous avons eu certains rapports qu'il est inutile de vous expliquer; il faut seulement que vous sachiez que je dois beau-

coup de reconnaissance à ces deux prisonniers. Je
désire par-dessus tout m'acquitter avec eux ; je puis
compter sur vous, n'est-ce pas ? »

On ne pouvait se méprendre sur ce qu'il voulait
dire ; il ne s'agissait nullement de payer de retour un
service d'ami, mais au contraire d'un appel au gouverneur de la prison, pour obtenir son concours dans
une œuvre de vengeance ; la réponse que fit don
Pedro prouve qu'il le comprit bien.

« Sans doute, vous pouvez compter sur moi ;
dites seulement ce que vous désirez ; vos ordres me
suffisent.

— Très bien, dit Santander après être resté un
moment pensif ; d'abord je veux que vous fassiez
prendre l'air à ces messieurs dans la rue, non pas
seulement aux deux Texiens, mais aux quatre prisonniers.

— Caspita! s'écria le gouverneur de la prison en
feignant l'étonnement, ils devront vous en être bien
reconnaissants.

— Pas tant que vous croyez, vu la compagnie et
le travail que je compte leur donner.

— Quel travail ?

— Un petit travail dans les Zancas.

— Dans quelle rue ?

— La Calle de Plateros.

— Et quand cela ?

— Demain. Amenez-les avant midi et laissez-les là
jusqu'à la nuit, ou tout au moins jusqu'à ce que la
procession ait passé. Me comprenez-vous ?

— Je le crois, señor colonel ; et leur ferraille, faudra-t-il la leur laisser ?

— Oui, entièrement ; j'entends qu'ils soient accouplés comme ils le sont en ce moment : le nain avec le
géant, et les deux autres ensemble.

— Très bien, vous serez obéi. »

Là se termina ce curieux dialogue, ou du moins, s'il se prolongea, Kearney n'en put saisir la suite, la voix n'étant plus perceptible à son oreille. Lorsqu'il eut donné à Cris Rock la traduction de ce qu'il venait d'entendre, le géant ne savait trop comment l'interpréter; il n'en était pas de même pour les deux autres codétenus, qui, ayant également écouté la conversation au dehors, l'avaient mieux comprise.

« Très bien, s'écria le nain, faisant écho à l'exclamation du gouverneur de la prison; ce sera fait; ce qui veut dire qu'avant vingt-quatre heures nous serons jusqu'à mi-corps à patauger dans les égouts. Ce sera du propre, ha!... ha!... ha!... »

Et, à entendre les éclats de rire du petit monstre, on eût dit que, au lieu d'une perspective répulsive, il était dans l'attente du plus enviable des plaisirs.

CHAPITRE XIV

SUR L'AZOTEA

Dans la ville de Mexico, les toits plats des maisons portent le nom d'*azotea;* tout à l'entour, une balustrade haute de trois ou quatre pieds sert de séparation entre les toits des maisons voisines et aussi à préserver des chutes. Ce rempart protecteur tient lieu de mur de la vie privée. L'azotea est une place où l'on se rend presque chaque jour; un lieu favori de farniente, où souvent l'on reçoit des visites. Ce détail d'architecture d'origine orientale est encore commun chez les Mores et sur les bords de la Méditerranée. N'est-il pas curieux que les Conquistadores

nient trouvé quelque chose de pareil surtout chez les
Mexicains, où les maisons aztèques ont des toits plats
en terrasses? Il y en a aussi des spécimens jusque dans
le Nouveau-Mexique, à Pecos, Zunis et Moquis. Il est
donc tout naturel que le peuple qui se donne maintenant le nom de mexicain ait copié ce que faisaient
ses prédécesseurs dans les deux hémisphères.

Le climat est une des conditions qui permettent ce
genre de toiture; là, point de fortes gelées ou de
neige épaisse qui puisse le compromettre. Puis, il
n'existe pas un pays au monde où la vie en plein air
ait plus d'attrait qu'au Mexique, sauf dans la saison
des pluies. Pour une autre raison, en outre, le toit
mexicain est un endroit plaisant de réunion; là, ni
charbon de terre, ni fumée; les cheminées, sinon
tout à fait inconnues, sont rares. Dans le *siempre
verano* (l'éternel printemps) d'Anahuac, elles n'ont
pas de raison d'être; un peu de bois allumé dans
un salon est un luxe exceptionnel, que s'accor-
dent seulement les malades ou les gens très riches.
Dans les cuisines, il est fait usage de charbon de
bois, et, comme ce combustible ne produit aucune
fumée, l'atmosphère est aussi légère et aussi pure
que celle qui planait sur les Hespérides. Un azotea
bien tenu est orné de pots de fleurs, de plantes vertes,
de petits arbustes, d'orangers, de camélias, de fou-
gères et de palmiers; quelquefois, au-dessus de la balustrade, s'élève un belvédère d'où l'on jouit mieux
encore du panorama. En vain en chercherait-on de
plus beau et de plus captivant que celui qui entoure
Mexico.

Dans quelque direction que l'on se tourne, le
spectacle qu'on a devant soi est un plaisir pour les
yeux. Là, des plaines verdoyantes aux teintes les plus
variées, depuis le vert clair du melpas (le maïs nou-

veau) jusqu'au vert sombre des magueys, qui couvrent, dans les grandes plantations de maqueyals,
une bonne partie du sol; des champs de poivriers et
de fèves; de larges nappes d'eau qui brillent comme
de l'argent au soleil, le tout terminé par une chaîne
de montagnes aux cimes recouvertes d'une neige
éternelle; montagnes gigantesques, car ce sont les
Cordillères de la Sierra Madre, ou la chaîne des Andes.
Par un caprice du travail des volcans, elle cesse de
former une enceinte autour de la belle vallée de
Mexico, élevée de plus de sept mille pieds au-dessus
de la mer. De quelque toit de la ville que l'on plonge
sur cet horizon, il charme les yeux et égaye le cœur.
Néanmoins, sur l'azotea d'une certaine maison, ou
plutôt dans le belvédère qui le surmontait, il était
une jeune personne à laquelle ce panorama n'inspirait pas plus de plaisir aux yeux qu'au cœur; tout
son être, au contraire, révélait des pensées mélanco-
liques, où le paysage et ses beautés n'étaient pour
rien.

C'était Louisa Valverde, qui songeait à un autre
pays également beau, où elle avait passé plusieurs
années d'exil, la dernière desquelles était la plus
douce et la plus heureuse de sa vie, puisque c'était
pendant celle-là que, pour la première fois, elle
avait aimé! Florence Kearney était l'objet de son
amour! Mais où était-il maintenant? Elle l'ignorait,
ne sachant même pas s'il existait encore. Il l'avait
quittée sans lui confier le fil d'Ariane, mais non sans
lui laisser un vrai chagrin et de grandes perplexités sur
les causes qui avaient nécessité son départ précipité
de la Nouvelle-Orléans. Toutefois, elle savait par lui
qu'il avait été nommé capitaine de la compagnie des
volontaires, laquelle, comme Louisa Valverde en
avait été informée par la suite, était partie pour

le Texas; puis elle avait appris l'issue de cette fatale
expédition, l'héroïsme de ceux qui la composaient
en partie et les pertes qu'ils avaient essuyées.

Elle savait aussi que les survivants avaient été
emmenés à Mexico et les traitements barbares qu'on
leur avait fait subir en route; leurs audacieux efforts
pour tromper leurs gardiens, efforts couronnés de succès, jusqu'au jour où; ne pouvant plus supporter les
privations, ils avaient dû se rendre une seconde fois.

Bref, Louisa Valverde connaissait par le menu tout
ce qui était arrivé à la vaillante troupe dont son
héros était le chef.

Pendant tout ce temps, elle demeurait à Mexico,
car c'était peu après le départ des Partisans de la
Nouvelle-Orléans, que son père avait reçu la grâce
dont nous avons parlé. Elle avait suivi toutes les
phases de l'expédition de Mier, ardente à recueillir les
informations publiées dans les journaux du Mexique,
parcourant avec anxiété les listes des blessés; lorsqu'arriva le compte rendu des exécutions faites à
El-Salado, ce fut la mort dans l'âme qu'elle lut
cette liste de près de vingt noms... ne respirant que
lorsque, ayant tout vu, elle eut la certitude que le
nom qu'elle redoutait tant d'y trouver n'en faisait
pas partie. Ses recherches, si satisfaisantes qu'elles
fussent dans un sens, étaient loin cependant de lui
suffire; il lui semblait étrange que ce nom ne fût
jamais ni écrit ni prononcé.

Comment celui d'un tel héros avait-il pu échapper à la publicité? Les Mexicains eux-mêmes étaient
les premiers à reconnaître que les Texiens avaient
fait des actions d'éclat; à coup sûr, Florence avait
dû en prendre sa part et se distinguer entre tous.
Louisa en était convaincue; mais pourquoi n'avait-il
pas été cité? Où se trouvait-il maintenant? Cette der-

niere question l'absorbait presque continuellement ;
une seule et bien triste réponse se présentait à son
esprit : c'est que Florence Kearney avait dû trouver
une mort sans gloire, mais non pas honteuse, par
suite de maladie, d'accident ou de quelque autre
fatalité; son corps reposait sans doute dans un endroit isolé des prairies, où ses camarades de marche l'avaient laissé. Bien souvent, Louisa Valverde
s'abandonnait à des réflexions de ce genre durant
les mois qui avaient suivi son retour à Mexico, et ses
inquiétudes avaient fini par répandre la pâleur sur
ses joues, comme la tristesse dans son cœur. Tous les
honneurs dont elle voyait son père comblé, tous les
compliments dont elle était l'objet, tous les plaisirs
auxquels on la conviait, semblaient impuissants à
dissiper le chagrin qui l'accablait.

CHAPITRE XV

LE GUET

En général, c'est dans l'intérieur de leur maison,
ou dans le secret de leurs appartements, que les gens
portés à la mélancolie, ou ayant quelque chagrin de
cœur, donnent libre cours à ces sentiments. La fille
de don Ignacio, elle, s'y laissait aller de préférence
sur le belvédère, où elle avait l'habitude de monter
chaque jour et de rester de longues heures dans la
solitude. Elle en était bien libre, car son père,
absorbé par les affaires de l'État, passait tout son
temps pendant la journée au quartier général du
gouverneur, au palais.

Ce jour-là cependant, Louisa Valverde, en montant

sur l'azotea, subissait évidemment l'impression de
pensées autres que celles qui la dominaient habituel-
lement; son attitude était différente aussi; arrivée
dans le mirador, ses yeux, au lieu d'errer dans le
vague sans trouver charme ou plaisir aux beautés du
paysage, se tournaient dans une direction particulière, regardant un point déterminé, celui où le chemin qui mène à la ville de Tacubaya en longeant
l'aqueduc de Chapultepec, tourne brusquement à
gauche. Au delà de cette limite, la route tracée au
milieu des plantations de magueys, des poivriers du
Pérou, cesse d'être perceptible à l'œil.

Pour quelle raison Louisa Valverde tenait-elle
ainsi ses regards attachés sur cette courbe du chemin? Pourquoi sa physionomie avait-elle une animation inaccoutumée? l'œil, non plus indifférent,
mais plein d'ardeur, comme lorsqu'on épie l'arrivée
de quelqu'un, sans doute celle d'un individu qu'elle
voyait poindre tout au loin sur la route; non pas un
brillant cavalier sur un cheval fougueux, mais simplement un piéton, et, pour tout dire, son domestique, qu'elle avait chargé d'une mission à Tacubaya et
dont elle attendait maintenant le retour; c'était l'objet même de cette mission qui provoquait la fiévreuse
impatience à laquelle elle était en proie. La négociation, d'un caractère tout particulier et confidentiel,
exigeait beaucoup de tact; mais le messager de
Louisa Valverde, Jose le métis, n'en manquait pas,
loin de là; puis elle avait toute confiance en lui,
sachant qu'elle ne courait pas le risque d'en être
jamais trahie. Ce n'était pas une affaire de vie ou de
mort, mais une question fort délicate, puisqu'il
s'agissait de savoir si, parmi les prisonniers texiens
conduits à Tacubaya, il ne s'en trouvait aucun du
nom de Florence Kearney.

Comme ils étaient maintenant arrivés à Mexico depuis trois jours, on peut se demander pourquoi la jeune fille n'avait pas cherché à s'en informer plus tôt ; voici l'explication : Louisa se trouvait alors dans une maison de campagne appartenant à son père, distante d'environ dix milles de la ville, et c'était la veille seulement, qu'elle avait appris que les prisonniers attendus depuis longtemps étaient enfin arrivés. Elle n'en avait pas été plus tôt informée qu'elle était revenue en ville pour s'enquérir du sort de son bien-aimé. Elle n'avait pas songé à faire prendre des informations à l'Accordada, bien que le bruit fût arrivé jusqu'à elle, que quelques-uns des prisonniers de Mier y avaient été incarcérés. A coup sûr, si don Florence avait échappé à la mort, un tel affront n'était pas à craindre pour lui, du moins elle ne pouvait le supposer.

Qu'elle était loin de soupçonner le complot qui se tramait en secret, pour avilir à ses yeux celui qui occupait la première place dans son cœur ! Tandis qu'elle était absorbée dans ses pensées, un domestique était venu lui remettre une dépêche avec le timbre du gouvernement, et elle n'avait pas soupçonné qu'elle tenait entre ses doigts un des fils de la trame de ce complot. Ouvrant cette enveloppe, elle en tira une carte dorée sur tranche et émanant du dictateur lui-même ; c'était une invitation pour assister à une grande procession fixée au lendemain ; cette carte portait ensuite avis qu'une voiture de gala serait mise à sa disposition.

Combien de dames, dans la ville de Mexico, eussent été flattées d'une semblable invitation !

Notez bien que non seulement Antonio Lopès de Santa-Anna y avait apposé sa signature, mais qu'il y avait ajouté de sa main *con estima particular*

cette flatterie, loin d'être agréable à Louisa Valverde, lui inspirait plutôt de la répugnance, voire de
la crainte. Ce n'était pas la première fois que le dictateur du Mexique lui adressait des compliments et
qu'elle se voyait comblée de ses attentions.

Dès qu'elle sut de quoi il s'agissait, elle laissa tomber avec mépris cette carte à ses pieds et se reprit de
nouveau à regarder dans la direction de l'aqueduc,
pour voir si son messager n'arrivait pas enfin au
tournant de la route ; elle ne songeait pas plus à
l'invitation que si elle ne l'eût jamais reçue. Au bout
de quelques minutes, elle fut de nouveau dérangée,
non plus cette fois-ci par l'arrivée d'un domestique,
mais par celle d'une femme jeune et belle et dont
la beauté offrait un contraste frappant avec la
sienne. Bien que de pure origine espagnole, Louisa
Valverde était une *guerra*, au teint éclatant, aux
cheveux d'or, type qu'on retrouve à Mexico, parmi
ceux dont les ancêtres étaient originaires des pro-
vinces basques.

Celle qui fait en ce moment son apparition sur
l'azotea est brune, son teint est chaud ; sa chevelure
noire et opulente, nattée en diadème sur le sommet
de sa tête ; un léger duvet sur sa lèvre supérieure
(que sur celle d'un homme on aurait qualifié de
moustache) fait ressortir encore la blancheur extrême
de ses dents ; l'éclat de ses joues d'un rose vif rappelle celui de la plus belle des fleurs ; une délicieuse
harmonie est répandue sur son visage, où les charmes
féminins rivalisent avec une sorte d'originalité
sauvage qui le rendent aussi piquant que séduisant ;
ce charme vient de la race andalouse, de son origine
moresque, ou de l'ancien sang d'Anahuec, peut-être
même de la fameuse Malinche. La jeune femme dont
nous venons d'esquisser le portrait descendait d'un

conquistador qui avait épousé une princesse aztèque : c'était la belle Isabelle Almonte, en ce moment l'idole de tous les cercles de Mexico.

CHAPITRE XVI

UNE DOUBLE MÉPRISE

Louisa Valverde et Isabelle Almonte étaient liées d'amitié tendre, si tendre même, qu'il ne se passait guère de jour sans qu'elles se vissent et échangeassent des confidences. Elles habitaient la même rue; la comtesse avait une maison à elle, bien qu'achetée au nom de sa grand'tante et tutrice. Outre l'avantage de la beauté, la comtesse avait encore celui de porter un des rares titres, vestige de l'ancien régime, qu'il y eût encore à Mexico; elle était comblée des dons de la fortune, ayant maison de ville, maison de campagne, propriétés partout. Libre de sa volonté, elle dépensait son argent suivant son caprice, enfant gâtée au cœur léger, insouciante et gaie comme l'oiseau sur la branche, l'oiseau au brillant plumage de son pays. Isabelle, en un mot, était l'image du bonheur. Toutefois ce jour-là, en regardant du haut du *mirador*, Louisa Valverde avait été frappée de l'expression d'angoisse nerveuse peinte sur le visage de son amie; sa respiration haletante soulevait son corsage. Le fait d'avoir monté l'*escalera* (quatre étages) d'un seul trait suffisait pour lui donner des palpitations, mais ne pouvait expliquer la rougeur qui couvrait son visage et la flamme qui brillait dans ses yeux.

Cette émotion était produite par la cause même

qui lui avait fait ainsi franchir quatre étages; toujours
est-il qu'il lui était impossible de parler en ce moment.

« Madre de Dios, s'écria son amie avec anxiété,
qu'avez-vous, Isabelle ?

— Oh! Louisita, si vous saviez! si vous saviez!

— Mais quoi donc?

— Ils l'ont emprisonné.

— Il vit! Oh! que la très sainte Vierge soit bénie! »

En prononçant ces mots, elle se signa, levant
dévotement les yeux et paraissant offrir au ciel une
fervente prière.

« Il vit! répéta la comtesse avec étonnement; mais
croyiez-vous donc qu'il était mort?

— Je ne savais plus que croire; il y a si longtemps
que je ne l'ai vu, que je n'en ai entendu parler; je
me félicite de savoir qu'il est ici, même dans une
prison, car, aussi longtemps qu'il y a vie, il y a toujours de l'espoir. »

La comtesse avait enfin repris haleine, mais non
le calme; sa physionomie ne trahissait pas seulement l'inquiétude, mais le plus grand étonnement.
Que son amie voulait-elle dire? Pourquoi se félicitait-
elle qu'il fût en prison, se demandait-elle, en pensant
toujours à *lui?*

« Aussi longtemps que dure la vie, il y a toujours
de l'espoir! répétait la comtesse, sans rien dire de
plus et paraissant stupéfaite.

— Je supposais qu'il n'était plus de ce monde; dites-
moi, êtes-vous bien sûre qu'il est en prison? Je craignais qu'il n'eût été tué à quelque bataille ou qu'il
n'eût péri sur quelque grand'route dans les prairies
du Texas.

— *Carramba!* » fit la jeune comtesse en l'interrompant.

Elle se permettait ainsi parfois d'entrelarder ses

discours des exclamations ordinaires de son pays ;
après quoi elle ajouta :

« Qu'entendez-vous donc dire avec vos prairies du
Texas ; je ne sache pas que Ruperto ait jamais été là
de sa vie.

— Ruperto? répéta Louisa Valverde, l'éclair de
joie qui avait un instant illuminé ses traits, dispa-
raissant sous un nuage de tristesse ; moi, je m'ima-
ginais que vous parliez de Florence Kearney. »

Depuis longtemps, elles avaient déversé mutuellement dans leur cœur le secret de leurs amours, et
Louisa Valverde savait parfaitement qui était Ruperto. Outre ce que lui en avait appris la comtesse,
elle savait qu'il était de bonne famille, vaillant
soldat. Mais il appartenait, comme autrefois don
Ignacio lui-même, au parti vaincu, et maintenant la
plupart des membres de ce parti vivaient dans l'exil
ou dans la retraite à la campagne, loin de l. politique. Pour Ruperto, il y avait longtemps qu'on ne
l'avait pas vu à Mexico ; mais d'aucuns prétendaient
qu'il n'en était pas moins dans le pays, se cachant
dans la montagne ; on disait aussi qu'après avoir
commis de nombreux vols il était devenu chef d'une
bande de *salteadores* qui avaient souvent ensanglanté
la route d'Acapulco, là où elle traverse les montagnes, près du théâtre de bien des crimes, le Cruz
del Marques.

Rien de ce roman dramatique n'était parvenu
jusqu'à ce jour, jusqu'à cette heure même, aux
oreilles de la fille de don Ignacio.

« Pardonnez-moi, Isabelle, dit-elle en lui tendant
les bras et en la serrant tendrement sur son cœur,
pardonnez-moi ma méprise.

— C'est plutôt à moi de vous demander pardon,
répondit la comtesse, en voyant le fâcheux effet de

cette méprise. J'aurais dû parler plus clairement; mais vous savez que toutes mes pensées sont concentrées sur mon cher Ruperto. »

Elle aurait dû, jugeant des autres par elle-même, comprendre aussi que celles de son amie étaient toutes pour Florence Kearney.

« Isabelle, vous dites donc qu'il est prisonnier? Par qui l'a-t-il été fait et pourquoi?

— Par qui? par les soldats du gouvernement. Pourquoi? il est facile de le deviner : parce qu'il appartient au parti libéral, voilà son crime; il n'est coupable d'aucun autre, mais c'est précisément là ce qu'on passe sous silence; puis, j'ai encore autre chose à vous dire; pourriez-vous jamais croire qu'il est accusé d'être un *salteador*?

— Accusé, oui; mais coupable, non. Rien ne m'étonne des gens qui sont au pouvoir. Don Ruperto nous était connu avant la triste époque de notre exil; c'est le dernier des hommes qui eût consenti à se déshonorer en devenant un bandit.

— Un bandit! Ah! mon noble Ruperto, lui, le plus pur des patriotes, et plus sincère qu'aucun de ceux qui vivent dans ce pays dégénéré.

— Aydemi!

— Où et quand l'a-t-on pris?

— Quelque part dans les environs de San-Augustin, il y a déjà, je crois, plusieurs jours de cela, quoique je vienne seulement de l'apprendre.

— C'est étrange; vous n'avez pas oublié que j'ai passé quelques jours à San-Augustin la semaine dernière, même un peu avant, et je n'ai entendu rien raconter de pareil.

— C'est tout simple; cela s'est fait à la sourdine; don Ruperto vivait caché dans les montagnes, je ne sais où, mais peu importe; trop brave pour être

prudent, il était descendu à San-Augustin; quelqu'un
l'a trahi; il a été cerné sur la route par des soldats
qui l'ont fait prisonnier; ils ne l'eussent pas pris si
aisément s'ils n'avaient été fort nombreux.

— Et où est-il maintenant, Isabelle?

— En prison, comme je vous le disais tout à
l'heure.

— Mais quelle prison?

— C'est justement là ce qu'il me tarde tant d'apprendre; tout ce que je sais, c'est qu'il est prisonnier
sous l'inculpation d'être un voleur de grand chemin.
Santissima! ajouta-t-elle en foulant son éventail sous
ses petits pieds, ceux qui le calomnient pourront
bien s'en repentir quelque jour; il se vengera, on lui
rendra justice; la lumière finit toujours par se faire.
Ah! que je le voudrais, fût-ce au prix de tout ce que
je possède. Oser soupçonner Ruperto d'être un brigand!... »

En ce moment, les deux jeunes amies entrèrent
dans le belvédère, la señorita étant descendue pour
recevoir la comtesse. Cet instant de surexcitation
passé, elles causèrent plus tranquillement et d'une
manière moins ambiguë de leurs affaires réciproques,
qui avaient tant d'analogie. La manière seule d'envi-
sager la situation était toute différente de part et
d'autre.

L'une savait que son bien-aimé était en prison et
s'en désolait; l'autre espérait que le sien y était peut-
être, et elle eût été enchantée d'en avoir la certitude.
Le lecteur a déjà l'explication de ces différentes impressions; la comtesse, ayant peu de chose à ajouter
à tout ce qu'elle venait de dire, se mit aussi à interroger son amie.

« Je comprends maintenant, *amiga mia*, pourquoi
vous avez cru qu'il s'agissait de don Florence : c'est

que, les prisonniers texiens étant arrivés, vous le sup-
posiez être parmi eux. N'est-il pas vrai ?

— Je ne puis que l'espérer, Isabelle.

— Avez-vous fait quelque tentative pour vous en
assurer?

— Oui.

— Comment cela ?

— En envoyant un émissaire à Tacubaya, où j'ai
entendu dire qu'on les avait conduits.

— Il n'en est rien, quelques-uns ont été menés je
ne sais où, mais la majeure partie d'entre eux est,
parait-il, incarcérée dans l'Accordada.

— Quoi? dans cette horrible geôle! avec les plus
odieux des malfaiteurs! Les Texiens sont des soldats,
des prisonniers de guerre; on ne saurait leur faire
subir pareille dégradation.

— On ne la leur inflige pas moins. C'est de ce
fameux personnage (votre ami, soit dit en passant),
Carlos Santander, que je le tiens. »

La mention du nom de Santander et mieux encore
son rapprochement avec le sujet traité en ce moment,
produisit une impression très vive sur Louisa Valverde; elle rougit et pâlit tour à tour; elle se rappelait bien, trop bien, la vive inimitié qui existait entre
lui et don Florence. Comme elle ne cessait de retourner tous ses souvenirs dans son esprit, les paroles
de la comtesse ne lui inspirèrent pas de réflexions
nouvelles, mais, en confirmant ses craintes, elles lui
enlevaient jusqu'à l'usage de la parole. La comtesse
ne s'en émut pas, et, sans attendre de réponse, elle
continua à parler, toujours sur le ton de l'interro-
gation :

« Puis-je vous demander quel est l'émissaire que
vous avez chargé de cette délicate mission?

— Tout simplement José.

— Très bien; d'après ce que je sais de lui, il est
à la hauteur de votre confiance pour ce qui est de
l'honnêteté et peut-être du savoir faire ; mais, *amiga
mia*, ce n'est qu'un domestique, et à Tacubaya, au
milieu des soldats de la garnison, ou même dans les
prisons, il aura beaucoup de peine à obtenir le ren-
seignement que vous désirez; lui avez-vous donné de
l'argent pour l'aider à aplanir les difficultés?

— Il a ma bourse avec l'autorisation d'en faire tel
usage qu'il voudra.

— Oh! alors il y a tout lieu d'espérer qu'il vous
rapportera une bonne réponse, ou du moins une
réponse qui éclaircira le point sur lequel vous désirez
que lumière se fasse. Votre bourse sera la clef d'or
qui ouvrira la porte de la prison de don Florence, en
admettant qu'il soit enfermé dans quelque geôle de
Mexico.

— C'est ce que j'espère.

— Que cet espoir paraîtrait étrange à celui qui ne
serait pas au courant de l'histoire !

— Je donnerais tout ce que je possède pour être
sûre qu'il vit encore.

— Enfin, il est probable que vous l'apprendrez
sous peu. Quand attendez-vous José?

— A chaque instant. Il y a déjà quelques heures qu'il
est parti. Quand vous êtes arrivée, je regardais sur la
route de Tacubaya si je ne voyais rien venir; José
aura peut-être passé le tournant de la route pendant
que nous causions.

— *Muy amiga mia*, quelle similitude! Car ce que
vous avez fait, je l'ai fait aussi. J'attends également
le retour de celui que j'ai chargé d'aller s'enquérir
du sort de Ruperto; je suis accourue ici pour en causer avec vous, et, puisque le destin l'a voulu ainsi,
restons réunies pour apprendre ensemble le bien ou

le mal; cela nous portera bonheur, s'il est vrai,
comme disent les marins, qu'il vaut toujours mieux
être deux que seul, dans un seul bateau.

— Mais qu'aperçois-je? s'écria-t-elle, en se baissant
et en relevant la carte dorée jetée à terre par Louisa
Valverde : une invitation et l'offre d'une voiture de
gala, sans parler du gracieux compliment qui vous
est fait? Comme Son Excellence sait être galante!
Quant à moi, lui et ses galanteries me sont odieux.
Comptez-vous accepter?

— Je ne m'en soucie pas.

— C'est possible, mais moi je le veux, et votre père,
j'en suis sûre, le voudra aussi.

— Mais pourquoi tenez-vous tant à ce que j'aille à
cette procession?

— Parce que je désire que vous m'emmeniez.

— Avant de prendre mon parti, je veux savoir
ce que mon père voudra.

— Je n'en demande pas davantage, sachant
bien... »

Elle fut brusquement interrompue par un bruit
de pas, dont la pesanteur prouvait qu'ils étaient au
moins deux hommes. C'étaient, en effet, les deux
émissaires qui avaient été expédiés séparément, quoe-
que dans des intentions semblables. Les jeunes filles
quittèrent le mirador pour aller au-devant d'eux.
S'étant trouvés devant la porte de la maison, ils
étaient montés ensemble, chacun ayant l'ordre for-
mel de venir immédiatement rendre compte de l'issue
de sa mission. Ils se tenaient chapeau bas, l'un
devant la comtesse, l'autre devant Louisa Valverde,
de façon que chacune entendit le messager de son
amie ; elles n'avaient ni désir ni raison de se rien
cacher.

« Señorita, dit José, celui sur le sort duquel vous

m'avez donné l'ordre de m'enquérir n'est pas à Tacubaya. »

Louisa Valverde, pâle d'émotion, laissa échapper
un cri en disant :

« Alors vous n'avez rien appris sur son compte ? »

Mais, à la réponse qui suivit, sa pâleur se dissipa
instantanément.

« Si, señorita, et même je l'ai vu !

— Vous avez vu don Florence, où? Parlez vite, je
vous en conjure.

— A l'Accordada.

— A l'Accordada! s'écriait en même temps une
autre voix parlant sur le même ton et comme en
écho. C'était celle de la comtesse, qui, elle aussi,
venait d'apprendre que son bien-aimé était dans la
même prison.

— Je l'ai vu dans sa cellule, madame, continua le
messager de la comtesse en parlant le premier; il est
enchaîné à un prisonnier texien.

— Il était dans une cellule, señorita, disait José de
son côté, enchaîné à un voleur ! »

CHAPITRE XVII

DANS LES ZANCAS

Dans toutes villes, il y a une rue qui jouit des
faveurs du beau monde ; à Mexico, c'est la rue de
Plateros, la rue des Orfèvres, ainsi appelée parce
qu'il s'y trouve beaucoup d'ouvriers en métaux pré-
cieux et de bijoutiers.

Dans cette rue circule la jeunesse dorée de Tenochtitlan, en bottes vernies, gants jaunes, stick à la

6

main et lorgnon dans l'œil. Là aussi, les señoras et señoritas viennent faire leur choix chez les bijoutiers, la mantille jetée sur la tête. Lorsqu'on sort seulement en vue de la promenade, on ne se borne pas à la rue des Joailliers, on la longe en se rendant à l'Alameda, promenade publique avec de belles allées, des terrasses, fleurs et fontaines, le tout ombragé de beaux arbres à verdure persistante; sous ce ciel brûlant, c'est l'ombre et non pas le soleil qu'on recherche.

Là, les *jovenes carados* passent une partie de leurs après-midi soit à se promener sous de longues arcades de verdure, soit assis près de la grande fontaine, regardant l'eau de roche qui roule en perles de cristal; mais ils ont aussi un regard pour les señoritas qu'on voit jouer de l'éventail avec une dextérité qui dénote une grande pratique; chaque battement de ce frêle joujou n'est pas destiné seulement à créer des courants d'air ou à rafraîchir la chaleur de la peau; certains mouvements épiés par des regards anxieux révèlent des aveux dont le charme n'a jamais été surpassé par aucun mot de la langue humaine.

A Mexico, plus d'un roman se déroule, plus d'une déclaration se transmet, plus d'une blessure est faite au cœur, ou guérie par les signaux de l'éventail et le frémissement des doigts qui l'agitent.

Bien que la rue de Plateros aboutisse à la porte de l'Alameda, la même ligne se prolonge, sous un autre nom, à un kilomètre plus loin, jusqu'à la fashionable promenade de *Paseanuevo*, appelée quelquefois *Paseo de Buccareli*, du nom du vice-roi de la Nouvelle-Espagne quand cette promenade a été inaugurée. C'est le *rotten row* de Mexico, allée aussi fréquentée par les piétons que par les voitures; tous les jours, à une

certaine heure de l'après-midi, elle est envahie par un
flot d'équipages, de cavaliers se dirigeant de ce côté;
aux voitures sont attelées des mules, ou de petits
chevaux, ou même quelquefois des chevaux anglais
ou américains, connus là sous le nom de *frisones.*

Les señorás et señoritas qui occupent ces voitures
sont en grande toilette, robe décolletée, bras nus,
nu-tête; leurs cheveux, généralement noirs, sont
chargés de bijoux ou de fleurs naturelles, de *s..hil*
au parfum pénétrant, de jasmin étoilé, de fleurs de
grenadier écarlates. Sur de toutes petites selles se
tiennent d'élégants cavaliers, dont les montures hennissent et piaffent. A les voir, on croirait qu'ils ont
besoin de toute la force de leurs mains pour maîtriser
leur monture, quand, en réalité, ils se servent de leurs
éperons pour les exciter davantage; plus leurs chevaux se cabrent et bondissent, plus on se félicite,
pourvu toutefois que de l'intérieur des voitures on
ait l'œil sur les cavaliers.

Tous les jours de l'année, sauf pendant la semaine
de *Guas Rema* (le Carême), alors que le rendez-vous
des gens du haut ton n'est plus là, mais à Pasco
Viego, à l'autre extrémité de la ville, on voit cette
brillante procession se dérouler le long de la *calle* de
Plateros et dans la *calle* de San-Francisco; mais sur
ce même parcours s'offre souvent aussi un spectacle
moins resplendissant et des groupes d'individus qui
n'ont rien d'égayant. Au milieu de la rue passe un
long égout, non pas couvert d'une manière perma-
nente, comme dans les villes européennes, mais seulement dallé, les dalles s'enlevant à volonté, de
sorte que le *zanca* ressemble plutôt à un cloaque infect qu'à un égout collecteur. Notez bien que, depuis la ville jusqu'à la campagne, il y a à peine un
pouce de pente pour faciliter l'écoulement des im-

mondices; aussi s'accumulent-elles dans les zancas,
les remplissant jusqu'aux bords avec une abondance
extraordinaire; c'est là qu'on jette toutes les ordures
des maisons; on cure ces cloaques à certaines épo-
ques fixes, autrement la ville serait noyée dans sa
fange; elle en paraît, d'ailleurs, quelquefois sérieu-
sement menacée, le liquide noir suintant entre les
dalles et dégageant une odeur méphitique.

Chaque nouvelle révolution semble paralyser le
zèle des édiles de Mexico en tout ce qui est question
de voirie; quand le moment du curage arrive, que
n'ont pas à souffrir les yeux et le nerf olfactif! D'un
côté, on dépose les dalles, et, de l'autre, les matières
infectes, et ce n'est qu'après quelques jours, lorsqu'elles sont suffisamment sèches, qu'on les enlève.
La circulation des voitures n'est pas interrompue
pendant ce temps-là; les grandes dames tordent bien
çà et là leur joli nez, mais elles ne sacrifient pas
pour cela leur promenade dans le *Paseo*; fût-ce
même vingt fois pis, elles n'y renonceraient pas.
Pour elles, comme pour la plupart de leurs pareilles
dans Hyde-Park, la promenade de l'après-midi tient
lieu de tout, même du boire et du manger, si ce qu'on
dit est vrai, car on prétend qu'elles se le refusent
souvent pour se donner chevaux et voitures.

Le curage des zancas est une corvée pour laquelle
il est assez difficile de recruter des ouvriers. Le *pelado*
même la trouve au-dessous de lui, et le plus pauvre
des pauvres ne s'y résigne que lorsqu'il est pressé
par la faim; c'est non seulement dégoûtant, mais
dégradant : c'est donc un des travaux forcés qu'on
impose au gibier des prisons; ceux qui sont condamnés à de longs mois d'emprisonnement sont forcés de remplir cette corvée; leur nombre dans les
carceles de Mexico serait suffisant pour faire le cu-

rage dans tout le pays, mais ce n'est pas sans une
répugnance des plus vives que les hommes se sou-
mettent à pareille tâche, c'est souvent la punition
qui leur est imposée pour des délits commis dans la
prison. Non pas que l'odeur ou la malpropreté leur
répugne tant; c'est le travail lui-même, travail pénible, et qu'il faut souvent faire sous un ciel brûlant.

Il est curieux, mais repoussant, de les voir à
l'œuvre, attachés deux par deux; on juge qu'il est
plus prudent de leur laisser des chaînes aux jambes;
dans la boue jusqu'à mi-corps, le visage éclaboussé
et de quelle boue! Mais même sans cela leur air n'est
pas agréable à voir; leurs yeux tantôt jettent des
éclats de rage, tantôt sont baissés avec désespoir; ils
paraissent en fureur contre le genre humain. Quelquefois, en outre, il en est qui apostrophent les passants, plaisantant, riant, chantant, criant, jurant;
leurs vociférations ajoutent encore à la tristesse na-
vrante de ce spectacle.

Après tout ce qui précède, on peut facilement con-
cevoir l'anxiété avec laquelle Florence Kearney tâ-
chait de saisir le sens du dialogue entre Santander et
le gouverneur de la prison. Il ne savait pas alors de
quoi il s'agissait, mais le détenu qui partageait sa
chaîne le lui expliqua; il le dit ensuite à Cris Rock.
En effet, le lendemain matin, le gouverneur se présenta en personne à la porte de leur cellule et dit :

« Voyons, voyons, il faut vous préparer à prendre
l'air ! »

Ils savaient bien ce qui les attendait; mais lui,
n'imaginant pas qu'on eût entendu son colloque avec
Santander, ajouta d'un ton narquois :

« Vous allez être spécialement gâtés à la requête
du señor colonel Santander, qui vous porte, ainsi que
j'ai pu m'en convaincre, beaucoup d'intérêt. Il veut

donc, par égard pour votre santé, que je vous fasse
promener; c'est une faveur qui ne saurait manquer
de vous être aussi utile qu'agréable. »

Don Pedro aimait la plaisanterie et était tout fier des
ressources que son esprit lui offrait sous ce rapport;
mais cette fois son ironie n'avait pas même sel, puisqu'elle était devinée. Le nain fut le seul à répondre.

« Ah! ah! ah! hurla-t-il d'une voix qui n'avait
rien d'humain. Faire un tour dans la rue! Je ne m'y
trompe pas, c'est sous la rue que vous voulez dire,
n'est-il pas vrai, don Pedro? »

Il y avait assez longtemps qu'il était sous les verrous pour savoir le nom du gouverneur de la prison.
Il avait l'habitude de s'adresser à lui d'un ton fami-
lier; sa difformité semblait être une excuse et une
protection à la liberté de son langage.

« Voyate gorillo, repartit le gouverneur étonné et
piqué, vous aimez trop la plaisanterie. Je veux vous
en déshabituer et vous donner aujourd'hui même une
leçon de bonne manière. »

Puis, tournant ses regards du côté de Rivas, il ajouta:

« Señor don Ruperto, je serais trop heureux de
pouvoir vous dispenser de la petite excursion que vos
camarades vont faire et vous en épargner la fatigue;
mais j'ai reçu des ordres formels qui viennent de
très haut lieu, et je ne puis les éluder. »

C'était pure ironie, comme le reste, et seulement
pour le tourmenter; du moins le voleur l'interpréta
ainsi, car, se tournant avec rage vers son persécuteur:

« Butor que vous êtes, s'écria-t-il, personne n'était
mieux fait que vous pour être gouverneur d'une
pareille geôle, vous qui avez déshonoré l'épée que
vous portiez à Zacatucas. Libre à vous de commettre
toutes les iniquités que bon vous semble; don Pedro,
je vous défie!

— Cascaras! quel langage insolent, señor capitan
Rivas. C'est bien! avant de quitter l'Accordada, vous
entendrez parler de moi; ne vous bercez pas de l'espoir que la comtesse, elle-même, soit assez haute et
puissante dame pour vous retirer sain et sauf de mes
griffes; la potence est la dame qui s'en chargera, plus
que probablement. »

Après cette apostrophe menaçante, il se tourna vers
quelques gardiens occupés dans une cour extérieure
et les appela.

« Emmenez ces deux couples, dit-il, en désignant
les quatre prisonniers dont nous avons dépeint la triste
situation; vous savez pourquoi, hein, Dominique? »

Ces mots s'adressaient au geôlier en chef, individu
de haute taille et solidement bâti.

« Por cierto, gobernador, répondit-il d'un air d'intelligence, après avoir salué humblement son supérieur. Je suis au courant de tout.

— Vous veillerez en outre à ce qu'ils y restent toute
la journée; tels sont mes ordres.

— Comptez sur moi, » señor, répondit le subalterne
avec déférence au gouverneur de la prison.

Celui-ci quitta alors la place pour se rendre ailleurs.

« Allons, dit le geôlier en ouvrant la porte de leur
cellule, allons, en route pour les zancas! »

CHAPITRE XVIII

LE TYRAN ET SON AGENT

Il Excellentissimo, illustrissimo, général don José
Antonio Lopès de Santa-Anna.

Tels étaient le nom et le titre deux fois sesquipé-

daliens de celui qui à cette époque avait en main les
destinées du Mexique. Pendant plus d'un demi-quart
de siècle, cet homme fut le fléau et la malédiction
de la jeune république. La domination du dictateur
était intermittente; mais la démoralisation produite
par le despotisme s'étend au delà du règne ou de la
vie d'un despote. Santa-Anna avait assez abaissé les
Mexicains, socialement et politiquement parlant, pour
les rendre incapables de supporter aucune forme de
gouvernement constitutionnel; ils ne distinguaient
plus les amis des ennemis de la liberté, et comme'
après chacune des éclipses du dictateur, le retour du
gouvernement libéral ne produisait pas instantanément le millénium avec son cortège de richesse et de
prospérité, on le rendait responsable de cette déception générale, sans tenir compte du mal que le tyran
avait fait au corps politique.

L'ignorance des causes et des effets de la politique
n'est pas, hélas! particulière au Mexique. L'Angle-
terre n'en est pas plus exempte que les autres nations;
mais, dans les premiers temps de la république mexicaine, cette mauvaise herbe se développait avec une
vigueur exceptionnelle au bénéfice d'Antoine Lopès
de Santa-Anna, si souvent déposé et banni, que l'on
ne saurait dire combien de fois il le fut. Santa-Anna
n'en était pas moins rappelé, au grand étonnement de
la nation, et plus tard aussi à celui des historiens,
qui, aujourd'hui encore, ne peuvent le comprendre.
L'explication est cependant bien simple, le triple élément de sa puissance était la corruption qu'il avait
créée, le militarisme et un abominable chauvinisme,
ce dernier en particulier agissant avec toute la force
qu'un despote peut désirer.

Divide et impera est une maxime politique aussi
vieille que le despotisme lui-même, flatter pour do-

miner est une méthode non moins connue. C'était
celle-là que Santa-Anna avait adoptée, ne négli-
geant aucune occasion de flatter la vanité du peuple
et finissant par la honte et l'humiliation nationale,
ainsi qu'il est arrivé à la France il y a quelques
années et qu'il en arrivera toujours à tout peuple
dont l'idéal ne s'élève pas au-dessus des satisfactions
que procure l'adulation personnelle. Le dictateur de
la république mexicaine ambitionnait alors le titre
d'*empereur* et poursuivait ce but avec plus de passion
que jamais. En réalité, il en possédait la puissance;
la *libertas* étant écartée de son système de gouvernement et foulée aux pieds, c'était uniquement à la
pourpre et à la couronne impériales qu'il aspirait;
afin de préparer ses sujets aux changements qu'il
méditait, il avait inventé de frapper les yeux et les
imaginations par un décorum et une étiquette d'un
caractère militaire très prononcé; au titre de chef de
l'État, Lopès de Santa-Anna ajoutait celui de commandant en chef des armées; les abords du palais et
le palais lui-même (la résidence officielle) ressemblaient à une vraie citadelle. Des soldats montaient
la garde à toutes les portes, et à toute heure on voyait
des officiers, en grand uniforme, circuler à l'intérieur; personne, à cette époque, de passage à Mexico
n'aurait pu croire que cette métropole était la capitale d'une république.

Le matin du jour où Carlos Santander avait fait
son apparition à l'Accordada, celui qui visait au titre
d'empereur était assis dans le salon où il donnait
audience à ses intimes; les affaires officielles étaient
expédiées, il se trouvait seul, lorsqu'entra un des
aides de camp de service. Après de profondes salutations, celui-ci déposa une carte sur une table placée à
côté du *dictateur*.

« Oui, je puis le recevoir, faites-le entrer, » dit-il tout en lisant la carte. L'aide de camp se retira, puis bientôt la porte se rouvrit, et cette fois pour laisser passer Carlos Santander en uniforme de colonel de hussards, col et parements couverts de galon d'or.

« Ah! señor don Carlos, s'écria le dictateur d'un ton gai et plaisant, puis-je savoir le motif qui me procure le plaisir de votre visite? Quelque nouvelle conquête à me raconter, n'est-il pas vrai? Votre air triomphant m'en est un sûr garant.

— Excellentissimo!

— Oh! inutile de protester ou de faire le modeste. Quel heureux mortel vous êtes! d'après ce que l'on dit.

— Ce sont seulement des on dit..., des cancans; je n'ambitionne nullement semblable réputation, bien au contraire, je vous assure...

— Vaines paroles; ce que j'ai vu m'a suffisamment éclairé pour savoir à quoi m'en tenir; n'ai-je pas suivi tous vos petits manèges avec la plupart de nos señoritas et surtout avec une charmante personne que vous avez connue à la Louisiane, si je ne me trompe? »

Il fixa un regard scrutateur sur le visage de Santander, comme si la charmante personne en question lui inspirait à lui-même un intérêt particulier; évitant le regard de Santa-Anna, l'aide de camp se dispensa de répondre à cette insinuation, se contentant de dire :

« Votre Excellence est bien bonne de me porter tant d'intérêt.

— Comment! *amigo mio*, trêve de protestations qui ne feraient qu'ajouter le parjure à la scélératesse. Ah! ah! ah! »

Le grand chef, se renversant dans son fauteuil, riait à se tordre; c'était simple badinage; il n'enten-

dait ni admonester le colonel, ni le prendre à partie
sur quelque infidélité; la suite prouvera qu'il voulait
l'encourager dans cette voie plutôt que l'en détourner.

« Oui, señor don Carlos, l'histoire de vos amou-
rettes m'est bien connue, et ce n'est pas à moi qu'il
appartient de vous les reprocher; vivant moi-même
dans une maison de verre, je ne puis jeter des
pierres dans les carreaux des autres. Ah! ah! ah! »

Son rire et son regard, empreints de satisfaction,
montraient que sa réputation de Jon Juan ne lui était
pas du tout désagréable

« D'ailleurs, Excellence, reprit l'aide de camp,
qu'importe ce que le monde pense, pourvu qu'on
ait la conscience pure?

— Bravo! bravissimo! s'écria Son Excellence. Ah!
ah! ah! Carlos Santander parlant au nom de la
morale, et à moi! Ah! c'est par trop fort. C'est à
faire rire un cheval. Ah! ah! ah! »

Le colonel d'état-major parut un peu déconcerté,
se demandant à quoi le général voulait en venir;
néanmoins il se hasarda à dire :

« Je suis ravi de trouver Votre Excellence de si
belle humeur ce matin.

— Ah! c'est parce que vous venez me demander
quelque faveur sans doute. » Dans l'intimité, Santa-
Anna aimait à lancer à ses interlocuteurs des traits
parfois très blessants. « Mais peu importe, ajouta-t-il
d'un ton retentissant, quoique votre hypocrisie ait,
je l'avoue, de quoi me surprendre, car rien ne me
semble plus naturel que vos succès près du beau
sexe... Vous êtes un charmant cavalier, señor don
Carlos, n'était toutefois cette cicatrice sur votre joue;
mais pourquoi ne m'avez-vous jamais dit d'où cela
provenait. Vous ne l'avez pas toujours eue, n'est-il
pas vrai? »

A ces mots, une rougeur subite monta au visage de Santander; il n'avait jamais raconté à personne, à Mexico, l'histoire de cette cicatrice, qu'il ne parvenait pas à dissimuler sous sa barbe et qui était pour lui comme le stigmate de Caïn.

« C'est le résultat d'un coup d'épée reçu dans un duel.

— Où cela?

— A la Nouvelle-Orléans.

— Oh! la ville des duels, je le sais par expérience, l'ayant habitée quelque temps. »

Santa-Anna avait fait un voyage aux États-Unis après la bataille de San-Yacinthe, où il avait été fait prisonnier sur parole :

« C'est un autre genre de duellistes qu'à la Nouvelle-Orléans, et l'on compte parmi eux de vrais maîtres d'escrime; mais qui était votre adversaire? J'espère que vous lui avez bien rendu ce que vous en avez reçu?

— Et même plus, Excellence.

— L'avez-vous tué?

— Non, pas tout à fait, Excellence. Cela n'a pas dépendu de moi, mais de mon second, qui s'est interposé en me suppliant de l'épargner.

— En tout cas, il ne vous a pas épargné, lui. Et quel était le sujet de la querelle? Carray! inutile d'ailleurs de le demander, bien sûr que ce doit être la vieille cause orthodoxe; question de femme, bien entendu?

— Pardon, Excellence, c'est une erreur, notre querelle a eu une tout autre cause.

— Laquelle?

— Une tentative que j'avais faite pour mettre mon épée au service du Mexique et de son honorable chef

— Oh ! vraiment, colonel ?

— Votre Excellence ne se souvient-elle pas de cette fameuse compagnie de Partisans...

— Oui, oui, dit Santa-Anna, en l'interrompant brusquement et comme quelqu'un qui désire évidemment n'en plus entendre parler ; c'est avec un des leurs, je suppose, que vous vous êtes battu ?

— Oui, Excellence, avec celui qu'ils avaient élu pour leur capitaine.

— Offensé de la préférence qu'on lui avait accordée, vous l'avez provoqué. Cela se comprend chez un homme de votre tempérament ; mais qu'est-il devenu ? Était-il à Mier ?

— Oui, Excellence.

— Tué là ?

— Non, Excellence, seulement fait prisonnier.

— Fusillé à El-Salado ?

— Non pas, Excellence.

— Alors il doit être ici.

— Oui, Excellence, il y est.

— Quel est son nom ?

— Kearney, un Irlandais. »

L'expression du visage de Santa-Anna indiquait que ce nom ne lui était pas inconnu. En effet, le matin même, don Ignacio était venu implorer sa clémence en faveur de ce jeune homme et solliciter sa grâce pleine et entière, si possible ; mais le ministre n'avait obtenu qu'une réponse évasive ; l'influence de don Ignacio n'était pas très grande, et toute cette affaire inspirait des soupçons à Santa-Anna ; mais, passant cet incident sous silence, le dictateur se borna à dire à Carlos Santander :

« Cet Irlandais est-il à Tacubaya ?

— Non, Excellence, il est à l'Accordada.

— Puisque vous avez autorité sur les prisonniers

texiens, je vois que c'est à cause de lui que vous êtes venu me trouver. Eh bien, que désirez-vous de moi?

— Votre autorisation, Excellence, pour punir cet homme comme il le mérite.

— De vous avoir fait cette cicatrice sur la joue? Vous vous repentez de ne vous être pas mieux vengé quand il ne tenait qu'à vous de le faire, n'est-il pas vrai, colonel? »

Santander rougit en répondant ces mots :

« Ce n'est pas tout à fait cela, Excellence; pour un autre motif encore, il doit être traité différemment des autres. »

Santa-Anna aurait pu dire qu'il s'agissait d'un petit roman, mais il se contenta d'attacher un regard scrutateur sur le visage de Santander.

« Ce Kearney, continua le brillant colonel, est l'un des ennemis les plus acharnés du Mexique en général, et de Votre Excellence en particulier. Dans un discours qu'il a prononcé jadis, il vous a traité d'usurpateur, de tyran, de traître, qui a tour à tour trahi la liberté et la patrie; permettez-moi de répéter les épithètes si injurieuses dont il s'est servi. »

Les yeux de Santa-Anna brillèrent alors d'un feu sinistre et effrayant; il voyait souvent son nom vilipendé dans les journaux, mais non sans en être profondément irrité, d'autant plus que dans son for intérieur sa conscience confirmait tout le mal qu'on disait de lui.

« Chingera! s'écria-t-il, car il ne se privait pas de cette expression vulgaire, si ce que vous dites est vrai, comme je le crois, je vous abandonne ce chien d'Irlandais; faites-le fusiller ou pendre, à votre gré. Non, non, attendez, c'est trop tôt encore; il y a en ce moment des négociations entamées entre nous et le ministre des États-Unis, à propos des Texiens; puis,

d'autre part, ce Kearney étant Irlandais, par conséquent sujet anglais, le représentant de la Reine
pourrait aussi nous faire une mauvaise affaire ; il
ne faut donc encore ni le fusiller ni le pendre ;
traitez-le à la douceur, vous me comprenez? »

Le colonel d'état-major, en effet, ne pouvait se
méprendre sur ce que le dictateur sous-entendait ;
l'emphase avec laquelle il avait prononcé le mot
douceur rendait la chose aussi claire que possible ;
tout allait comme don Carlos le souhaitait. Quand il
quitta le salon du dictateur, sa physionomie rayon-
nait d'une expression de triomphe satanique ; désormais, il était libre d'humilier celui qui l'avait humilié !

« En voilà une petite comédie ! s'écria Santa-
Anna, tandis que la porte se refermait sur son aide de
camp ; mais avant que le rideau tombe, j'entends
jouer un rôle dans la pièce ; elle est charmante sans
doute la señorita Valverde, mais elle n'est pas digne
de dénouer les cordons des souliers de la comtesse ;
cette femme, ange ou démon, pourrait, si elle le voulait, ce que nulle autre n'a pu encore..... faire perdre
la tête à Lopès de Santa-Anna. »

CHAPITRE XIX

UN DON JUAN A LA JAMBE DE BOIS

Le dictateur resta quelque temps immobile sur
son fauteuil, puis il alluma cigarette sur cigarette,
fumant avec rage. Son visage, au lieu d'avoir une
expression de frivolité insouciante, s'était instantanément assombri. A cette époque, Santa-Anna exerçait

un pouvoir de vie ou de mort sur le peuple mexicain,
sinon ouvertement, du moins par la ruse et par la
violence, faisant usage de tous les moyens, si la
rumeur publique dit vrai, pour arriver à ses fins. Ce
pouvait être le souvenir, mais non le remords des
crimes qu'il avait commis ou fait commettre, qui
était cause de ce changement de physionomie; il s'y
joignait peut-être aussi la crainte de subir un jour
le sort de ses victimes, car tout despote redoute avec
raison la vengeance; le gouvernement corrupteur et
corrompu de Santa-Anna avait si bien usé et permis
d'user du poignard, que l'assassinat était devenu en
quelque sorte comme une institution dans la vie
sociale du pays; donc rien de surprenant à ce que
le dictateur se crût menacé de périr sous les coups
d'un bravo.

D'autres appréhensions le hantaient encore.

Si bien établi que Santa-Anna parût être sur son
siège dictatorial, et bien qu'il crût que ce siège serait
bientôt transformé en un trône, il ne pouvait toujours pas s'y trouver dans une parfaite sécurité; à
force d'emprisonnements, d'exécutions, de bannisse-
ments, de confiscations, il était parvenu à supprimer
en apparence le parti libéral; mais, si faible et si
écrasé que celui-ci semblât être, il n'existait toujours
pas moins à l'état latent, n'attendant que l'occasion
de s'affirmer. Santa-Anna le savait mieux que personne, par l'histoire de sa propre vie avec ses alter-
natives de triomphe et de défaite; en ce moment, il
était même question d'un *pronunciamiento* dans une
des villes du nord de la république, titre que par
euphémisme l'État portait encore. Ce bruit pouvait
bien ressembler à celui de l'orage qui gronde au loin
avant d'éclater.

Cependant ce n'était pas d'affaire révolutionnaire

ou politique qu'il s'agissait; le sujet qui absorbait en
ce moment les pensées de Santa-Anna était de tout
autre nature, puisqu'il songeait à celui dont nous
venons de l'entendre parler..... la femme! la femme!
non pas prise au sens générique du mot, mais au
sens particulier, s'appliquant à l'une des deux personnes qu'il avait nommées tout à l'heure; comme
on l'a pu voir par son monologue, celle qui occupait
la première place dans ses pensées était la comtesse
Isabelle Almonte. Il lui avait fait la cour comme à
beaucoup d'autres; mais, à l'inverse des autres, elle
l'avait repoussé de pied ferme, sans indignation, ses
galanteries n'ayant jamais été assez significatives et
assez audacieuses pour inspirer le mépris; d'ailleurs,
il était seulement au début de son siège, et l'une de
ses premières manœuvres avait été l'envoi d'une
invitation à Louisa Valverde de préférence à la comtesse; il faisait le plus grand fond sur cette tactique,
le vieux roué, sachant de longue date que le jeu des
querelles est à tout âge un de ceux qui offrent le
plus de chances de succès; il espérait toujours triompher; que de fois n'avait-il pas eu l'avantage! pourquoi n'en serait-il pas encore de même?

Très vain, et non sans raison, dans sa jeunesse, de
ses dons personnels; il avait été sinon beau, du moins
fort agréable. Bien que Mexicain et Vera-Cruzien, il
était de pur sang espagnol, de *sangre azul;* les
traits fins et arqués, le teint brun mais clair, les cheveux et les moustaches noirs, brillants et abondants.
N'était une expression sinistre qui parfois se répandait sur sa physionomie, l'ensemble de sa personne
n'eût pas manqué d'un certain attrait; tel qu'il était,
il se croyait encore très bien, en dépit de l'âge qui
arrivait et des fils d'argent qui commençaient à
strier sa chevelure; quant aux moustaches, le cosmé-

7

tique entretenait toujours leur nuance primitive. Une
chose l'affligeait bien plus que le poids des ans :
c'était sa jambe de bois; il ne la contemplait jamais
sans que sa physionomie prît instantanément une
expression aussi douloureuse que s'il ressentait une
attaque de goutte dans ce membre absent.

Que de fois ne maudit-il pas le prince de Joinville!
c'était, en effet, en défendant Vera-Cruz contre les
Français, commandés par ce prince, qu'il avait
perdu la jambe. Mais, pour certaines raisons, il
aurait dû, au contraire, le bénir et lui être très reconnaissant. Rien, en effet, n'avait autant contribué
à la popularité de Santa-Anna que sa jambe de
bois. Lorsqu'il brigua la première magistrature de
l'État, il avait été très fier d'en pouvoir faire parade,
et il s'en servit encore et plus d'une fois comme d'un
moyen d'influence pour rentrer en faveur près du
peuple.

De quel air contristé ne la considérait-il pas maintenant! car, s'il en appréciait le bon effet au point de
vue politique, ce n'était pas à la politique qu'il songeait en ce moment, et il ne pouvait croire que sa
jambe de bois lui serait d'aucun secours dans l'espoir qu'il nourrissait. Une femme aimer un homme
avec une jambe de bois, et surtout quand cette femme
est Isabelle Almonte! Néanmoins il avait encore trop
bonne opinion sinon de ses charmes, du moins de
son prestige, pour désespérer du succès; puis
n'avait-il pas eu raison d'un autre impediment
qui lui semblait plus menaçant encore que sa jambe
de bois? En effet, il avait eu dernièrement vent de
la chose et s'était empressé de détourner le danger
en faisant jeter en prison celui qu'il soupçonnait
de lui faire obstacle dans les bonnes grâces de la
comtesse.

On était parvenu non sans peine à s'emparer de cet homme, tour à tour traité de salteador, puis de voleur. De peloton en peloton et de fil en aiguille, il avait fini par être enfermé dans l'Accordada. Santa-Anna le savait mieux que personne, ayant donné l'ordre accompagné d'instructions spéciales au gouverneur de la prison, qui était lui-même une des créatures du dictateur. Après être resté quelque temps assis et avoir jeté son papier à cigarettes dans le brasero placé sur la table, un sourire démoniaque anima sa physionomie ; c'était sans doute en se rappelant qu'il tenait un rival en son pouvoir redouté ; certainement oui, il y était ; que n'aurait-il pas donné pour qu'il en fût autant d'*elle!*

Bref, le dictateur est bientôt arraché à ses réflexions par le bruit de coups discrets, mais répétés, frappés à sa porte. Ayant répondu : « Entrez! » l'aide de camp que nous connaissons déjà fait de nouveau son apparition, chargé d'une mission analogue à celle que nous lui avons vu remplir tout à l'heure, si ce n'est toutefois qu'il est porteur de deux cartes au lieu d'une. La physionomie de Santa-Anna prend en les examinant une expression toute différente ; la dimension seule du carton suffit à l'intriguer, car c'est un indice que les personnes qui sollicitent une audience appartiennent au beau sexe ; les noms qu'il lit ne font qu'ajouter à son trouble ; l'officier n'avait jamais constaté pareille surexcitation chez Santa-Anna ; il en est si surpris, qu'il ne peut s'empêcher d'attacher sur son chef un regard ébahi, mais le dictateur ne s'en aperçoit pas, car il continue à considérer les deux cartes, mais pour un instant seulement, car, tout en ayant fait bon accueil à l'aide de camp de service, il est évidemment bien plus impatient de recevoir celles qui désiraient lui parler.

« Faites entrer ces dames, » dit-il d'un ton impérieux.

Mais, à peine a-t-il achevé ces mots qu'il se ravise, frappé d'une inspiration subite, comme l'homme qui ajoute un codicille à son testament. Il donne, en effet, des instructions à son aide de camp, d'où il suit que, au lieu d'introduire immédiatement ces dames, il doit les retenir dans le salon d'attente et faire avec elles la conversation, jusqu'à ce qu'il entende un coup de sonnette. A en juger par l'expression du jeune officier, il est fort heureux du rôle qui lui incombe, car, soit qu'il connaisse ou non les deux jeunes femmes qui attendent de l'autre côté, il lui avait suffi de les apercevoir pour les trouver charmantes; l'une se nommait Louisa Valverde et l'autre Isabelle Almonte.

CHAPITRE XX

DEUX BELLES SOLLICITEUSES

L'aide de camp n'eut pas plus tôt refermé la porte que Santa-Anna, se trouvant seul, se dirigea vers une grande psyché placée à l'autre extrémité du salon, puis il se regarda de la tête aux pieds; là, il releva ses moustaches, les tourmentant, les tordant et les frisant en croc, passant sa main sur ses cheveux, et les ramenant avec art; ensuite il se redressa dans son uniforme brodé d'or, le tirant de tous côtés, après quoi il considéra son unique pied et retourna s'asseoir dans son fauteuil; malgré toute la politesse dont il se targuait, Santa-Anna recevait toujours assis, même les femmes.

Sachant combien sa jambe de bois nuisait aux
avantages de son maintien, il préférait garder la
position qui lui permettait de cacher cette jambe
sous la table; d'ailleurs, cet usage de recevoir assis,
qu'autorisait la grandeur de sa position, ne pouvait
qu'ajouter à son prestige, et, à ce moment surtout, il
désirait se donner tout le relief imaginable; il appuya le doigt sur un timbre, puis il prit une pose
expectante remplie de dignité et de grandeur. L'aide
de camp de service, se dispensant cette fois-ci d'entrer, se contenta d'ouvrir la porte aux deux jeunes
femmes.

Tout en elles portait l'empreinte de l'agitation et
de l'émotion que leur causait la démarche qu'elles
venaient faire.

« Veuillez vous asseoir, mesdames, » dit le dictateur. Après avoir échangé avec elles des poignées de
main : « Il est bien rare que la comtesse Almonte ho-
nore le palais de sa présence, et, quant à la señorita
Louisa Valverde, je crois que, sans mes relations officielles avec son père, j'aurais moins souvent encore
l'honneur de la voir. »

Tout en parlant, il leur indiqua de la main deux
fauteuils; elles s'y assirent, non sans une certaine agitation et sans trembler un peu. Elles n'étaient pas
timides par nature, mais la circonstance qui les ame-
nait les rendait telles.

Dans les veines de l'une et de l'autre coulait le plus
pur sang du Mexique; la comtesse appartenait à
cette ancienne noblesse qui lève la tête plus haut
même que le Chef de l'État, quand il est, ce qui n'est
pas sans exemple, un aventurier d'humble naissance.

Ce n'était donc pas le fait de se trouver en face du
dictateur, qui leur causait cette impression, mais

l'objet même de leur visite. Santa-Anna le soupçon-
nait-il ou non, c'est ce que sa physionomie ne révélait pas. Diplomate expérimenté, il savait conserver
l'immobilité ou l'impénétrabilité vraie ou feinte du
sphinx; une fois sa phrase de bienvenue prononcée,
avec le plus gracieux des sourires, il se renferma
dans un silence prudent, attendant que l'une de ses
interlocutrices ouvrît le feu; ce fut la comtesse qui
la première eut ce courage.

« Excellence, dit-elle d'un air qu'elle s'efforçait de
rendre humble, nous venons solliciter de vous une
faveur. »

A ces mots, le visage basané de Santa-Anna sembla
s'éclaircir soudain. Isabelle Almonte sollicitant une
faveur, que pouvait-il souhaiter de mieux? Malgré
l'empire qu'il exerçait sur lui, le dictateur avait
peine à dissimuler la joie qu'il éprouvait, en répondant à la comtesse.

« Une faveur si la chose est possible, ou du moins
si elle est en mon pouvoir, ni la comtesse Almonte
ni Louisa Valverde n'ont à craindre un refus. Parlez
donc avec assurance, et dites-moi de quoi il s'agit. »

La comtesse, nonobstant son courage, n'en hési-
tait pas moins à s'expliquer, car, malgré la réponse
qui venait de lui être faite, elle redoutait pourtant
encore un refus. En effet, la même grâce avait été
demandée le matin à Santa-Anna, et sa réponse,
sinon absolument négative, laissait cependant peu
d'espoir.

On n'a pas oublié sans doute que ce jour-là, dans
la matinée, don Ignacio était venu trouver le dictateur pour implorer sa clémence en faveur de Florence Kearney et de Ruperto Rivas; ces dames ne
pouvaient l'ignorer, puisque le ministre n'avait agi
qu'à leur instigation et pressé par leurs sollicitations.

C'était donc en désespoir de cause qu'elles avaient tenté à leur tour cette démarche auprès du dictateur, si peu conflantes qu'elles fussent dans le résultat final de leurs efforts. L'embarras inaccoutumé de la comtesse n'avait pas échappé à Santa-Anna; il le constatait avec plaisir, y voyant un moyen d'action sur celle qu'il voulait forcer à se rendre.

« Ah! voilà qui me contrarie beaucoup, » reprit le dictateur en affectant un ton peiné; il avait d'ailleurs d'excellentes raisons pour l'être réellement, puisque les deux femmes à qui il se flattait de faire agréer ses hommages venaient de lui déclarer en plein visage tout l'intérêt que d'autres leur inspiraient.

« Mais pourquoi, pourquoi, Excellence? demanda la comtesse avec une insistance passionnée; quelle raison avez-vous pour refuser ainsi de rendre la liberté à deux hommes qui n'ont jamais commis de crime et qu'on a jetés en prison pour des torts qu'il serait si facile à Votre Excellence de pardonner? »

Jamais la comtesse n'avait été si belle qu'en ce moment. Son teint s'était animé d'un vif coloris, ses yeux étincelaient du feu de l'indignation; droite, flère, elle s'était levée, ressemblant à une incarnation de la colère et du défi. Par instinct ou par intuition, elle avait compris que toute prière était inutile, que tout était à craindre. Les sentiments qui l'agitaient donnaient à son visage une expression inaccoutumée, qui ajoutait encore à ses charmes et excitaient d'autant plus les mauvaises passions de Santa-Anna, à commencer par la vengeance, car'il ne pouvait douter de tout l'intérêt que Ruperto Rivas inspirait à la comtesse. Avec un cynisme glacial il répliqua :

« C'est peut-être votre manière de juger les choses, mais rien n'est moins prouvé; votre protégé sera

d'ailleurs à même de se défendre et de se disculper
de la double accusation qui pèse sur lui ; j'en prends
l'engagement, et aussi pour celui qui vous inspire un
intérêt plus direct, ajouta-t-il, en se tournant du côté
de Louisa Valverde : ces prisonniers seront jugés
suivant la loi ; justice leur sera faite. Maintenant,
mesdames, avez-vous encore quelque chose à me demander ? »

Elles restèrent un instant sans répondre, voyant
bien que tout effort était superflu et qu'il était inutile
de prolonger cet entretien ; elles avaient hâte de sortir et se dirigèrent vers la porte. La fille de don
Ignacio ouvrait la marche. C'était ce que Santa-Anna
désirait.

Oubliant sa jambe de bois et la boiterie qu'il prenait tant de peine à dissimuler d'ordinaire, il se leva
vivement de son fauteuil, se faufilant derrière les
deux solliciteuses assez promptement pour pouvoir
dire tout bas à Isabelle Almonte :

« Si la comtesse veut bien revenir seule, sa requête aura beaucoup plus de chances de recevoir un
accueil favorable. »

La comtesse traversa le salon en levant dédaigneusement la tête, comme si elle n'avait rien entendu,
mais elle n'en avait pas moins compris ; l'indignation débordait dans l'éclat de ses joues, dans le feu
de son regard ; elle ne pouvait se le dissimuler, c'était
le serpent qui murmurait à l'oreille d'Ève.

CHAPITRE XXI

UN COMPLOT FÉMININ

« Les jours de mon pauvre Ruperto sont menacés, en danger même! Maintenant j'en suis sûre, et peut-être serai-je la cause de sa mort! »

Tout en ayant son amie assise à côté d'elle, la comtesse prononça ces mots presque sur le ton du monologue; toutes deux revenaient en voiture de leur infructueuse tentative auprès du dictateur.

Absorbée dans ses propres préoccupations, Louisa Valverde n'aurait peut-être pas entendu ce que disait son amie, si le sens de ces paroles entrecoupées ne s'était trouvé en parfaite harmonie avec ses propres pensées; elle en ressentit vivement le contre-coup, car elle aussi, en ce moment, songeait au péril de celui qui lui était cher, se disant avec effroi qu'elle en était peut-être la cause. Bien entendu qu'il ne s'agissait pas pour elle de la vie du pauvre Ruperto, mais bien du pauvre Florence Kearney.

« Vous, Isabelle, être l'auteur de sa mort! s'écria Louisa Valverde avec un accent qui témoignait bien moins l'étonnement que l'accord de leur pensée. Ah! oui, je crois vous comprendre.... »

— Que vous me compreniez ou non, ne m'en demandez pas davantage maintenant; c'est une chose abominable, et il me répugne autant d'y penser que d'en parler. Vous saurez tout plus tard; ce qu'il faut aujourd'hui, c'est nous mettre à l'œuvre immédiatement et en faisant appel à toute notre habileté, à toute notre énergie. Il le faut, n'est-ce pas? *Valge me dios!* »

Malgré le ton interrogatif d'Isabelle Almonte, elle ne se flattait guère de recevoir de réponse; l'air découragé de Louisa Valverde montrait qu'elle n'en avait pas de satisfaisante à donner; personne ne savait mieux qu'elle à quoi devaient tendre leurs efforts et aussi leur peu de chance de succès. Non moins inquiète que la comtesse et l'air encore plus triste, elle se borna à répéter l'exclamation de son amie :

« Valge me dios! »

Elles restèrent quelque temps plongées dans leurs pensées, sans échanger un seul mot, puis la comtesse reprit la parole en disant :

« Combien je regrette, *amiga mia*, que vous soyez si peu capable de ruse!

— *Santissima*, s'écria son amie, aussi étonnée du fond que de l'étrangeté de l'observation, et pourquoi cela?

— Parce que j'ai imaginé une manœuvre au moyen de laquelle nous pourrions, je crois, arriver à quelque chose, si vous étiez femme à en essayer.

— O Isabelle! que ne ferais-je pas pour obtenir la liberté de Florence Kearney!

— Ce n'est pas celle de Florence, mais celle de Ruperto que je veux obtenir par votre intermédiaire; je me charge de celle de Florence. »

L'étonnement de la fille de don Ignacio allait toujours croissant. Que pouvait donc vouloir dire la comtesse? Elle s'en informa en demandant :

« Quel rôle désirez-vous me faire jouer?

— Celui d'une coquette, pas davantage. »

Rien n'était moins dans la nature de Louisa Valverde. Tout en ayant un grand nombre d'admirateurs, et d'admirateurs passionnés, elle n'avait à se reprocher envers eux ni légèreté ni encouragement. Du jour où Florence Kearney était entré dans son cœur, elle le lui avait gardé en toute sincérité et en toute loyauté. Aussi l'accusait-on de froideur et même de pruderie, sans comprendre avec quelle ardeur ce cœur battait, mais pour un seul. La manœuvre projetée par Isabelle Almonte troubla profondément Louisa Valverde. S'apercevant de l'agitation de son amie, la comtesse s'empressa de dire :

« Mais pour un temps limité, *amiga mia;* il n'est pas question de vous imposer ce rôle assez long-temps pour qu'il puisse vous compromettre; il ne s'agit pas davantage de faire perdre la tête à tous les beaux messieurs qui tourbillonnent autour de vous, mais à un seul.

— Qui cela?

— Don Carlos Santander, colonel de hussards, attaché à l'état-major, aide de camp de Son Excellence; ses fonctions, paraît-il, ne sont ni purement militaires, ni toujours honorables; pour des motifs inavoués, et dont il est inutile de nous inquiéter, cet officier jouit de la plus grande faveur auprès du dictateur; je voudrais que cette influence nous vînt en aide, et c'est sur vous que je compte pour obtenir ce résultat.

— Ah! Isabellita, quelle erreur de croire que je pourrais exercer sur lui tant d'action! Carlos Santander est certainement le dernier homme à vouloir employer son crédit pour solliciter la grâce de Florence Kearney, vous savez pourquoi?

— Ah! oui, je le sais, mais il peut m'aider à obtenir celle de Ruperto. Mes avantages personnels, si j'en ai quelques-uns, n'ont jamais frappé, heureusement, le brillant colonel, qui n'a d'yeux que pour vous. Il n'est pas jaloux de Ruperto; il lui est hostile, mais

seulement parce qu'il se croit obligé d'épouser tous
les sentiments de son chef; si vous consentez à
suivre mes instructions, il sera facile de triompher
de ce mauvais vouloir.

— Que voulez-vous que je fasse?

— Consentir à être aimable avec lui, du moins
en apparence et juste le temps de constater la force
de votre empire.

— Je suis certaine de ne pas réussir.

— Eh bien! moi, je suis convaincue du contraire,
amiga mia. Sans doute cela pourra vous coûter
quelque ennui; mais vous le ferez pour moi, n'est-ce
pas? Pour récompense, poursuit la comtesse et
comme pour rendre son appel plus pressant, j'agi-
rai de la même façon pour vous, jouant le même
rôle près d'une autre personne et dans l'intérêt d'un
autre individu, don Florence. Me comprenez-vous?

— Pas encore complètement.

— Peu importe, je m'expliquerai plus clairement
une autre fois; seulement permettez-moi...

— Très chère Isabelle, je ferai tout pour vous.

— Et pour don Florence! Son nom est le meilleur
garant de votre consentement, *mil gracias*. Mais
quel jeu de propos interrompus, moi pour vous,
vous pour moi, ni l'une ni l'autre pour nous-mêmes!
Cependant il ne faut pas désespérer d'y gagner toutes
les deux. »

A ce moment, la voiture s'arrêta près de l'entrée
du palais Valverde, pour laisser descendre dona
Louisa; la comtesse la suivit et commanda au cocher
de rentrer; il n'y a qu'un pas de là chez elle, et elle
le fera à pied; puis elle a encore quelque chose
à dire à son amie.

Elles entrent dans le *patio* et se placent de façon à
pouvoir causer sans être entendues des indiscrets.

Les deux amies reprennent aussitôt leur dialogue.

« Le temps presse, dit Isabelle, et aujourd'hui même, si l'occasion s'en présente, il faudra en profiter pour être à la procession...

— Oh! que la pensée de cette procession m'est pénible! Se dire que tout le monde est en fête quand lui gémit sous les verrous d'une prison! Il nous faudra longer les murs de cette geôle! Ah! j'aurai, j'en suis sûre, une envie folle de descendre et de passer la porte.

— Ce serait le meilleur moyen pour ne pas voir don Florence, et même peut-être pour ne jamais le revoir. C'est tout l'opposé qu'il faudrait faire; vous compromettriez par là tout mon plan. Je vous en dirai plus long quand le moment sera venu.

— Alors vous tenez à ce que nous y allions?

— Certainement, et toujours en vue de mon projet; c'est pour cela que je vous ai demandé de me prendre avec vous dans la voiture du dictateur; rien ne serait moins politique que de froisser Sa Grandeur; si irritées que nous soyons contre lui, je regrette de m'être laissée aller tantôt à montrer de l'humeur en sa présence; mais comment eût-il pu en être autrement? Entendre appeler Ruperto un voleur! Cependant, cela aura peut-être son bon côté. Allons, allons vite! Montez dans vos appartements, cherchez dans les trésors de votre garde-robe, de vos écrins, parez-vous de vos plus beaux atours; et surtout soyez prête quand arrivera la voiture de gala. Caramba! ajouta-t-elle, après avoir tiré sa montre et regardé l'heure, nous n'avons qu'à nous hâter. J'ai encore à m'habiller. »

A peine avait-elle fait quelques pas qu'elle se retourna soudain, disant :

« Un mot encore, de peur que je ne l'oublie; la

prochaine fois que vous vous trouverez en présence
de Carlos Santander, dépouillez cet air malheureux ;
le chagrin est la plus mauvaise arme dont un
homme ou une femme puisse faire usage, le pire des
avocats dans toutes les causes; dissimulez-le, croyez-
moi, lorsque vous vous trouverez en présence de
Carlos Santander, ce qui aura sans doute lieu d'ici
une heure. Prenez l'air rayonnant, faites feu de vos
plus séduisants sourires; de mon côté, c'est ainsi
que je compte agir avec Antoine Lopès de Santa-
Anna. »

Isabelle Almonte quitte enfin son amie ; mais, en
traversant le *saguan*, un nuage semble alors se répandre sur tout son visage, nuage qui tient à une
tout autre cause qu'à l'ombre que projette la grande
porte voûtée; bref, elle n'a pas moins besoin d'encouragement et d'efforts que son amie pour dissimuler sa tristesse sous le masque de la gaieté.

CHAPITRE XXII

DANS LES ZANCAS

L'escouade des prisonniers enchaînés de l'Accordada est conduite *calle de Plateros*. Domingue, le
geôlier, les accompagne, un fouet énorme à la main,
à l'extrémité duquel est attachée une formidable
mèche en lanière de cuir brut. Pour escorte, deux
ou trois gaillards, faisant partie des gardes de la
prison, soldats d'infanterie en tenue de treillis sale,
lourd shako sur la tête et armés de l'ancien fusil à
silex.

Les égoutiers sont accouplés deux par deux, par

une chaîne à la cheville, tenue plus large que d'ordinaire, afin de laisser une certaine liberté de mouvement. Une des raisons d'être de ce système, c'est
qu'il évite une garde nombreuse; dans ces conditions, une sentinelle suffit là où autrement il faudrait
une douzaine d'hommes. C'est une garantie contre
l'évasion, éventualité qui paraît inadmissible sous
les baïonnettes et les canons des fusils.

Pour des *desparados*, comme il s'en trouve parfois parmi ces détenus, ce ne saurait toujours suffire,
si on leur laissait les jambes libres; plus d'un en a
fourni la preuve; nulle part ailleurs, du reste, on ne
rencontre des conditions aussi favorables pour
s'échapper. Dans la métropole mexicaine, il est des
quartiers entiers où la police, et pour cause, n'a
garde de se montrer, et où un coupable poursuivi
même par des soldats en uniforme, voit toutes les
portes s'ouvrir pour lui et tous les moyens d'évasion
lui être offerts. Parvenu dans la campagne ou dans
la montagne, l'une et l'autre d'un accès facile, qu'a-
t-il à craindre? Bien sûr que la première figure humaine qu'il rencontrera sera celle d'un salteador, ou
d'un voleur de grand chemin. Revenons donc à la
calle de Plateros, où nous avons laissé nos prisonniers.

Les dalles des zancas ont été enlevées, laissant à
découvert la tranchée pleine de limon infect; près
de là, des outils sont jetés pêle-mêle : pelle à main,
drague, pelle à long manche. Arrivé à cet endroit,
Domingue, qui ne quitte pas les prisonniers d'une
semelle, leur donne l'ordre de commencer; tout
refus ou désobéissance est impossible; mais, à la
façon dont cet homme manie son fouet, il regrette
évidemment qu'un réfractaire ne lui procure pas
l'occasion de s'en servir; l'hésitation pure et simple

est punie d'un coup de crosse, ou d'un coup de
baïonnette si l'on persiste; pas n'est besoin d'ailleurs
de recourir à ces moyens violents, car la plupart
des forçats ont déjà fait plusieurs fois ce curage
et se mettent à la besogne dès que l'ordre leur en
est donné. *Nolens volens.* Kearney et Cris Rock sont
obligés de faire comme les autres; mais jamais peut-
être personne qui fut onques ne se saisit de son
outil avec un tel dégoût que le Texien; il commence
par faire faire à sa pelle, une pelle à long manche,
le moulinet au-dessus de sa tête, de l'air de vouloir
en asséner un coup sur le chef de la sentinelle.

« Malédiction! » s'écrie-t-il, en brandissant son
outil. Et braquant sur le soldat des regards furibonds :

« N'était que la chose ne servirait à rien et que
ce n'est pas vous qui êtes le vrai coupable, je vous
aurais bientôt aplati le crâne, vilain drôle! Ah! que
ne suis-je au Texas avec un bon fusil! Les Mexicains que d'aventure je rencontrerais sur mon chemin auraient, je vous le garantis, un mauvais quart
d'heure à passer. »

Sans comprendre un mot de ce monologue, le soldat minuscule n'en est pas moins si abasourdi du
ton et des gestes du géant, qu'il recule de plusieurs
pas, d'un air si penaud et en même temps si comique, que le Texien en éclate de rire; sans disconti-
nuer, il regarde l'égout, y enfonce sa pelle et se met
résolument à la besogne.

Besogne assez facile pour commencer : une sorte
d'écrémage qui ne nécessite pas la descente dans
l'égout. Au bout d'un certain temps, le niveau du liquide ayant sensiblement baissé et le limon devenant
si épais dans le fond, qu'on ne peut facilement l'enlever, ordre est donné à un certain nombre d'hom-

mes de descendre dans le fossé ; c'est de la barbarie,
de la sauvagerie ! Bill Sykes lui-même aurait refusé
d'envoyer là ses terriers à la chasse aux rats, mais
Domingue n'avait pas de semblables scrupules à l'endroit des malheureux placés sous sa surveillance, et,
après un *carajo* bien ronflant et avoir cinglé l'air
d'un coup de fouet retentissant, il répète cet ordre
d'un ton plus significatif encore.

Un des forçats, descendant d'un air gaillard, plonge
dans le limon jusqu'à mi-corps, la boue sautant
en éclaboussures tout autour de lui ; d'autres ,
plus délicats, font tant de façons, que force est
d'employer la baïonnette comme moyen de persuasion ; Cris Rock obéit sans barguigner. Un seul
homme de chaque couple est condamné à cette
infecte besogne ; malgré l'antipathie que le nain
inspire à Cris Rock, il ne souhaite pas le voir noyé,
ou suffoqué dans l'égout.

Si élevée que soit la taille du Texien, il est enfoncé
dans la boue jusqu'aux hanches ; la rue se trouve
être à la hauteur de ses aisselles, tandis que la tête
des autres détenus dépasse à grand'peine ce niveau ;
ni Kearney ni Rivas n'ont encore fait le plongeon ; ils
sont là sur le bord, discutant la question de préséance,
mais non pour s'y soustraire aux dépens du voisin. Si
étrange que cela puisse paraître, sachant ou
croyant avoir affaire à un bandit, le jeune Irlandais
s'était pris de sympathie pour le Mexicain, qui le lui
rendait avec usure. C'était donc à qui éviterait à son
compagnon cette horrible corvée, mais cette dis-
cussion amicale et courtoise se trouva interrompue
ex abrupto par la voix de stentor du geôlier, qui, saisissant d'une main Rivas par l'épaule, de l'autre lui
montra l'égout en s'écriant : *Abajo!*

Que faire, sinon obéir, puisque toute autre alter-

8

native serait pire encore? L'ordre n'est donc pas
plus tôt donné, que Rivas s'y soumet sans hésiter, avec
empressement même, mû par un sentiment de généreuse charité envers le jeune Irlandais. Si Carlos
Santander s'était trouvé là, les rôles eussent été ren-
versés. Kearney serait à coup sûr descendu le premier dans l'égout; mais le gouverneur de la prison
de l'Accordada était chargé de la surveillance des
détails. On n'a pas oublié sans doute les injures que
Rivas, dans sa colère, avait lancées à cet homme; de
là, la cruelle partialité du geôlier à l'égard de Ruperto.

Tout marche enfin; un homme par couple est
descendu au fond de la tranchée; il jette des pel-
letées de l'infect limon sur la chaussée; un autre
presse cette boue sur le pavé, pour empêcher tout
suintement; besogne répugnante pour les uns comme
pour les autres, mais si avilissante pour ceux qui
sont au fond de l'égout, qu'on se ferait scrupule de
l'imposer au dernier des parias.

CHAPITRE XXIII

LA PROCESSION

Si pénible que fût cette corvée, il était quelques
forçats qui n'en faisaient pas moins contre fortune
bon cœur, plaisantant les passants qui se tenaient
prudemment à distance. Une pelletée de l'affreux
liquide noir jetée à intention pouvait, en effet,
compromettre à tout jamais chaussures et vêtements.

La surveillance des sentinelles n'y pouvait rien, et
d'ailleurs elles ne tenaient pas à s'en mêler, les vic-

times de ces plaisanteries étant généralement des *pelados* ou même moins encore, qui, habitués aux lazzis des soldats, acceptaient sans se fâcher les mauvais tours des égoutiers.

Il n'y avait, du reste, que les forçats de la dernière catégorie à agir ainsi ; la majorité des autres prisonniers souffrait trop cruellement de la dégradation qui leur était imposée pour y trouver matière à plaisanterie. Nous savons qu'il y avait parmi eux des hommes qui n'avaient rien fait pour mériter un sort pareil ; quelques-uns pouvaient trouver chez les passants des visages de connaissance, dont la physionomie leur témoignait sympathie, pitié, ou amour, tout au moins quelque chose d'approchant.

A Mexico, il faut qu'un criminel soit cent fois coupable pour être abandonné de sa bien-aimée. De temps à autre, une brune *muchacha* se rapproche de l'endroit où les égoutiers travaillent, prononce à voix basse quelques mots, à la suite desquels une main avide s'empare vivement de l'objet qu'on lui tend ; c'est une tolérance de la part des sentinelles qui, après avoir examiné ce qu'on apporte, savent que la chose ne peut avoir d'inconvénient ; ces petits présents sont généralement des friandises provenant du pâtissier voisin ; celle qui les offre n'ignore pas que le régime de l'Accordada n'est ni abondant ni somptueux. D'ailleurs, en dehors de cela, personne ne s'arrête à regarder les malheureux égoutiers ; pour la plupart, sinon pour tous, c'est un spectacle fort ordinaire, qui n'excite pas plus la curiosité qu'un balayeur dans une rue de Londres : moins même, celui-ci étant souvent d'origine orientale.

Ce jour-là, cependant, l'escouade des égoutiers offrait non seulement cette particularité qu'il s'y trouvait deux Texiens, mais l'accouplement baroque d'un géant et d'un nain.

A Mexico, on voit rarement d'homme ayant six pieds de haut; Cris Rock, qui dépassait ce maximum de quelques pouces, était une exception des plus extraordinaires; le colosse accouplé au pygmée, comme Gulliver à Lilliput (un Lilliputien contrefait), ne pouvait manquer d'attirer l'attention des curieux, qui presque tous, en les voyant, poussaient des exclamations de surprise.

« Ay dios, s'écriait l'un; *gigante y enano!* Un géant et un nain enchaînés ensemble! quelle bizarrerie! »

Ces observations et d'autres du même genre provoquaient de temps en temps le rire des spectateurs. Le Texien ne saisissait pas ce qu'on disait, mais leur hilarité l'agaçait. Il présumait qu'on se moquait de sa haute stature, avantage dont il était très fier.

Ah! que ne pouvaient-ils comprendre aussi, pendant qu'ils le regardaient d'un air railleur, les saillies qui de temps en temps s'échappaient de ses lèvres, comme un roulement de tonnerre! Ils auraient été convaincus qu'il les payait dans la même monnaie. Voilà un spécimen de ses plaisanteries :

« Que le diable vous emporte, pygmées à la face jaune! Ah! si j'avais un million de vos pareils lâchés dans les prairies du Texas, je mettrais à vos trousses quelque chose qui ne vous ferait pas rire, allez! Une meute peu nombreuse vous aurait bientôt mis aux abois et forcés; mais elle refuserait de se repaître d'une telle curée! »

Fort heureusement pour lui, les pygmées ne comprenaient pas ses apostrophes, autrement il eût pu lui en coûter cher, sa force herculéenne ne l'aurait

pas préservé d'être vigoureusement roulé par eux.
Mais rien que leur regard moqueur l'irritait comme
un taureau piqué par des taons; c'était peut-être là
une des causes qui l'avaient fait descendre si vivement dans l'égout; là, enfoncé jusqu'au coude, il
était à la fois moins remarquable et moins remarqué.

Il est midi; le soleil brûle, les forçats n'en sont pas
moins toujours condamnés au travail sans trêve ni
pitié, jusqu'au moment où, leur besogne achevée,
tard sur le soir, on les reconduira dans leur geôle
respective; le cruel geôlier le leur répète sur un ton
goguenard, paraissant se faire un point d'honneur de
leur rendre cette corvée aussi désagréable que possible, passant et repassant au milieu d'eux d'un air
fanfaron et autoritaire.

Dans l'après-midi, cependant, une circonstance se
produit qui semble devoir leur être favorable; un
grand nombre de gens arrivent des rues voisines et
couvrent littéralement les trottoirs; ce ne sont pas
des pelados, mais des individus appartenant à une
classe plus respectable; ils ont mis leur costume du
dimanche, comme pour *a dia de fiesta*. On apprend
aux égoutiers la cause de cette animation; quelques-
uns le savent déjà, mais sans que la chose semble les
intéresser en rien.

Il en est deux cependant parmi eux, qu'elle concerne directement, bien qu'ils soient à cent lieues d'y
songer.

Le flot humain qui va toujours grossissant les
ramène enfin à la réalité : c'est Kearney et Rivas;
tous deux, sachant la langue du pays, ont compris
qu'il s'agit d'une *funcion*, la pose d'une première
pierre dans le faubourg San-Corme; le premier magistrat, armé d'une truelle d'argent, doit présider la

cérémonie avec toute la pompe et l'éclat possibles.
Le cortège, parti de la Plaza-Grande, doit passer par
la Calle de Plateros; c'est là ce qui attire la foule.
Funcios et Fiestas sont si fréquentes dans la capitale
du Mexique, comme d'ailleurs dans tout pays du farniente, que la cérémonie excite peu de curiosité en
dehors du faubourg San-Corme.

Le besoin d'une église se faisait d'autant plus sentir
dans ce quartier que c'était un véritable antre de
gens mal famés; beaucoup d'entre eux n'en avaient
pas moins revêtu leurs hardes du dimanche pour voir
passer la procession. De loin, elle s'annonce au bruit
du fifre, des tambours et de tous les cuivres d'un
orchestre militaire. Des lanciers forment l'avant-garde,
puis viennent deux voitures : dans l'une est l'évêque
de Mexico avec ses secrétaires ; l'autre est remplie
d'ecclésiastiques en riches vêtements sacerdotaux,
l'Église, en pareille circonstance, ayant toujours la
préséance.

Derrière ces deux voitures vient le carrosse doré de
Santa-Anna; le dictateur est en grande tenue, et les
officiers de son escorte portent leurs plus beaux uniformes. A côté de lui, Kearney aperçoit quelqu'un
dont la vue lui cause la plus profonde surprise, car,
sous le costume du diplomate et les insignes qui re-
couvrent sa poitrine, le jeune Irlandais reconnaît
qui?.... son ancien professeur de langue espagnole,
don Ignacio Valverde; il en est encore tout ahuri,
quand passe une autre voiture qui excite bien autrement encore son intérêt et sa curiosité. On sera bien
loin de s'en étonner quand on saura que celle qui
l'occupe n'est autre que la fille de don Ignacio, la
belle Louisa Valverde!

CHAPITRE XXIV

REGARDS SIGNIFICATIFS

Oui, la jeune femme assise dans la voiture est bien Louisa Valverde; ce n'est, hélas! que trop bien elle, se dit Florence Kearney ; en la voyant, il éprouve l'anxiété que ressent celui qui sait la femme qu'il aime exposée à un danger imminent; il est persuadé qu'il en est ainsi pour Louisa Valverde, et des souvenirs pénibles hantent à l'envi son esprit; ces craintes, ce danger, loin d'être imaginaires, se montrent à ses yeux sous la forme réelle d'un cavalier qui escorte la voiture : c'est Carlos Santander en uniforme à passementeries d'or, le visage souriant, épanoui d'orgueil et de satisfaction.

Quel contraste avec l'aspect du misérable poltron qui, tout recouvert d'écume verdâtre, sortait en rampant du lac Pontchartrain ! Mais peut-être plus grand encore était le contraste qu'offraient le passé et le présent de ces deux hommes!

Le colonel de hussards ne paraissait pas appartenir à l'escorte régulière du dictateur; mais il semblait libre de choisir sa place dans le cortège, et chacun de la lui envier, car la seconde dame dans la voiture, la comtesse Almonte, était belle et jeune; néanmoins il ne la regardait pas et ne lui parlait pas davantage, n'ayant d'yeux et d'oreilles que pour Louisa Valverde, qui paraissait l'écouter avec autant d'attention que de bonne volonté. C'en était assez pour remplir le cœur de Kearney non pas seulement de tristesse, mais de rage; dévoré d'inquiétude, il se demandait : « Sont-ils mariés? Non, ce

n'est pas la manière d'être d'un mari et d'une femme.
Peut-être sont-ils fiancés ; elle l'aime, et elle lui avait
probablement déjà donné son cœur, quand je croyais
qu'il était à moi. Quelle cruelle déception ! quel triste
retour des choses d'ici-bas ! »

Ces réflexions traversent, rapides comme l'éclair,
la pensée de Kearney ; il ne saurait, du reste, s'y
livrer plus longuement, car, la voiture se trouvant
lui faire face, il s'aperçoit que les jeunes femmes
qui l'occupent se penchent vers lui d'un air étrange
et interrogatif ; ce mouvement imprévu paraît leur
avoir été suggéré, comme, en effet, il l'a été, par
le cavalier qui se tient debout près d'elles à la portière.

Florence Kearney l'avait vu leur faire signe dans
cette direction, en remuant les lèvres, mais sans pouvoir entendre ce qu'il disait.

« *Mira los tejanos!* s'était écrié Santander, montrant Kearney au milieu d'un groupe ; l'un d'eux, si
je ne me trompe, est une de vos connaissances, dona
Louisa. Oh ! quelle chose bizarre ! ajouta-t-il d'un air
étonné, il est enchaîné à un criminel ! Mais j'ai tort
d'appeler criminel quelqu'un qui inspire le plus sympathique intérêt à la comtesse Almonte, du moins
si l'on en croit la chronique ; est-ce vrai, comtesse ? »

De réponse, point ; car personne n'écoute ; les deux
jeunes femmes sont trop absorbées par la vue de
ceux que Carlos Santander vient de signaler à leur
attention. L'une tient ses regards fixés sur Florence
Kearney, l'autre sur Ruperto Rivas, qui, grâce à la
condescendance de leur gardien, étaient hors de
l'égout. Quel échange de regards entre la comtesse
Almonte, Louisa Valverde, Florence Kearney et Ruperto Rivas ! Que d'émotions vives et diverses s'y tra-

hissent! Surprise, tristesse, sympathie, colère et plus
sûrement encore un amour profond, fidèle, inalté-
rable.

Cette rencontre a été préparée à l'avance avec une
sûreté de coup d'œil extraordinaire par Carlos Santander ; il se tient à gauche de la voiture, l'égout se
trouve à droite ; de cette façon, il voit seulement de
dos les deux amies ; s'il eût pu lire en ce moment
dans leurs yeux, le succès de son plan lui aurait à
coup sûr inspiré des craintes, car ces mêmes yeux
qui, tout à l'heure, le regardaient avec bienveillance,
sont maintenant attachés sur Kearney avec une sympathie des plus vives et des plus tendres.

Celui qui se sentait le point de mire de ces regards
s'évertuait à en bien interpréter le sens : d'abord à
quoi attribuer la pâleur livide qui s'était répandue,
en le voyant, sur les traits de Louisa Valverde? A la
surprise, au sentiment de son infidélité, ou à la pitié?
Cette dernière hypothèse était pour lui une torture
plus pénible que celle qu'il subissait à l'Accordada.
Non, non, ce ne pouvait être seulement de la pitié ;
le frémissement involontaire, la pâleur soudaine, l'ardeur de ses yeux toujours si beaux, une étincelle
indescriptible dans ce regard, tout lui rappelait le
temps où il se croyait aimé et lui donnait confiance
de l'être encore; un physionomiste qui les eût obser-
vés tous les quatre, aurait déclaré à première vue que
Ruperto Rivas et la comtesse se comprenaient bien
mieux encore que Florence et Louisa.

Le visage de la comtesse exprima d'abord la surprise, puis l'indignation, mais un signe de son cher et
noble Ruperto eut promptement raison de ce dernier
sentiment ; des yeux, Isabelle lui disait qu'il lui était
toujours aussi cher et que, même sous son affreux
costume, il n'en était pas moins pour elle le noble

Ruperto, tout aussi bien que lorsqu'il portait un brillant uniforme, uniforme galonné d'or comme celui de Carlos Santander, mais que ce dernier était bien moins digne de porter. Elle, croire qu'il était devenu un bandit ! Oh ! non, jamais ! Puis, si elle l'avait cru, il n'aurait pas cessé pour cela de lui être cher. Les regards de Ruperto Rivas, loin d'exprimer la jalousie, montraient toute confiance dans l'amour qu'il inspirait à la comtesse.

Si le récit de cet incident semble un peu long, les gestes, les pensées, les regards des quatre intéressés n'occupèrent cependant tout au plus qu'une minute ; la voiture contenant les deux jeunes femmes disparut ; puis passèrent d'autres voitures, contenant d'autres dames ; ensuite défila la cavalerie : lanciers, hussards, dragons, et enfin la musique militaire, dominée par les cris de : « Viva Santa-Anna ! et Illustrissimo viva il salva della patria ! » poussés par la populace massée sur les trottoirs.

CHAPITRE XXV

UNE MISSIVE MYSTÉRIEUSE

« Isabelle, est-il possible ! dans une escouade de forçats ! dans les égouts ! Madre de Dios ! » s'écrie Louisa Valverde éperdue, en s'adressant à la comtesse.

La cérémonie est achevée ; les deux amies sont en tête à tête chez don Ignacio, dans la *salla*, assises sur le divan, où elles se sont jetées, épuisées de fatigue, fatigue non pas de corps, mais d'esprit, causée par la contrainte qu'elles se sont imposée pendant des heures et par le besoin de soulager leur cœur ; depuis l'instant où elles s'étaient trouvées près de l'escouade, elles avaient fait bonne contenance, souriant quand elles auraient voulu pleurer; la comtesse en avait fait une loi à son amie pour les raisons qu'on sait déjà; mais, une fois rentrées, rien ne les empêche plus de donner cours à l'émotion qui depuis trop longtemps les poigne au cœur.

La comtesse, en parfaite communauté de sentiment avec son amie, reste atterrée et muette; tout dans leur attitude révèle un grand et profond chagrin : tête basse, mains jointes convulsivement, yeux fixes. Quelle anomalie avec leur triomphante beauté et leurs brillants atours! A les voir, il est difficile de supposer leur sort autrement qu'heureux, tandis qu'en réalité il est des plus tristes!

« Ah! oui, s'écrie enfin la comtesse, en poussant un profond soupir et paraissant être encore sous l'impression d'un douloureux cauchemar, maintenant je commence à mieux comprendre la gravité de la situation. Mon Ruperto est en danger, en bien plus grand danger que je ne le supposais ce matin, et votre Florence également : j'ai lu son arrêt de mort dans les yeux de don Carlos Santander. On dit que les Texiens seront fusillés.

— Oh! Isabelle, comment pouvez-vous répéter une chose pareille? S'ils le tuent, mais qu'ils me tuent aussi! Mon bien-aimé Florence! Sante Guadelupe! Sainte Vierge! priez pour lui! »

Appendue au mur, comme dans toute habitation au Mexique, était l'image vénérée de la patronne de ce pays. Louisa se lève, traverse le salon et se précipite à deux genoux. Elle reste ainsi quelques instants mains jointes et murmurant une prière.

La conduite de la comtesse est tout autre; si bonne catholique qu'elle soit, elle n'a pas une foi aveugle

dans les miracles et dans la puissante intercession de
de Sante Guadelupe. La doctrine de Cromwell, qui
consiste à user de la poudre sèche, lui parait plus
efficiente, et c'est là ce qu'elle entend pratiquer en se
servant, non pas de poudre, mais d'or.

« Inutile, dit-elle à son amie, de rester ainsi à
genoux; prions mentalement, comme je l'ai déjà fait
maintes fois, et vous aussi, j'en suis sûre; maintenant
mettons en action un autre moyen dont l'argent sera
le nerf; peu importe ce qu'il faudra débourser. Allons,
allons, Louisa!

— Je suis toute prête, répondit son amie en se
relevant, mais dites-moi ce qu'il y a à faire; le pouvez-vous? »

La comtesse garda le silence pendant quelques
secondes, la tête dans la main; ses doigts étincelants
de bagues frappaient son front, comme pour aider
sa pensée; sans doute quelque plan à moitié ébau-
ché et qui demandait une plus longue élaboration.
Les mots suivants prouvèrent qu'il fut bientôt arrêté.

« *Amiga mia*, parmi vos gens, est-il quelqu'un en
qui l'on puisse avoir une entière confiance?

— Je puis compter sur José.

— Oui, mais la première tentative n'est pas de sa
compétence; il s'agit seulement de porter une lettre
dans des conditions qui nécessitent toute l'adresse
d'une femme; nous mettrons José à contribution
dans une autre occasion; deux ou trois de mes femmes méritent toute confiance; seulement elles sont
aussi connues dans la *calle de Plateros* que les pavés,
et, en outre, leur intelligence et leur adresse laissent
trop à désirer; il faut trouver une femme dont l'intelligence égale le dévouement.

— Pepita pourrait-elle vous convenir?

— La petite métisse que vous avez ramenée avec
vous de la Nouvelle-Orléans?

— Elle-même; c'est une fine lame celle-là et qui
m'est entièrement dévouée. »

La fille de don Ignacio le savait par expérience, la
jeune servante ayant souvent fait ses preuves à la
Casa de Calvo.

« D'après tout ce que j'en connais, dit la comtesse, elle me paraît être la personne même que je
cherche. Vite, vite, de l'encre, du papier, et en même
temps sonnez Pepita. »

La comtesse est maintenant tout feu, tout action;
son amie, montée au même diapason, agite violemment la sonnette.

Encre, papier et plume se trouvant dans le salon,
la comtesse, en attendant qu'on réponde à son
appel, se met à griffonner quelques mots sur un
morceau de papier qu'elle plie; mais, au lieu de le
mettre sous enveloppe, elle le roule entre ses doigts,
comme si, mécontente de ce qu'elle avait écrit, elle
voulait le détruire; rien cependant n'était moins
dans ses intentions.

« Muchacha! dit-elle à Pepita, qui, en qualité de
femme de chambre, avait immédiatement répondu
au coup de sonnette, votre maîtresse affirme que
l'on peut non moins compter sur votre intelligence
que sur votre dévouement; est-ce vrai?

— Je ne sais si c'est à moi qu'il appartient de parler de mon intelligence; mais, quant à mon dévouement, j'espère que dona Louisa le connaît assez pour
qu'il ne soit pas besoin d'en rien dire.

— Peut-on compter sur vous pour remettre une
lettre sans souffler mot de la chose à âme qui
vive.

— Oui, pourvu que ma maîtresse me l'ordonne.

— Oui, Petita, je le veux, répondit dona Louisa.

— *Muy ben, señorita;* à qui faudra-t-il la remettre? »

Bien que parlant à sa maîtresse, la question s'adressait plutôt à la comtesse, entre le pouce et l'index de laquelle Pepita avait aperçu l'objet qu'on allait lui confier. La réponse demandait quelque réflexion. La lettre étant pour Ruperto Rivas, comment Pepita, qui ne le connaissait pas, pourrait-elle la lui remettre? Cette difficulté, qu'on n'avait pas prévue, les jeta pendant un moment dans une grande perplexité: en cette conjoncture, dona Louisa trouva la première une solution.

« Dites-lui, murmura-t-elle à Isabelle, de la remettre à Florence Kearney, elle le connaît et pourra...

— Caramba! s'écria la comtesse; c'est une vraie inspiration que vous avez là; comment n'y ai-je pas pensé! Allons, expliquez-lui ce dont il s'agit.

— Pepita, dit Louisa Valverde, en prenant des mains de la comtesse le petit morceau de papier, voilà ce qu'il faudra remettre à quelqu'un que vous connaissez bien.

— Où l'ai-je vu, señorita?

— A la Nouvelle-Orléans.

— Don Carlos, madame?

— Non pas, répondit Louisa en faisant une moue dédaigneuse, mais don Florence Kearney.

— Ay Dios! est-il ici? je n'en savais rien; ou puis-je le trouver? »

Inutile de répéter la suite de cette conversation; il suffit de dire qu'avant de quitter le salon, Pepita savait où elle trouverait don Florence et ce qu'elle devrait lui dire, deux choses d'ailleurs assez faciles. Par contre, bien plus compliquée et bien plus dan-

gereuse était la mission confiée à José. Vingt minutes
à peine s'étaient écoulées, qu'il était au courant de
ce qu'on attendait de lui ; il s'engagea à remplir sa
mission coûte que coûte ; plusieurs raisons concou-
raient à stimuler son courage : son dévouement à sa
jeune maîtresse, l'espoir de gagner les bonnes grâces de Pepita, son amoureuse, qui, ainsi qu'il le
savait déjà, avait accepté avec empressement le rôle
qui lui était confié, puis enfin un talisman que la
comtesse avait entre les mains ; c'était une magnifique montre d'or, d'une valeur au moins de cent
dollars ; la faisant briller aux yeux de José, la
comtesse lui avait dit : « Voilà votre récompense,
José ; cela ou son équivalent en doublons d'or ! »
Tout autre argument était superflu... Là-dessus il
partit pour faire, et faire vivement, certains prépara-
tifs, bien résolu qu'il était de ne rien négliger pour
gagner la montre.

CHAPITRE XXVI

LE LANGAGE DES YEUX

La cérémonie n'a pas été longue, et il est encore
de bonne heure dans l'après-midi quand la procession repasse le long de la Calle de Plateros. Les
égoutiers sont toujours à l'ouvrage ; il est, je crois,
inutile de dire que, parmi eux il en est deux qui
attendent patiemment le retour d'une certaine voiture.

En si pitoyable état qu'ils soient, ni l'un ni l'autre
ne redoutent de se montrer de nouveau à des yeux
dont l'expression leur a été droit au cœur.

Rivas espère qu'en échangeant encore quelques regards avec la comtesse il pourra en apprendre davantage, tandis que Kearney, moins confiant dans l'expression de ceux qui lui avaient été lancés, aspire ardemment à pouvoir lire une seconde fois dans ces mêmes yeux.

Rivas et Kearney n'attendent pas en vain; la procession ne tarde pas à revenir; la voiture en question occupe toujours la même place dans le cortège; les deux mêmes dames à l'intérieur; mais d'officier de hussards, ou d'aucune autre arme, point. Santander, l'aide de camp, n'est plus là; peut-être son chef a-t-il jugé plus sage de l'envoyer caracoler ailleurs.

Toujours est-il que cette éclipse du colonel, quelle qu'en soit la cause, ravit les deux pauvres égoutiers: l'échange des regards et des signes devient désormais bien plus facile. Le regard lancé à Kearney est accompagné d'un petit signe de reconnaissance. Il ne peut espérer mieux, étant données les circonstances.

D'ailleurs qu'est-il besoin de mots quand le langage des yeux exprime avec tant d'éloquence la considération, la foi, l'amour inébranlable? La pitié n'a plus rien d'humiliant pour ceux qui s'en voient l'objet dans ces conditions-là.

Dès que la voiture s'éloigne, Rivas dit à son compagnon:

« Vous souvient-il d'avoir entendu un jour le gouverneur de la prison me plaisanter à propos d'une certaine comtesse?

— Oui.

— Eh bien! c'est elle qui est assise auprès de la jeune femme qui vous a fait des signes. Je ne puis vous dire qu'une seule chose: c'est que si le dévouement

le plus absolu peut, à prix d'or et d'argent, acheter
notre liberté, tout espoir n'est pas perdu de nous
délivrer des serres de nos geôliers. »

La conversation fut interrompue *ex abrupto* par
l'arrivée de Domingue, qui s'était éloigné un moment
pour aller boire à l'une des *pulquerias* du voisinage.

De retour au milieu des prisonniers, il les tour-
menta de la façon la plus brutale; pendant près d'une
heure ils continuèrent à travailler, mais non plus
toutefois avec la même régularité.

Le flot des curieux envahit les trottoirs; la plupart
des piétons montrent par leur démarche hésitante
qu'ils ont dû, eux aussi, faire une visite aux *pulquerias;* quelques-uns restent à fraterniser avec les soldats; ils eussent bien volontiers fait de même avec
les forçats, si la chose eût été possible; on ne les
empêche pas de causer avec les premiers et même
de leur offrir des consommations; sentinelle après
sentinelle déserte son poste, pour absorber un petit
verre de liqueur quelconque. Domingue ne faisait
pas exception à la règle en allant, lui aussi, faire de
fréquentes libations au cabaret voisin.

C'en était assez pour permettre aux égoutiers
d'échanger ensemble quelques mots et d'en prendre
plus à l'aise.

Pendant un moment de trêve, le jeune Irlandais
remarqua que les yeux de son compagnon de chaîne
erraient continuellement sur les trottoirs, tantôt à
droite, tantôt à gauche, le visage faisant face à la
Plazza-Grande, comme s'il attendait quelqu'un dans
cette direction; Kearney, lui aussi, regardait les passants, mais par simple curiosité, lorsque son attention fut attirée par une jeune fille placée sur le bord
du trottoir.

Elle était d'assez petite taille, vêtue comme une

9

femme du peuple : jupon court, camisa sans manches, bras et pieds nus; la tête, la poitrine cachées
sous un « riboso ». De son visage elle ne laissait
voir absolument qu'un œil à travers une petite fente
qu'elle se ménageait par la manière dont elle tenait
son châle; la jeune fille s'était approchée d'un ma-
gasin de bijouterie, comme si elle voulait se donner
le régal d'une flânerie.

Kearney n'eût pas remarqué cette jeune fille plutôt
que beaucoup d'autres qui passaient et repassaient,
s'il n'eût cru s'apercevoir qu'elle fixait sur lui un
regard d'une intensité persistante et d'une expression différente de celle qu'on doit attendre d'une
inconnue. Son maintien avait également quelque
chose de particulier. Bien que faisant presque face
à la boutique, sa tête était légèrement inclinée,
de façon à avoir l'œil imperturbablement fixé sur
Kearney.

Il fut d'abord très intrigué de l'intérêt qu'il inspirait à cette jeune fille; si elle avait porté des souliers
de satin et des bas de soie, il eût peut-être trouvé la
chose toute naturelle; mais une petite *muchacha* en
jupon d'étoffe commune et en châle de grossière
qualité sur les épaules ! Voilà qui était inexpli-
cable !

Il ne tarda pas cependant à se l'expliquer.... La
jeune fille, sûre enfin d'avoir réussi à attirer les
regards de Kearney, tint son châle moins hermétique-
ment fermé laissant à découvert une partie de son
visage et ses deux yeux. Kearney reconnut alors la
petite servante qui souvent, très souvent, lui avait
ouvert en souriant la porte de la Casa de Calvo.

CHAPITRE XXVII

UNE LETTRE REMISE ADROITEMENT

C'était Pepita, mais avec un autre costume que celui dans lequel Florence se rappelait l'avoir vue. Elle ne portait pas, comme à la Nouvelle-Orléans, son costume national; en outre, ses vêtements étaient râpés et ses pieds nus.

« Renvoyée de chez ses maîtres! sans place! se disait Kearney. Pauvre enfant! »

Il se serait dispensé de la plaindre, s'il l'avait vue une demi-heure plus tôt, portant une jolie robe de mousseline, des bas blancs et des souliers de satin bleu. Mais depuis lors elle avait changé de toilette, aidée dans cette opération par la comtesse, qui s'était ingéniée à lui composer un costume mieux approprié à la circonstance.

Persuadé qu'elle était sans situation et se rappelant les nombreuses attentions qu'elle avait eues pour lui à la Casa de Calvo, Florence se proposait de l'appeler et de lui dire un mot de sympathie en souvenir du bon vieux temps. Domingue était encore absent, et la sentinelle la plus proche avait maille à partir avec quelqu'un dans la foule.

A ce moment même, il observa chez Pepita un léger mouvement de tête et un geste de la main qui semblait dire : Ne me parlez pas. Elle aussi était passée maîtresse dans le langage muet, qu'on parle si bien dans son pays. Il ne dit donc mot, mais il la vit jeter des regards furtifs tout autour d'elle, comme pour s'assurer que personne ne l'observait. Son châle était

toujours croisé sur sa figure, et de la main qui le
tenait serré sous son menton sortait quelque chose
de blanc... un morceau de papier, supposait-il. Elle
le faisait seulement paraître un instant, puis le reti-
rait aussitôt. Un autre regard significatif accompagnait ce geste, exprimant aussi clairement que des
paroles eussent pu le faire : « Vous voyez ce que j'ai
à vous remettre; laissez-moi agir librement. » Ce
qu'il fit; d'ailleurs n'était-il pas rivé à sa place? Pepita, qui avait la liberté de ses mouvements, fit quelques pas, non dans la direction de Florence, mais de
Cris Rock et du petit bossu, occupés tous deux au
curage quelques pas plus loin. Elle semblait si absorbée par la vue de ce couple bizarre, que personne
ne pouvait la soupçonner d'avoir une autre idée. Personne, en effet, ne l'en soupçonna, sauf Kearney ;
Rivas avait reçu derechef l'ordre de descendre dans
l'égout. D'ailleurs il ne connaissait pas Pepita, bien
que ce fût lui qu'elle désirait surtout connaître, puisque la commission dont elle était chargée le regardait particulièrement. Elle ne pouvait cependant s'en
acquitter sans une démonstration qui serait probablement remarquée et par conséquent dangereuse.
Mais son esprit, à la hauteur des circonstances, allait
bientôt montrer que les deux señoritas n'auraient pu
faire choix d'une plus habile messagère.

« Ay Dios! » s'écria-t-elle tout haut en frôlant le
jeune Irlandais et s'arrêtant, les yeux tout grands
écarquillés, sur ce couple étrange. Sans paraître faire
la moindre attention à Kearney, elle s'était néanmoins
arrangée de façon à l'avoir derrière elle, de manière
à pouvoir lui dire *sotto voce* : « Un billetita, don Florence... pas pour vous, mais pour le señor Rivas.
Tâchez de le lui donner, moi je n'ose... Prenez-le
dans ma main, mais sans qu'on vous voie... » Puis

elle s'écria tout haut : « *Gigante y enano!* Quelle chose bizarre! » Mais déjà le chiffon de papier avait passé au travers des franges de son châle, entre les doigts de don Florence, qui, tout en travaillant, avait réussi à glisser adroitement sa main sous le châle de Pepita. Le but de sa mission rempli, elle jeta de nouveau un regard étonné au géant et au nain, en s'écriant : « Ay Dios! » puis elle fit mine de vouloir prendre l'autre côté du trottoir. Toutefois, avant de s'en aller, elle s'arrangea de façon à dire à Kearney encore quelques mots : « Une voiture va bientôt venir... deux dames à l'intérieur, l'une qui vous aime et qui vous est chère aussi... » Douces paroles dont il la remercia dans son cœur; mais sans oser formuler de remerciements, si bas que ce fût. Puis Pepita était aussi trop loin; passant vivement sur l'autre trottoir, elle ne tarda pas à disparaître bientôt aux yeux de Florence.

Il ne comprenait pas parfaitement ce qu'elle avait voulu dire relativement à une voiture, mais il se doutait que la lettre dont il était maintenant porteur éclaircirait la question; il se hâta donc de la remettre à son destinataire. Heureusement que Rivas n'avait pas été sans observer ce qui s'était passé entre la jeune fille et don Florence; l'air étrange de Pepita l'avait intrigué, et, bien que paraissant toujours absorbé par son travail, ses yeux étaient fixés sur eux. Le dernier épisode de l'entrevue ne lui avait pas échappé; il avait la conviction qu'il y était directement intéressé; il ne fut donc nullement surpris lorsque Kearney, se rapprochant du bord du fossé, lui dit à mi-voix :

« J'ai là quelque chose pour vous. Approchez l'extremité de votre outil du mien, et attention à mes doigts!

— Muy bien ; je comprends, » murmura-t-il.

Une ou deux secondes après, l'extrémité de leurs outils se rapprochait et s'entre-choquait comme par hasard. Il aurait fallu être bien perspicace pour apercevoir une ruse là-dessous, et avoir des yeux de lynx pour découvrir le petit morceau de papier passé d'une main dans l'autre, non moins adroitement la seconde fois que la première. Tout ce qu'on aurait pu croire, c'est que les deux égoutiers, contrariés du choc inopiné de leurs outils, s'étaient fait de mutuelles excuses, à la suite desquelles ils mirent entre eux toute la longueur de leur chaîne, d'un air aussi doux et aussi innocent que des agneaux.

C'était au tour de Rivas de faire preuve de finesse ; mais comment s'y prendre pour lire la lettre? Si on l'apercevait la parcourant, cela ne manquerait pas de donner l'éveil aux sentinelles, même en l'absence de Domingue, et, s'ils s'emparaient de cette précieuse missive, ce serait la plus épouvantable des calamités, puisque cela compromettrait à coup sûr l'auteur du billet, et il savait bien qui c'était! Son embarras était extrême ; il regardait dans toutes les directions, cherchant tous les moyens possibles de lire la lettre sans être observé ; aucun ne lui paraissait praticable ; il pouvait se baisser, et de cette façon lire sans être vu par les passants ; mais sur le bord de la tranchée se trouvaient deux ou trois sentinelles aux regards de qui il ne pouvait échapper.

Un éclair de satisfaction illumina sa physionomie, en apercevant une tranchée vide, laquelle, comme beaucoup d'autres, aboutissait à l'égout principal ; il ne s'en trouvait qu'à deux pas : rien de plus favorable à la réalisation de son projet, pensait-il ; et, quelques secondes après, il se tenait courbé devant le fossé, la

pelle à la main, tout en ayant les pensées et les yeux
fixés sur un morceau de papier qui était au fond de
la tranchée, à deux ou trois pieds de profondeur.
C'était le billetita; quelques lignes seulement :

« Querido, peu de temps après que cette lettre vous
aura été remise, une demi-heure environ, guettez une
voiture qui passera, un landau fermé; deux femmes
à l'intérieur; une paire de chevaux gris, frisones. Dès
que le véhicule sera arrivé en face de vous, apprêtez-
vous, vous et votre compagnon de chaîne, à prendre
d'assaut cette voiture; chassez-en brutalement les
occupants et prenez leurs places. Vous pouvez avoir
la confiance la plus absolue dans le cocher; cette
tentative audacieuse n'est pas sans offrir de grands
dangers, mais bien autrement redoutables encore sont
les périls que vous courez... Votre ancien ennemi est
acharné à votre perte... Tentez donc ce que je vous
dis, afin de vous conserver et pour votre pays et pour
votre

« ISABELLE. »

CHAPITRE XXVIII

ATTENDANT LE LANDAU

En voyant ce que Rivas faisait du billetita, après en
avoir achevé la lecture, quiconque n'en eût pas connu
le contenu, aurait dû supposer que son destinataire
était fou de colère ou de passion. Au lieu de le serrer
tendrement et de l'emporter comme une relique, il
le foula aux pieds, tout en bêchant toujours et sans
paraître occupé d'autre chose. Ce mouvement n'était

ni l'effet du hasard, ni involontaire. L'auteur du billetita s'était si bel et bien compromise en signant
une partie de son nom et d'autre façon encore, que,
dans le cas où la lettre serait tombée entre les mains
d'une connaissance de Rivas, les dangers courus par
son auteur eussent été aussi grands pour celle qui
l'avait écrit que pour celui qui l'avait reçu.

Quelques secondes encore, cependant, et il n'a
plus rien à craindre de ce côté. Le plus curieux des
chiffonniers, n'aurait pu déchiffrer un seul mot, sur
cette feuille réduite à l'état de pâte, par le traitement
auquel Ruperto Rivas l'a soumise.

Pendant le temps qu'avait duré cette opération,
personne ne semblait avoir observé Rivas, pas même
son compagnon de chaîne, bien qu'il jetât de temps
en temps sur lui un regard furtif. En effet, Kearney,
devinant la chose, s'était pris de querelle avec le nain
pour détourner de Rivas l'attention des passants; le
nain était furieux et pour cause : le *gringo*, comme
il appelait l'Irlandais, en se moquant tout haut de
sa difformité; cruauté que Kearney aurait été le premier à regretter, s'il avait pu trouver un autre expédient pour protéger la liberté d'action dont Rivas
avait alors besoin; expédient couronné d'ailleurs d'un
plein succès.

Les deux champions parlant la même langue, les
invectives qu'ils se lançaient avec force gesticulations,
que Kearney s'efforçait de rendre grotesques, absor-
baient si bien les yeux et les oreilles des spectateurs,
que personne ne s'occupait du lecteur de la lettre
mystérieuse. La querelle vidée, ce qui arriva dès que
celui qui l'avait provoquée jugea inutile de la prolonger davantage, le rassemblement qui s'était formé
autour des deux adversaires se dispersa, laissant les
choses pour tous dans la même situation, sauf pour

Kearney et Rivas. Tout en s'efforçant de paraître calmes, ils étaient en proie à la plus vive agitation. les deux camarades ayant réussi à se rapprocher, Kearney apprit de Rivas le plan d'évasion qu'on venait de lui tracer; ils ne se séparèrent qu'après s'être complètement compris et entendus.

Cris Rock fut immédiatement mis dans le secret. Il était trop heureux de s'associer à l'entreprise. Kearney serait resté toute sa vie à l'Accordada plutôt que d'abandonner à son malheureux sort son brave compagnon; il ne pouvait pas plus oublier l'incident d'El-Salado, que sa reconnaissance pour celui qui avait si généreusement offert de braver la mort en son-lieu et place.

Mais Cris Rock n'avait rien à craindre, car Rivas, lui aussi, comptait bien associer le Texien à leur tentative d'évasion. La meilleure de toutes les raisons, c'est que, loin de nuire à leur projet, il ne pouvait que le servir.

Seul, le bossu n'était pas dans le secret; à n'en pas douter, il eût été trop heureux, lui aussi, de briser ses chaînes, condamné comme il l'était à la réclusion à perpétuité. Mais qui aurait osé affirmer qu'au dernier moment, il n'achèterait pas sa grâce au prix d'une trahison? Kearney et Rivas, croyant ce misérable capable de cette infamie, se gardaient de le mettre au courant de leurs projets. Le plan tracé par la comtesse rendait, du reste, de leur part, toute combinaison inutile; quelques mots lui suffirent. A partir de cet instant, leurs yeux plongeaient avec une intensité indescriptible dans la Calle de Plateros, tous trois attendant avec la même anxiété l'apparition de la voiture annoncée : un landau couvert et attelé de frisones.

Il se fait tard dans l'après-midi; le beau monde

de la capitale du Mexique commence à arriver; promeneurs à cheval et en voiture, traversent les rues qui conduisent au Paseo-Nuevo. La procession du matin n'est pas un obstacle à la promenade habituelle des élégantes, et déjà plusieurs équipages ont passé à côté de l'escouade des prisonniers enchaînés de l'Accordada, mais pas encore celui qui est si fébrilement attendu... Une demi-heure s'écoule... puis dix autres minutes... rien, rien! L'anxiété des trois prisonniers va sans cesse redoublant, bien que tous n'aient pas les mêmes motifs de désirer s'évader. Kearney craint que le cocher n'ait mis des bâtons dans les roues... mais il se garde de soupçonner Pepita.

Le Texien croit aussi qu'une anicroche est arrivée, quelque croc-en-jambe à la chance, comme il dit; Rivas ne partage pas cette manière de voir; quoique impatienté comme les autres, il n'attend pas moins avec confiance le fameux landau. Il se croit sûr de la personne qu'il verra dans l'intérieur de la voiture. Ce retard doit avoir sa raison d'être; peut-être le moment n'est-il pas encore arrivé; ses conjectures furent bientôt interrompues par la vue de l'équipage attendu.

« Là-bas... là-bas... le voyez-vous, amis? cocher en livrée bleu clair et argent... Frisones...» dit Rivas.

Lui et ses compagnons ont l'air de trois lions prêts à prendre leur élan; le nain semble suspecter quelque chose, mais il ne pénètre pas l'énigme. Un instant après, une main de fer, le saisissant au collet, l'enlève du sol, en le faisant sauter en l'air comme une souris.

CHAPITRE XXIX

UN COCHER MALADROIT

Il n'existe probablement pas de population au monde, qui soit aussi habituée aux coups de théâtre que celle de la capitale du Mexique. Durant le demi-siècle qui a précédé l'époque à laquelle j'écris, les habitants de Mexico ont vu passer presque autant de révolutions que d'années; aussi sont-ils beaucoup moins enclins à la curiosité, que ceux des villes européennes, et faut-il pour attirer leur attention des événements tout à fait extraordinaires.

Bien étranges, il faut en convenir, étaient ceux qui attendaient en ce moment les passants, là où l'escouade des prisonniers travaillait. Pour commencer, on vit un landau attelé d'une magnifique paire de chevaux conduits par un cocher en belle livrée, cocarde au chapeau, ainsi qu'il est d'usage chez les membres du corps diplomatique, ou de l'armée; à l'intérieur, deux dames seulement. Les chevaux à une allure modérée, tout comme ceux d'autres voitures ayant des dames à l'intérieur et des cochers en livrée sur le siège; il n'y avait là d'extraordinaire que la beauté merveilleuse des deux señoritas assises au fond de la voiture; jeunes toutes deux, parente peut-être, mais non pas sœurs; car traits, teint, yeux, cheveux, tout offrait chez elles un contraste frappant; elles ne se ressemblaient que sous un rapport : c'est que chacune en soi offrait un type de beauté féminine qui faisait ressortir les charmes de l'autre.

Elles ne pouvaient, à coup sûr, manquer d'attirer

les regards des promeneurs et leur admiration. Loin
de chercher à les provoquer, elles paraissaient plutôt
vouloir les éviter. La journée était admirable ; toutes
les voitures étaient ouvertes, à l'exception de celle
qui joue ici le premier rôle ; les glaces même en
étaient levées ; mais, comme il n'y avait pas de stores,
on voyait les deux jolies femmes. Quelques personnes
les reconnurent et les saluèrent : les hommes d'un
coup de chapeau, leurs amies d'un signe de la tête ou
de la main. C'était l'heure de la promenade à l'Alameda ; les gens qui ne les connaissaient pas s'infor-
maient à qui appartenait cet équipage ; mais la plupart étaient frappés de la physionomie singulière de
ces deux belles personnes ; leur expression de contrainte, d'anxiété, paraissait tout à fait anormale.

La voiture continua toujours au même pas, jusqu'à
la porte de l'Alameda. Là, les chevaux commencè-
rent à piaffer, à s'exciter mutuellement, comme ayant
l'air de vouloir changer d'allure, ou tout au moins de
direction, car ils firent un écart à droite, la roue se
trouvant alors engagée sur le tas de boue qui venait
d'être rejetée de l'égout dans la rue.

Pourquoi le cocher avait-il commis cette mala-
dresse, qui pouvait le renverser de son siège ? Toutefois, comme la boue était molle, il eût suffi au cocher
de tirer les rênes à lui et de donner un bon coup de
fouet pour sortir de difficulté. Mais l'automédon n'en
fit rien ; cette nouvelle preuve de son ineptie poussa
à bout la patience du public qui l'accabla d'injures.

« Burro (âne) ! s'écrie l'un ; quel imbécile ! s'écrie
l'autre. En voilà un à qui une corde attachée à la
queue d'un porc conviendrait bien mieux que des
rênes ! » De toutes parts tombaient dru sur la tête de
José les invectives les plus grossières ; car il va sans
dire que le cocher maladroit, c'était lui, et que la

comtesse **Almonte** occupait l'intérieur de la voiture.
Il semblait ne s'entendre à rien et ne maintenir ses
chevaux qu'à grand'peine. Pourquoi donc ne leur
donnait-il pas un coup de fouet et ne leur rendait-il
pas la main? C'était ce que chacun lui disait de faire;
mais, au lieu de cela, il tenait les rênes si courtes,
que les chevaux recommencèrent de plus belle à se
cabrer. Les dames, prises de peur, se levaient, s'agitaient à qui mieux mieux; l'une cherchait à baisser
les glaces, l'autre à ouvrir la portière, toutes deux
poussaient des cris.

Plusieurs passants s'empressèrent de venir à leur
secours, tous du même côté, l'autre étant inabor-
dable, à cause de la proximité de la tranchée; il se
trouva néanmoins par là deux sauveurs, non parmi
les promeneurs, mais parmi les égoutiers. Si couverts de boue qu'ils fussent de la tête aux pieds, ils
ne mirent pas moins d'empressement que les autres
à porter secours aux deux señoritas en danger :
ce qui prouve que le cœur des prisonniers n'est pas
toujours fermé à tout sentiment d'humanité.

La foule, touchée d'un trait de dévouement si
inattendu, se préparait à applaudir avec enthousiasme, lorsqu'à l'admiration succéda instantanément l'indignation; les égoutiers avaient commencé
par ouvrir de leur côté; mais les deux jeunes femmes,
effrayées sans doute à la vue d'individus aussi répu-
gnants, au lieu de descendre par cette portière, se
jetèrent en arrière avec effroi; les deux égoutiers,
furieux sans doute de voir leurs services ainsi re-
poussés, leur donnèrent une vigoureuse bousculade,
s'installant en leur lieu et place dans le landau!
D'autres sujets d'étonnement attendaient encore les
spectateurs... La seconde paire d'égoutiers, le Gigante y Enano montant sur le siège! Cris Rock

tenant le nain sous son bras, comme un sac de
voyage! Puis tirant les rênes et le fouet des mains
de José, resté sur le siège, il s'en servit pour mettre
instantanément les chevaux au galop. À l'intérieur
de la voiture, les égoutiers fermaient les portières,
levaient les glaces. Ce changement à vue, d'un effet
grotesque, semblait appartenir au domaine de la
fantaisie plutôt qu'à celui de la réalité. La foule
resta plus ébahie de ce spectacle, que d'aucun qu'elle
eût jamais vu dans les rues de Mexico.

CHAPITRE XXX

LES MALHEUREUSES FEMMES

Un véritable concours de circonstances avait favorisé l'évasion des quatre forçats : la surexcitation
des chevaux, la disparition momentanée de Domingue, le relâchement de surveillance chez les soldats,
tous plus ou moins ivres, et enfin le point de départ
des évadés. La ligne des sentinelles finissait à la porte
de l'Alameda; le factionnaire qui était spécialement
chargé de leur surveillance une fois passé, il n'y
avait plus rien à craindre que les coups de fusil,
danger qui fut également épargné aux évadés; dame
Fortune, ce jour-là, les ayant évidemment pris sous
sa protection.

La sentinelle qui marquait l'extrémité de la ligne
était celle que rencontraient d'abord les gens en
retour de San-Corme; aussi l'offre d'un verre de vin
l'avait bien souvent distraite ce jour-là. Or, lorsque
la voiture passa auprès du soldat, il ne remarqua
ni le train auquel elle marchait, ni les personnes

qui l'occupaient. Avec des yeux noyés dans l'*aguardiente*, il la regarda filer sans chercher à l'arrêter. Quelqu'un lui ayant dit à l'oreille ce qui venait de se passer, il épaula d'une main tremblante; mais il était trop tard, et, heureusement pour les promeneurs, l'arme ne fit pas feu.

Jamais on ne vit étonnement pareil à celui des soldats chargés de l'escouade de l'Accordada. Ils se reprochaient de n'avoir pas rempli leur devoir et savaient mériter une punition des plus sévères, peut-être celle de se voir condamner à la corvée même, qu'ils étaient chargés de faire exécuter. Toutefois ils ne tentèrent pas de courir après la voiture. A quoi bon! des cavaliers seuls pouvaient rattraper le landau avec son étrange chargement, et ils allaient d'ailleurs bientôt le perdre de vue. Ils restaient donc là, inertes, leur physionomie tragi-comique exprimant tour à tour la surprise, la colère et la crainte. A la fin, quittant leur poste, ils se réunirent en groupe; mais quelque temps se passa avant qu'ils eussent recouvré assez de sang-froid pour songer à envoyer enfin un de leurs hommes à la Plazza-Grande prévenir la cavalerie.

C'était une occasion unique pour les autres prisonniers de prendre la fuite, et, sans le poids de leur chaîne, quelques-uns auraient, à coup sûr, tenté le coup; mais cette chaîne était assez pesante pour les en empêcher; puis on ne trouve pas toujours des chevaux aussi fougueux et un cocher aussi maladroit.

Rien de plus amusant à observer que les gens qui avaient recueilli les deux belles personnes chassées si brutalement de la voiture; chacun leur offrait ses services et l'expression de sa sympathie. « Las señoritas! Hobes pobrecitas! Ces pauvres jeunes dames! » On n'entendait que cela de tout côté.

C'était, sans conteste, une situation très critique; mais elles la supportaient admirablement, surtout la comtesse; si jeune qu'elle fût, elle montrait autant de courage que de sang-froid. Aucun homme, en pareille conjoncture, n'aurait eu plus d'héroïsme. Les éclairs que lançaient ses yeux, en parlant des coquins qui avaient enlevé la voiture, étaient dignes de la mimique d'une Rachel ou d'une Siddons.

Il eût fallu être doué de seconde vue pour s'apercevoir qu'elle jouait un rôle; personne ne pouvait supposer que, pendant qu'on les bousculait, l'une des deux victimes avait réussi à murmurer tout bas à celui qui avait fait cette belle prouesse :

« Regardez sous les coussins, Querido, vous trouverez quelque chose : Dios te guarda ! »

On aurait encore moins pu soupçonner l'autre jeune femme, à l'air si doux, d'avoir adressé des paroles tout aussi tendres au second malfaiteur complice de l'enlèvement du landau.

Mais, à part elles, les *pobrecitas* trouvaient toute cette comédie si ridiculement comique, que, n'était le côté tragique des choses, elles n'auraient pu s'empêcher d'en rire aux éclats. La pensée que ceux qui leur étaient chers, n'étaient pas hors de danger réprimait seule l'explosion de leur hilarité. Craignant toujours, malgré cela, d'être prises d'un rire inextinguible, elles ne cherchaient que l'occasion de rentrer chez elles.

Quelques jeunes gens de leur connaissance, passant par là, offrirent de les escorter, ce qu'elles acceptèrent avec empressement.

La foule ne quitta pas pour cela la place; la porte de l'Alameda continuait à être encombrée de spectateurs avides de voir l'endroit où un incident si étrange s'était passé. Autre chose les intéressait encore : c'était d'entendre les sentinelles s'interpeller

et se quereller à qui mieux mieux, l'oreille basse
cependant. Les prisonniers, en revanche, jubilaient.
Ce n'était pas qu'ils espérassent un meilleur sort,
mais simplement par esprit de corps : la satisfaction
de voir des camarades tirés de peine, alors même
qu'ils ne pouvaient l'être; tout cela d'ailleurs au
milieu du calme le plus parfait.

Chacun allait probablement bientôt songer à regagner son logis, quand on vit Domingue, le geôlier,
fendre la foule comme un taureau furieux! Arrivé
sur le bord du fossé, il brandit son fouet sur la tête
des autres *forzados*, accablant d'injures les sentinelles
pour avoir ainsi manqué à leur devoir. En réalité, il
était encore plus troublé des reproches de sa propre
conscience, car c'était en revenant d'une trop longue
station au cabaret qu'il avait appris tout ce qui
venait de se passer! Les quatre prisonniers au sujet
desquels il avait reçu des ordres particuliers de surveillance s'étaient enfuis! Son retour à la prison
était bien fait pour lui inspirer de véritables appréhensions. Que dirait, que ferait le gouverneur?

Dans sa perplexité, il allait et venait, déversant sa
colère sur les égoutiers; parmi les premiers, il n'en
manquait pas qui lui eussent volontiers rivé son clou;
mais ils n'en firent rien, se rappelant qu'il avait
'oreille de puissants personnages; les spectateurs
n'avaient pas les mêmes raisons de se taire; la plupart d'entre eux connaissaient cet homme et le haïssaient; plus d'un même avait dû se trouver sous
sa surveillance directe; pour tous, sa position critique était à la fois une vengeance et une satisfaction.
Ils riaient de sa colère, criant : « *Viva el señor Dominguez, rey de los bastoneros!* Hourra pour le señor
Domingue, roi des geôliers! » Cette plaisanterie avait
un succès fou.

Domingue, de plus en plus irrité, passa de la fureur à la rage; le rouge de la colère empourprait son visage; puis, se précipitant vers un de ceux qui se moquaient de lui, il trébucha et tomba dans le fossé, la tête la première; il disparut complètement, pendant quelque temps, aux yeux des spectateurs, dont les rires et les lazzis redoublèrent quand il reparut. Le visage non plus blême ni pourpre, mais recouvert d'un masque noir! Ce plongeon dans le liquide infect le calma comme une douche d'eau froide. Il ne souhaitait plus que d'aller se cacher et surtout se laver! La chance le favorisa.

Un escadron de chasseurs lancés au galop, sabre à la main, mettant tout le monde en fuite, détourna de lui l'attention; chacun ne pensant plus qu'à sa conservation personnelle au milieu de ce brouhaha et de ces cavaliers, se frayant passage à travers la foule, frappant à droite et à gauche à coups de plat de sabre. Quand ils furent passés, le populaire ne pensait plus au roi des geôliers, et d'ailleurs le héros de la fête n'était plus là pour qu'on se moquât de lui!

CHAPITRE XXXI

UNE MÉTAMORPHOSE

Pendant que les señoras, à pied dans la rue, adressent leurs doléances à ceux qui les entourent, la voiture dont elles avaient été brutalement expulsées roulait dans la direction de l'Accordada. Personne dans le landau ne songeait cependant à retourner dans la geôle; tous savaient qu'on y faisait trop

bonne garde, et que ce n'était pas un seul coup de
fusil, mais une grêle de balles qui les attendait par là.

Si mauvais tireur que soient les Mexicains, ils ne
pouvaient tous manquer leur but; enfin, si par impossible les évadés passaient sans être touchés, il y
avait encore la garita de San-Corme, pourvue elle
aussi d'une bonne garde.

Quelque chemin qu'ils prissent, il fallait toujours
affronter une garita avant d'avoir gagné la campagne. Il y avait toutefois une différence dans la force
des postes préposés à la garde de ces portes, et des
dangers à courir pour les franchir. Un des fugitifs
le savait bien. Rivas, qui dirigeait naturellement
l'expédition, arrivé devant un vieux couvent qui
donnait son nom à la rue, mit la tête hors de la voiture et dit au cocher :

« Prenez la route d'El Nino Perdido; vous connaissez le chemin, montrez-le-lui. »

Ce *lui* était Cris Rock, qui tenait encore les rênes.
Comme il ne comprenait pas l'espagnol, on ne pouvait s'adresser directement à lui.

Cet ordre eut pour conséquence de faire tourner
les chevaux dans une rue indiquée au Texien à l'aide
d'un signe que lui seul pouvait comprendre; il ne
fallait pas que le vrai cocher parût faciliter leur
fuite; mais en réalité pouvait-on craindre que le
nain ne vît quelque chose de la place où il était re-
légué?

La rue très étroite qu'ils avaient suivie était bor-
dée dans presque toute sa longueur par le mur de
l'ancien monastère; sur les trottoirs, il n'y avait âme
qui vive; c'était ce que Rivas désirait; prenant de
nouveau la parole, il dit :

« Ralentissez un peu le pas; je vois là un scrape;
dites au Texien de le mettre sur son dos. »

Pendant cent mètres environ, les chevaux marchè-
rent au pas, pour permettre à Rivas, à Kearney et
à Cris Rock, de changer de costume; la rue débou-
chait dans un quartier très fréquenté; là, les chevaux reprirent un pas plus vif, et personne n'aurait
pu soupçonner ces quatre individus d'être ceux qui
s'étaient emparés de la voiture lancée à fond de
train dans la Calle de Plateros. José seul était toujours le même, avec sa livrée bleue et son chapeau
;cocarde; mais à côté de lui le géant s'était complètement transformé, dissimulant ses hardes cou-
vertes de boue sous un scrapé qui le couvrait de la
tête aux pieds. On signifia au nain d'un ton impéra-
tif de ne pas bouger.

A l'intérieur de la voiture, Kearney et Rivas s'étaient
également métamorphosés; ils étaient maintenant
vêtus comme deux messieurs, l'un portant un manteau de drap bleu à col de velours, l'autre un manga
écarlate tout couvert de broderie d'or. Rien dans
cette voiture ne pouvait plus dorénavant provoquer
ni étonnement ni soupçon. C'était probablement
quelque riche haciendado, qui, après avoir assisté à
la cérémonie, revenait à sa maison des champs avec
ses amis; le grand gaillard sur le siège était sans
doute le majordome, qui voulait s'essayer à conduire
et à qui le cocher avait abandonné les rênes.

Rien de tout cela n'était invraisemblable, pas
même l'allure extrarapide des chevaux, que le peu
d'expérience de celui qui tenait les rênes pouvait au
besoin expliquer; puis le soleil commençait à baisser; la Casa di Campo était peut-être située à une
longue distance de la ville, et s'attarder dans un
si brillant équipage à pareille heure, sur une grand'-
route, serait tenter la Providence et les salteadores.

Les occupants de la voiture, loin de redouter une

rencontre avec les bandits, l'eussent plutôt souhai-
tée. Rivas n'avait pas à craindre d'être inquiété dans
les rues de la ville. Il connaissait aussi bien les gens
à pied, que ceux qui allaient en voiture ou à cheval.
S'il eût exhibé sa chaîne et son costume de prisonnier, personne n'eût crié au voleur, car celui qui s'y
serait risqué aurait été hué et conspué aussitôt. Mais,
une fois arrivés à El-Nino, il y avait encore une terrible chance à courir.

Non seulement il fallait y songer, mais combiner
un plan et se préparer à l'exécuter. Rivas prit la
parole en ces termes, pour expliquer à Kearney la
nature de l'obstacle qui les attendait :

« Une porte sur la route près d'un poste ; un
sergent et huit hommes au moins. Si la porte est
ouverte, ce qu'il y a de mieux à faire, c'est d'en
approcher tout doucement, puis de la franchir au
galop. Si elle est fermée, il faudra user de diplomatie ; laissez-moi la direction de nos mouvements ;
si nous ne pouvons être les plus fins, il faudra être
les plus forts. Tout vaut mieux que d'être reconduit
l'Accordada ; ce serait probablement la mort
pour moi et sans doute aussi pour vous, don Florence.

— Ah ! oui, et je suis d'avis que, si nous ne pouvons franchir la porte aisément, nous tâchions de
la franchir n'importe à quel prix.

— Prenez cette paire de pistolets ; ils paraissent
excellents. Vous autres Mexicains, vous êtes plus
habiles tireurs que nous ; nous préférons l'arme blanche, mais je tâcherai néanmoins de me tirer d'affaire
avec l'autre paire. »

Il parlait de quatre pistolets cachés sous les coussins de la voiture, et ce n'était pas tout. Il y avait en
outre deux poignards, un stylet avec poignée de

nacre, un vrai bijou qui semblait faire partie d'une toilette de femme.

« Faites attention que les vôtres sont chargés, » ajouta Rivas, tout en regardant les siens, recommandation superflue d'ailleurs, car l'Irlandais examinait avec circonspection les armes qu'on lui avait remises.

Les deux paires de pistolets étaient d'ancien modèle, à silex, avec des canons d'une longueur étonnante; ils appartenaient, à n'en pas douter, au père de la comtesse et à don Ignacio Valverde, qui, dans leur jeunesse, avaient dû régler avec eux plus d'une affaire d'honneur.

L'inspection n'en dura qu'un moment; le bassin était rempli de poudre, et la baguette marchait bien.

« Avec les miens, dit Kearney, je pourrais tuer deux hommes.

— Moi de même, répliqua Rivas, à moins que je ne sois blessé le premier. Quant aux poignards, le cocher, si digne de confiance qu'il soit, ne doit pas prendre part à la lutte; cela compromettrait tout dans l'avenir; mais je crois que votre ami le géant est capable d'en faire bon usage.

— Il n'y a pas à en douter; il était avec Bowie à l'Alama et avec Fanning à Goliad; vous pouvez sans crainte lui confier un poignard; il saura s'en servir si nous sommes obligés d'en venir là. Le voilà, donnez-le-lui. »

Kearney passa à Cris-Rock celui des deux poignards qui paraissait le mieux lui convenir, non pas par la portière, mais par un trou pratiqué dans la capote avec la lame.

« Cris Rock, dit Kearney au géant, il nous reste à franchir une porte gardée par une douzaine de soldats, peut-être. Si la porte est ouverte, vous pas-

serez tout tranquillement, fouet en l'air... Si elle est
fermée, pressez le pas; tirez fort sur les rênes, mais
ne faites pas autre chose, et attendez que je vous
donne mes instructions.

— Vous pouvez compter sur moi, Cap.

— J'y compte aussi; prenez ce poignard, et, si vous
entendez la décharge de pistolets, vous saurez que le
moment d'agir est venu.

— Permettez-moi de le regarder, » dit-il en prenant
l'arme des mains de Kearney; puis, le rapprochant
tout près de son œil, il ajouta : « Ce n'est pas une mauvaise lame; soyez sûr, Cap, que j'en ferai bon usage
si l'occasion s'en présente et que plus d'un soldat en
saura quelque chose... Ah! si je pouvais du moins
être délivré de l'affreux petit monstre qui grouille là
entre mes jambes, comme je... »

Rivas l'interrompit pour dire à Kearney de préparer ses armes, car ils arrivaient à l'endroit critique.

CHAPITRE XXXII

HONNEURS INATTENDUS

Au sens strict du mot, Mexico ne peut être appelée
une ville forte; elle a cependant comme défense un
mur d'enceinte qui ne laisse au dehors aucun faubourg, ni même, pour ainsi dire, aucune maison. Les
habitations de la ville moderne sont serrées et rap-
prochées comme celles de l'ancienne Tenochtillan,
dont elle occupe l'emplacement, bien qu'elle ne soit
plus baignée par les vagues de Tezusco et de Chemilco.

Ce mur d'enceinte est une simple construction
d'abodes, énormes blocs de pierre et de boue; les

fameuses briques des Égyptiens, dont l'invention in-
trigua tant Moïse et ses Israélites. Çà et là, on aperçoit quelque petite redoute, armée quelquefois de
canons, mais seulement dans les moments de révolution ; le mur d'enceinte, en tant que défense, sert au
douanier plutôt qu'au soldat ; il a été élevé surtout
en vue des lois qui régissent le commerce intérieur
et dont la principale se résume en une taxe appelée
alcabala ; elle correspond à l'octroi de France et à la
corvée dans quelques villes d'Europe. Cette taxe est
payée aux garita, aux corps de garde, dont chaque
porte est pourvue ; c'est en entrant et non en sortant
qu'on doit payer l'alcabala, qu'on prélève sur tout
article de consommation apporté de la campagne au
marché.

Cet impôt n'épargne rien ; le produit de la ferme
et du jardin, des champs ou de la forêt, tout paye un
droit à la garita, droit qui diminue d'autant pour le
producteur, la valeur intrinsèque de l'objet. L'indi-
gène à la peau basanée, courbé sous le faix de planches qu'il rapporte de la montagne boisée, c'est-
à-dire de 10 à 20 milles, paye sa quote-part de
contribution en entrant dans la ville. La plupart du
temps, étant sans le sou, il met son chapeau en gage,
marche nu-tête jusqu'au marché, pour reprendre son
couvre-chef seulement au retour. Il est impossible d'éviter ces portes, à l'entrée comme à la sortie de Mexico.

Outre le douanier chargé de percevoir les droits,
il y a une sentinelle et un poste. Les fonctions de ces
gens sont à la fois politiques, économiques et militaires.

Il y a une porte à chacune des cinq ou six routes
qui conduisent hors la ville. L'une est la garita d'El-
Nino-Perdido, littéralement : la porte de l'Enfant-
Perdu ; elle n'est toutefois que d'une importance se-

condaire au point de vue du trafic, car ce n'est pas
une voie de communication avec de grands centres,
mais simplement avec les villages de Mixcoae, de
Coyoasan, de San-Angel et de belles maisons de
campagne appartenant à des familles opulentes.

Il arrive donc fréquemment que de brillants équipages franchissent cette porte; il y a là une belle
allée, longue d'environ deux kilomètres, avec double
rang de beaux vieux arbres, dont l'ombre protec-
trice attire souvent les promeneurs à pied, à cheval
et en voiture; au bout du second kilomètre, cette
allée tourne à droite, dans la direction de San-Angel;
cet endroit est un vrai coupe-gorge; celui qui écrit
ces lignes l'affirme, et pour cause, ayant été attaqué
là, par des salteadores, en revenant de la campagne.
C'est à son cheval de sang, seul, qu'il a dû de sortir
sain et sauf de cette embuscade.

Après avoir demandé pardon au lecteur de cette
digression personnelle, qui aura du moins pour excuse
d'éclairer la suite de ce récit, je dirai que cette fois-là
la garde de service à cette porte n'avait aucun motif
de s'emparer d'une voiture passant par là, un jour
où la cérémonie de San-Corme avait attiré tant de
curieux en ville.

Plusieurs voitures étaient déjà passées, se dirigeant
vers la campagne, car c'était la saison où les ricos
vont en villégiature; la vue de la voiture en question
n'éveilla aucun soupçon de la part du sergent de
service à la porte d'El-Nino-Perdido. Au contraire,
cet équipage lui inspira une sorte de respect. Il avait
monté plus d'une fois la garde au palais; il connaissait de vue les autorités, les grands personnages
et leurs livrées; il reconnut donc instantanément que
cet équipage à livrée bleue et argent appartenait à
l'un des membres du ministère.

Bien qu'il ne fût encore que sous-officier, cela ne l'empêchait pas d'avoir de l'ambition et de viser à l'épaulette; un mot du ministre de la guerre ou de la marine pouvait la lui faire obtenir.

« Capo, cria-t-il à son camarade d'un ton de grande surexcitation... Allons, dépêchez-vous... Attention, préparez-vous à présenter les armes. »

Il eut la chance qu'en ce moment la voiture marchât assez lentement, donnant ainsi aux hommes le temps de rajuster leur tenue et de prendre position pour le salut; vite on boutonna les tuniques, on mit les faux cols; on prit les shakos aux clous, on s'en coiffa en toute hâte. Tout fut prêt à temps; et, quand enfin le landau approcha, la garde s'empressa de présenter les armes, le sergent donnant le premier l'exemple.

On rendit le salut en style militaire, bien que la physionomie des gens révélât un certain étonnement. Là où ils avaient craint de rencontrer un véritable péril, ils étaient reçus non pas seulement avec politesse, mais avec les honneurs militaires !

CHAPITRE XXXIII

SERAIT-CE UN GRITO?

Les soldats du poste, après avoir formé les faisceaux, retournèrent s'asseoir sur leurs bancs; mais une idée s'empara alors de l'esprit du sergent et lui inspira une certaine appréhension. N'aurait-il pas rendu les honneurs militaires à des gens qui n'y avaient pas droit? A n'en pas douter, c'est la voiture de don Ignacio Valverde, ses chevaux; sa livrée; mais c'est tout ce qu'il sait; il n'a reconnu personne

de ceux qui occupent cette voiture, comme étant de
la famille ou des gens de don Ignacio; car José, qui
n'est que groom, ou second cocher à l'occasion,
conduit rarement sa jeune maîtresse, et jamais au
palais, ni autre lieu où le sergent a été de service.

Le grand gaillard qui tient les rênes sur le siège lui
est complètement inconnu, de même que l'un des individus à l'intérieur; mais il en est un autre qui éveille
dans son esprit des souvenirs positifs.

« Mil diablos! se dit-il en regardant filer la voiture, si ce n'est pas là mon ancien capitaine don
Ruperto Rivas! Il n'y a pas un autre homme au
Mexique qui lui ressemble tant; je me suis laissé dire
qu'il est devenu salteador et qu'on l'a pris l'autre
jour. Carrai! Qu'est-ce que tout cela signifie? »

La voiture est à peine à cent mètres de la garita;
les chevaux, jusque-là à un pas modéré, changent
tout à coup d'allure et vont comme le vent; ce
n'est pas qu'ils aient eu peur, mais parce qu'ils ont
reçu des coups de fouet vigoureusement cinglés; le
bras du gaillard sur le siège, en se levant par-dessus
la capote et se baissant tour à tour, ne laisse aucun
doute sur ce point. Pourquoi cela? Comment l'individu à l'intérieur de la voiture peut-il accepter pareille chose, car les coups de fouet continuent à pleu-
voir dru comme grêle sur les flancs des deux beaux
frisones.

En passant devant la porte, personne à l'intérieur
ou à l'extérieur du landau n'avait l'air ivre, simplement un peu surexcité, mais pas plus que de raison
au retour d'une fête! Une élégante voiture avec des
chevaux au galop! et la voiture d'un ministre, qui
plus est!

Le sergent venait de se faire *in petto* toutes ces
questions, quand il entend, quoi? Le bruit du canon!

Un coup part de la citadelle, puis un autre du collège militaire de Chapultepec. Ce n'est pas tout
encore : à leur tour les cloches sonnent à toute volée ;
d'abord celles de la cathédrale, puis celles de l'Accordada, ensuite celles du couvent de San-Francisco et
d'autres couvents, enfin celles d'autres églises. C'est
un carillon universel.

Boum ! second coup de canon à la citadelle ; boum !
second coup à Chapultepec ; ce sont évidemment des
signaux échangés par les deux forts.

« Que diable est-ce, un pronunciamiento ! »

Non seulement le sergent s'adresse à lui-même, mais
tous les soldats s'adressent les uns aux autres pareille
question ; il n'y a pas là, d'ailleurs, de quoi beaucoup
les surprendre, le sergent moins encore que les autres,
car il est déjà assez ancien dans le service pour avoir été
témoin de plusieurs révolutions et d'innombrables
émeutes.

« Je ne serais pas surpris que ce soit un grito ! dit-
il à son camarade en entendant un troisième coup tiré
de la citadelle.

— Qui peut maintenant lever l'étendard de la
révolte ? » répliqua un de ses camarades, déjà tout
surexcité par cette perspective.

Plusieurs noms militaires bien connus furent mis
en avant, mais personne ne semblait donner grand
crédit à ses propres suppositions. Était-ce bien, en
effet, le moment de croire à un pronunciamiento,
alors que depuis longtemps il n'y avait pas eu de
révolte, ni même de complot militaire, ce prélimi-
naire habituel des révolutions ? C'était peut-être tout
autre chose ; ce qui leur en apprendrait bien davantage, ce serait le bruit de la fusillade.....

Tous prêtaient une oreille attentive ; plus d'un n'eût
pas été fâché de l'entendre, non pas que le régime du

dictateur, ou l'homme lui-même, leur fût antipathique, car, ainsi que tous les despotes, il protégeait le militarisme et en donnait la preuve en autorisant ses représentants à tyranniser les citoyens ; néanmoins, si sympathique que leur fût la *Jambe-de-Bois,* comme ils appelaient Santa-Anna, un *grito* avec une perspective de pillage illimité leur irait encore beaucoup mieux.

Le sergent faisait à part lui ses réflexions ; il était persuadé qu'il y avait anguille sous roche, et que la voiture qu'il avait vue passer devait jouer un rôle dans l'affaire. Ce qui donnait à cette supposition une grande vraisemblance, c'était l'apparition de son ancien capitaine ; mais à quel titre ? dans quel but ? L'allure seule des chevaux indiquait quelque chose d'extraordinaire ; peut-être se rendait-il à San-Augustin par cette route ? Il y avait des troupes casernées dans ce village ; qui sait si elles ne s'étaient pas déclarées pour les libéraux ? Rivas se rendait sans doute au-devant de ces régiments pour les ramener en ville ; à chaque moment ils pouvaient déboucher sur Calzada, là, où la voiture venait justement de les tourner.

Le sergent était dans un état de grande perplexité ; si ses yeux erraient sur la route, ses pensées n'en étaient pas moins absorbées par ce problème embarrassant : Quel parti appuyer ? celui des libéraux ou des cléricaux ? Il avait alternativement servi les uns et les autres, et il n'était encore que sergent ! Après avoir été fidèle à Santa-Anna plus longtemps que d'habitude, sans y gagner le moindre avancement, que risquait-il en l'abandonnant ? L'épaulette si vivement convoitée finirait peut-être par lui arriver de cette façon-là.

Pendant que, toujours absorbé dans des rêves ambitieux, il cherchait à savoir de quel côté de la balance il jetterait le poids de son épée, de son fusil et de sa baïonnette, un nouveau coup de canon partit

de la citadelle, auquel répondit aussitôt celui de Chapultepec. Toutefois, on n'entendait toujours pas la
fusillade, ainsi qu'il est d'usage dans la capitale du
Mexique, lorsque les cris qui annoncent un changement de gouvernement retentissent dans la ville.

Le sergent et tous les hommes de garde à cette
porte n'y comprenaient rien; c'était sans doute
comme le moment d'accalmie qui précède l'orage;
ils étaient persuadés qu'ils allaient l'entendre éclater
sous la forme d'un feu bien nourri, ainsi qu'il est
d'usage en semblable occurrence; mais ils avaient
beau écouter, ils n'entendaient toujours rien; seulement les cloches... toujours les cloches, comme si
la ville était en feu; celles de la cathédrale prê-
chaient d'exemple, puis encore le canon de la citadelle, auquel répondait celui du palais d'été de Montezuma.

Les hommes du poste perdaient patience, se disant
qu'il n'y aurait sans doute ni pronunciamiento, ni
pillage, quand le son du clairon se fit entendre.

« Enfin, s'écria l'un; voilà l'affaire qui commence;
nous n'avons qu'à nous tenir prêts; tout à l'heure,
on entendra la mousqueterie! »

Ils coururent tous aux faisceaux, chacun y prenant son fusil, écoutant, mais sans entendre encore
aucun coup de feu. Au lieu de cela, le clairon son-
nait aux armes; tout en appartenant à l'infanterie,
ces soldats reconnaissaient, à ne pas s'y tromper,
cette sonnerie. D'ailleurs, ils avaient à peine eu le
temps d'écouter, qu'arrivait un escadron de hussards
lancés à fond de train.

« Alto! » s'écria l'officier d'une voix de stentor.

Le clairon ayant sonné : halte! l'escadron s'arrêta
comme un seul homme.

« Sergent, demanda le colonel au chef de poste,

avez-vous vu un landau attelé de chevaux gris, cinq hommes dessus et dedans?

— Seulement quatre, señor colonel!

— Quatre seulement! Qu'est-ce que cela signifie? Y avait-il un cocher en livrée bleu de ciel avec galons d'argent?

— Oui, colonel.

— C'est certainement la voiture; combien y a-t-il de temps qu'elle a passé?

— Quelques minutes; c'est elle qui soulève le flot de poussière que vous voyez tourbillonner.

— *Adelante!* s'écria le colonel, » sans s'attarder à faire d'autres questions.

Puis une nouvelle fanfare... au galop... en avant! Les hussards franchissent la porte, rapides comme le vent, laissant le sergent et ses hommes dans un état de mystification indescriptible. L'un d'eux dit d'un air tout décontenancé :

« Décidément ce n'est pas un grito. »

CHAPITRE XXXIV

UN COCHER MALMENÉ

« Quelle préméditation! quelle prévoyance! quelle audace! s'écrie Rivas pendant que le landau est emporté sur la route au galop de charge. Prodigieux! ajouta-t-il; ah! pour l'habileté, parlez-moi des femmes... Nous autres hommes, nous ne sommes rien auprès d'elles, pour ce qui est de la ruse et de la volonté. Ah! ma courageuse Isabelle! comme elle est bien digne d'être la femme d'un militaire! Il faut dire cependant que le mérite de cette combinaison

revient pour moitié à la señorita Valverde, et c'est
certainement en votre honneur, don Florence... »

Don Florence n'en doutait pas, mais il était trop
préoccupé pour faire la conversation et se borna à
formuler sa réponse affirmative en simples monosyl-
labes..... car, ayant trouvé une lime sous les coussins, il s'était mis immédiatement en demeure de
limer sa chaîne.

Adroit avec les outils du travailleur, comme avec
les armes guerrières, le jeune Irlandais s'était emparé
de la lime après avoir franchi la porte de la garita;
son camarade tenait l'autre bout; mais il en avait
pour longtemps, car les anneaux à limer étaient
gros comme le doigt. On n'avait pas à craindre que
personne vînt les troubler dans leur besogne; il n'y
avait âme qui vive sur la route, quelques hommes
seulement dans les champs; mais ils étaient trop
absorbés par leurs travaux pour s'occuper d'autre
chose. La vue d'une voiture n'était pas faite, d'ailleurs, pour exciter leur étonnement; ils se diraient
simplement que ce devait être une partie de jeunes
écervelés, qui se promenaient dans la campagne pour
dissiper les fumées du vin; puis même, au cas où
ils eussent deviné la vérité, il n'y avait rien à redouter de leur part. Conspiration et pronunciamientos
n'étaient pas de leur ressort.... L'orage des révolutions pouvait éclater au-dessus de la tête de ces
pauvres paysans, sans qu'ils s'inquiétassent d'où il
venait, ni de ce qui l'avait provoqué.

Les chevaux marchaient toujours bride abattue,
car la vitesse importait en effet plus que la stratégie
à Rivas et à ses camarades; il fallait à tout prix gagner de l'avance, coûte que coûte...

« Avez-vous remarqué, dit Rivas à Kearney, le sergent qui nous a salués?

— Oui; son salut était aussi respectueux qu'il eût
pu le faire au dictateur en personne.

— Il aura reconnu la livrée du cocher.

— Imaginez-vous donc qu'il nous a laissés passer
de bonne volonté?

— Je ne sais si ses souvenirs l'ont servi aussi fidè-
lement que les miens; je suis sûr que cet homme
était caporal dans la compagnie que j'ai commandée
autrefois; je suppose qu'il n'avait que de bons sentiments pour son capitaine; mais c'est une vieille
girouette. Il a changé d'opinion plus souvent que les
arbres de feuilles; il n'y a pas à faire fond sur lui.

— Ah!... enfin!... les voilà réveillés! s'écria Rivas
en entendant gronder le canon de la citadelle et
sonner à toute volée les cloches de la ville.

— Carrai! ajouta-t-il, il n'y a plus à en douter,
nous voilà poursuivis par de la cavalerie! cela commence à devenir sérieux; mais, avec tant d'avance
et cette paire de vigoureux frisones, je ne crains
guère qu'on nous rattrape avant que nous arrivions
au but, à moins...

— A moins? reprit Kearney d'un ton interrogatif
en voyant que Rivas s'était interrompu d'un air
anxieux.

— Tenez..., écoutez, voilà la réponse, dit le Mexicain, indiquant un nuage de fumée qui s'élevait à
l'instant même du sommet d'une éminence isolée sur
laquelle était placée une batterie... »

Les détonations se succédaient maintenant à intervalles réguliers. « L'affaire va être chaude, continua-
t-il sur un ton qui exprimait l'inquiétude; il y a
certainement de la cavalerie là-bas; si elle est bien
dirigée, et s'ils savent leur chemin, ils vont nous rattraper, en dépit de tous nos efforts; allons, du fouet,
cocher! du fouet! »

11

Les frisones ainsi poussés marchent comme le vent, soulevant sous leurs pas un nuage de poussière qui s'étendait à plus d'un mille. Cette route était celle de San-Angel; et Rivas avait l'intention de traverser ce village, n'ayant aucune raison de croire qu'il y eût là des troupes casernées; il se décida néanmoins à prendre un chemin de traverse, espérant éviter ainsi la cavalerie; mais en même temps il aperçut sur le sommet du fort une masse mouvante; à cette vue, la physionomie du Mexicain s'assombrit:

« Santo Dios, s'écria-t-il, c'était là ce que je craignais! regardez, señor. »

Kearney vit alors, en effet, un flot humain déboucher par les portes du château et descendre en zigzag sur la route tracée du haut en bas de la montagne; il était facile de reconnaître des lanciers à leurs chapkas carrés; ils n'avaient encore ni chevaux ni armes, mais Rivas se disait qu'ils en trouveraient au Cuartel et aux écuries situées au bas de la montagne. Ce qu'il savait encore, c'est que les lanciers étaient d'excellents cavaliers, une troupe d'élite, et que le boute-selle allait sonner...

La physionomie de Ruperto Rivas trahissait maintenant les alarmes les plus sérieuses, mais non pas la perte de tout espoir; il avait ses plans...

« Laissez là votre lime, dit-il brusquement à son ami, ce n'est pas le moment de s'en servir davantage.... remettons cela à une meilleure occasion; nous n'avons plus qu'une chose à faire, c'est d'abandonner la voiture dans quelques instants. »

Arrivés à l'embranchement de la route de Coyoacan, il y fit tourner les chevaux toujours au galop. Pendant un mille environ, ils continuèrent à cette allure, Rivas fit ensuite retarder leur marche, et enfin donna ordre d'arrêter. Lui et Kearney mirent pied à terre.

« A bas les rênes, Cris, dit Kearney au Texien; décrochez les chevaux; dépêchez-vous. »

Il descendit vivement, traînant après lui le nain, qui tomba à quatre pattes? On était trop pressé pour songer à détacher les traits.

« Coupez tout, criait Kearney à Rock, sauf les brides! »

Le Texien se mit à l'œuvre, le couteau à la main; Kearney en fit autant de son côté, tandis que Rivas, tenant les chevaux, défaisait les rênes. Bientôt les frisons, libres de toute attache, font quelques pas, ne conservant plus sur eux que les brides et les colliers.

« Laissez les colliers, dit Rivas voyant qu'on n'avait pas le temps de les enlever; maintenant nous allons monter deux sur chaque cheval; mais commençons par nous occuper de *lui*.

— Ce *lui*, c'était José, toujours assis sur le siège et comme frappé de stupeur.

— Faites-le descendre, Cris! attachez-le à la roue avec les brides, » cria Kearney.

Le Texien, comme tous ses compatriotes, savait se servir de courroies; en un clin d'œil, le cocher fut attaché à l'une des roues, comme Ixion à son rocher.

Ce n'était pas tout; Cris Rock avait encore un autre acte de cruauté à commettre; c'était d'ouvrir de force la bouche du pauvre garçon et de le bâillonner avec le manche de son propre fouet.

Ainsi privé de l'usage de la parole et de la voix, il vit les quatre prisonniers se hisser deux par deux sur leurs chevaux et partir. Le nain seul se décida à exprimer un mot de sympathie au cocher, en lui disant sur un ton goguenard:

« Adios, señor cochero... Puisse votre voyage être aussi agréable que votre voiture est lente! Ha! ha! ha!... »

CHAPITRE XXXV

EN CROUPE

C'est alors que les paysans, binant les jeunes
plantes de maïs, et les tlachiqueros retirant l'au-
bier des magueys, virent ce qu'ils n'avaient jamais
vu : deux chevaux de taille extraordinaire, montés
chacun par deux cavaliers lancés au galop comme
dans un champ de courses; sur l'un, les deux cavaliers portent des manteaux bleus et rouges; sur
l'autre, un géant ayant derrière lui, en croupe, une
sorte de singe; harnais, brides, colliers ballottent
autour du cou des deux coursiers; de longues chaînes
qui pendent à terre résonnent à chaque bond fait
par les chevaux. Tout cela à travers champs et en
dehors de son milieu ordinaire. C'est un spectacle à
mettre en fuite des cultivateurs; mais ceux-là sont
de race aztèque, race depuis longtemps vaincue et
soumise, tout en rêvant toujours le retour de l'ancien régime et de leurs anciens monarques, descendants de Montezuma et de Guatemozin!

Toujours est-il qu'ils ne jouirent que peu d'instants de cette vue, car chevaux et cavaliers lancés
au galop ne tardèrent pas à disparaître dans un chaparral qui confinait les champs de maïs et de magueys.

« Nous serons bientôt arrivés au but, dit Rivas
à Kearney; sans cette ferraille que nous traînons
au pied, je dirais volontiers que nous sommes sauvés;
malheureusement, ces chaînes nous gêneront encore
plus tout à l'heure. Caramba! et la lime, l'avez-
vous oubliée?

— Non, la voilà, répondit Kearney en la retirant
de dessous son manteau.

— Vous avez été plus prévoyant et moins étourdi
que moi. *Caballero!* dans mon trouble, je n'y avais
plus songé; sans elle, nous aurions été bien embar-
rassés. Si nous avions seulement maintenant le temps
de nous en servir! Mais nous n'avons pas une minute
à nous. Outre les lanciers de Chapultepec, il y a des
cavaliers, des hussards, je crois, qui viennent de la
ville. Pendant que nous détellions la voiture, j'ai cru
entendre une fanfare; avec les canons et les cloches
qui donnent l'alarme de tous côtés, il est clair que
l'on s'apprête à nous courir sus de tous côtés. Si
nous étions restés sur la route, nous n'aurions pas
tardé à être pris. Pourvu qu'ils nous laissent un
instant de répit! Je vais vous conduire dans un endroit où il n'y a pas à craindre que l'on [nous suive,
du moins pour ce qui est des cavaliers. »

Kearney se disait que Rivas voulait parler, sans
doute, de quelque cachette connue seulement de lui;
ce ne pouvait être autre chose; mais où cela? Au-
dessus de sa tête, il voyait des montagnes boisées qui
pouvaient à coup sûr offrir un abri aux fugitifs; mais
on en était bien loin encore; puis, comment arriver
là à pied, entravés comme ils l'étaient par des
chaînes et poursuivis par de la cavalerie? S'en étant
enquis près de son compagnon, celui-ci répondit :

« Patience, amigo; vous ne tarderez pas à voir
l'endroit dont je parle, et cela vaudra mieux que
la description que j'en pourrais faire. C'est un labyrinthe fait pour intriguer Dédale lui-même. Mais!
tenez, c'est ici. »

Rivas indiquait un roc gris, rugueux, décrivant à
perte de vue des ressauts plus ou moins brusques
dans le chaparral; ce banc de rocs était peu élevé;

la crête était toute couverte de yuccas, de cactus et de mesquites rabougris.

« Le Pedregal, s'écriait-il d'un ton joyeux; ah! que je suis heureux de le voir; il m'a déjà sauvé la vie une fois, et j'ai confiance qu'il en sera de même pour nous tous. Mais il faut nous hâter, adelante! »

Les chevaux, lancés de nouveau au galop, se trouvèrent bientôt devant un roc escarpé, qui leur aurait barré le chemin s'ils avaient eu l'intention de poursuivre dans cette direction; mais non.

« Maintenant, dit Rivas, il s'agit de laisser ici nos chevaux; mettons pied à terre.

Tous les quatre descendirent en même temps; Rock tenait toujours les brides, en attendant un signe quelconque.

« Nous les abandonnerons là, dit le Mexicain; ils pourraient hennir et donner l'éveil à ceux qui nous poursuivent; dans une heure, nous n'aurons plus rien à craindre, il fera nuit, et alors..... »

Il s'interrompit pour réfléchir; le Texien, l'observant, dit à Kearney :

« Je crois qu'il voudrait se débarrasser des chevaux, hein?

— Je le crois aussi.

— C'est à quoi je pensais; laissez-moi faire; rien n'est si facile.

— Tenez-en un, capitaine; débouclez le licou; ôtez la bride.... »

Tout en disant ces mots, le Texien avait pris son couteau; un instant après, la lame traversait l'oreille de l'animal, qui, poussant un hennissement formidable, se cabra, bondit et s'échappa furieux à travers le chaparral; l'autre disparut également comme l'éclair, aux yeux des cavaliers.

« Bravo! s'écria Rivas, paraissant sorti d'un

véritable embarras; maintenant il faudra continuer
notre marche, en nous aidant des pieds et des mains,
valmonos! »

En disant ces mots, il lance les brides sur les
angles saillants des rocs et s'y cramponne, traînant
Kearney après lui; il n'y a pas trace de sentier; on
s'accroche comme on peut aux blocs de rocs sur
lesquels poussent des cactus et autres plantes épi-
neuses. Ils se tirent ainsi d'affaire; le Texien suit le
Mexicain; et, Kearney parvenu au sommet, Cris Rock
se retourne, tire la chaîne brusquement, entraînant
le vilain singe qui lui était attaché; une autre seconde
encore, et ils échappent à tous les regards; il était
temps, car ils entendirent le clairon sonner à travers
le fourré qu'ils venaient de traverser!

CHAPITRE XXXVI

LE PEDREGAL

Si intéressante que soit la vallée de Mexico sous le
rapport du pittoresque, elle ne l'est pas moins sous le
rapport géologique; aucun point de l'écorce du globe
ne présente peut-être autant d'éléments d'étude à
celui qui voudrait se rendre compte de la nature des
rochers. Là, on est à même de suivre les modifica-
tions que les phénomènes plutoniens et volcaniques
font subir à la surface terrestre, tantôt abaissant des
montagnes, soulevant des plaines, détournant des
cours d'eau et formant des lacs. Pour le géologue, la
partie la plus curieuse de toutes est sans contredit
le plateau du Pedregal, situé dans le sud-ouest,
contigu au Cerro de Adjusco, dont le sommet s'élève

à 13,000 pieds au-dessus du niveau de la mer.

C'est un amas de laves que les éjections volcaniques d'Ajusco ont ramenées à la surface. Ces matières, en se refroidissant, ont pris toutes sortes de
formes répandues sur plusieurs milles carrés; elles
rendent cette partie du pays presque impraticable.
Aucun véhicule ne peut, bien entendu, y circuler; le
cheval mexicain et la mule, dont le pied est aussi sûr
que celui de la chèvre, s'en tirent non sans difficulté;
pour le piéton, c'est une tâche des plus pénibles; il
y a certaines parties qu'on ne peut atteindre sans
escalader des rochers et sans traverser des ravins
profonds et dangereux.

Le sol est hérissé de cactus, de yuccas, spécimens de
végétation qu'offrent les terrains stériles; mais, dans
d'autres endroits, le sol est d'une grande fertilité; ce
sont d'anciens réceptacles de cendres volcaniques; ils
présentent de petites oasis où l'honnête Indien se
livre à la culture; d'autres individus, moins honnêtes,
viennent chercher dans ces grottes et sous ces om-
brages un refuge contre la prison; mais ce ne sont
pas toujours des criminels, car souvent aussi le
patriote proscrit et le soldat vaincu y trouvent un
abri.

Les quatre individus que nous venons d'y voir
entrer présentent la réunion complète de ces différents types, pourvu, toutefois, que celui qui dirige
leurs mouvements soit bien tel que la comtesse
Almonte l'a décrit. Cette région paraît être des plus
familières au Mexicain, et il dit à Kearney, tout en
marchant:

« Ne vous étonnez pas si je connais le Pedregal;
je suis né à ses pieds; enfant, j'y ai souvent erré à
l'aventure, dénichant des oiseaux et tendant des piè-
ges. Ce sentier si abrupt va nous conduire dans un

lieu où nous n'aurons pas à craindre d'être suivis par des cavaliers, du moins pour cette nuit... demain peut-être, mais alors... »

Ils continuent à avancer non sans peine, obligés qu'ils sont d'escalader des rochers et de se frayer passage au travers des fourrés de cactus dont les pointes fines comme des aiguilles leur entrent dans la peau. La chaîne qu'ils traînent ajoute encore à la difficulté d'éviter ce contact épineux.

Heureusement que le but à atteindre n'est pas éloigné : c'est une sorte de cavité où l'on peut se tenir debout sans être vu de ceux qui sont sur les points plus élevés.

Lorsqu'ils y furent parvenus, Rivas, s'adressant à don Florence, lui dit :

« Maintenant le moment est arrivé de reprendre le travail de tout à l'heure ; nous ne serons plus interrompus, je vous le garantis. »

Là-dessus, il tint sa chaîne droite et ferme sous la lime de Kearney, et, en quelques instants, l'anneau fut coupé, laissant à chacun la liberté de ses mouvements.

« Caballero, s'écria le Mexicain en imitant quelqu'un qui porte un toast, puisse notre amitié être moins fragile que cette chaîne et nous tenir à jamais unis ! »

Kearney, en vrai fils d'Érin, s'empressa de répondre avec chaleur à ce compliment ; mais ce n'était pas tout. Il restait encore à séparer Rock et Zorillo ; le premier désirait peut-être plus vivement que tous les autres recouvrer sa liberté. Le nain lui inspirait un véritable dégoût, non pas tant, ainsi que nous l'avons déjà dit, à cause de sa difformité physique, que de sa difformité morale.

« Capitaine, dit-il à Kearney, veuillez couper l'anneau tout près de ma cheville. »

Ce n'était pas ainsi qu'on avait procédé la première fois; la chaîne avait été limée au centre; le moment n'était pas encore venu de la limer des deux bouts; Rivas disait que, pour le faire, il fallait être plus en sécurité qu'ils ne l'étaient encore.

« C'est que j'aurai peut-être besoin de toute ma liberté, capitaine; puis, en vérité, ce nain doit supporter la charge et la gêne de cette entrave plutôt que moi. Ah! le monstre! sa vue seule donnerait un haut-le-cœur à un nègre! »

Le son de voix farouche de Cris Rock faisait un accompagnement très approprié au bruit de la lime.

Le nain, accroupi par terre, ne soufflait mot, on eût dit un serpent à sonnette dont les yeux éclataient de rage. Néanmoins, sa physionomie trahissait la crainte, car, bien qu'il ne pût comprendre ce qui se disait, il se doutait que c'était de lui qu'on parlait, et non en bien; il savait qu'il n'était pas un des leurs; sa conscience le lui affirmait; il les avait déjà gênés et les gênerait encore. Peut-être complotaient-ils de se débarrasser de lui de quelque façon violente? Peut-être était-il question de lui couper la gorge avec leurs poignards? Il y avait de quoi trembler.

Dès que l'anneau fut limé, Kearney, Rivas et Cris Rock se retirèrent à l'écart. Le nain voyait bien que ce devait être pour délibérer sur son sort, et en effet.

« Je ne sais vraiment ce que nous allons faire de cet animal, dit Rivas; nous ne pouvons le laisser ici; il finirait par nous aller trahir; si nous l'attachons, il criera et se fera entendre... nous sommes trop près...

— Oviga! Ah! les voilà qui battent le fourré que nous venons de quitter; ils sont dans le chaparral. »

En effet, le son du clairon confirma le dire du Mexicain.

« Pourquoi ne pas l'attacher et le bâillonner? demanda Kearney.

— Cela se peut; mais il y a une objection; si les soldats se frayent passage par ici, c'est bien; mais sinon?

— Ah! je comprends, repartit l'Irlandais, frappé de l'inhumanité de sa proposition; vous voulez dire qu'il mourra d'inanition.

— Précisément. Il ne l'aurait sans doute pas volé; mais nous ne sommes pas ses juges, et nous n'avons pas le droit d'être ses bourreaux. »

Ces sentiments-là ne sont pas ceux qu'on rencontre d'habitude chez un vulgaire bandit.

« C'est juste, répliqua Kearney, s'empressant d'exprimer à Rivas toute son approbation.

— Quel est votre avis, Cris Rock? Que faut-il que nous fassions?

— Ce serait moins cruel de le frapper à mort que de le bâillonner, mais ni l'un ni l'autre ne sont nécessaires; je proposerai tout simplement de le traîner à notre remorque; s'il nous gêne par trop, je le prendrai sur mon dos; c'est un vilain fardeau, mais qui n'est pas si embarrassant après tout. »

On se rendit à ce dernier avis; ils se remirent tous en marche, Cris Rock traînant le nain par sa chaîne comme un montreur d'animaux. De cette façon, il n'y avait pas à craindre qu'ils fussent trahis par lui; il aurait pu crier et se faire entendre, mais un geste significatif du Texien l'avertit que, s'il commettait pareille imprudence, il était perdu.

CHAPITRE XXXVII

SOUPÇON DE COMPLICITÉ

« C'est bien suspect, pour ne rien dire de plus! Si c'est une simple coïncidence, c'est inouï, prodigieux! Avoir choisi cette voiture au milieu d'une quantité d'autres! Carrai!... ce ne peut être le hasard, non, ce n'est pas possible! »

Tel était le monologue que s'adressait à lui-même le premier magistrat de Mexico, après avoir entendu la lecture du procès-verbal de l'affaire arrivée Calle de Plateros. Si sommaire qu'il fût, il n'en signalait pas moins clairement au dictateur la personne des prisonniers, leur singulier moyen d'évasion et le nom du propriétaire de la voiture enlevée; il laissait deviner, en outre, celui des deux dames assises à l'intérieur; le dictateur n'eut garde d'en demander davantage.

Communication de cet événement lui avait déjà été faite par un messager, dépêché en toute hâte au palais par Santander; il n'avait pu s'y rendre en personne, à cause des ordres à donner pour la mise en marche de son régiment de hussards. Jamais personne ne mit un pareil acharnement à poursuivre des fugitifs, et n'éprouva plus de chagrin de leur évasion. Celui de Santa-Anna n'était toutefois peut-être guère moins violent; lui aussi avait vu les deux Texiens avec Rivas dans les égouts. Rivas, cet ennemi redoutable sur les champs de bataille, ce rival dangereux en amour, ce proscrit si longtemps poursuivi; celui qu'il se félicitait tant, il y avait à peine une heure, de voir pris, humilié et dans les fers!

le voilà libre encore! Qui sait? le dernier mot n'est
peut-être pas dit! un escadron de hussards au galop,
le canon qui gronde et les cloches qui sonnent, doivent finir par avoir raison de quatre hommes enchaînés deux à deux sur le siège et à l'intérieur d'une
voiture de gala! sans doute, les probabilités étaient
contre eux. Oui, mais Santa-Anna savait, par expérience, que l'on peut échapper à l'ennemi dans des
conditions bien plus mauvaises encore.

Il pensait à son désappointement avec rage, tantôt
assis, tantôt debout, sonnant sans cesse pour demander des nouvelles des fugitifs. L'aide de camp de
service ne pouvait s'empêcher de s'en étonner, ayant
reçu ordre de rendre immédiatement compte de tout
ce qu'il entendait dire. Il se demandait pourquoi
le grand généralissime paraissait s'émouvoir de la
fuite de trois ou quatre prisonniers autant que de
la perte d'une bataille.

En effet, Santa-Anna allait et venait en proie à une
véritable surexcitation, formulant des menaces contre
celui-ci, contre celui-là, se livrant à des réflexions
dont la plus pénible était certain soupçon de complicité dans l'évasion des prisonniers. Néanmoins il y
avait, paraît-il, un palliatif à ce soupçon : quelques
mots échappés au général suffiront à le faire comprendre.

« Ah! comtesse, se disait-il, sans doute vous avez
de l'esprit et beaucoup! Mais, si je découvre votre
participation dans tout ceci, vous n'avez qu'à trembler... Titres, richesses, famille, rien ne pourra vous
protéger contre ma colère et ma puissance! Dans la
cellule d'une prison, où je pourrai encore me donner
le plaisir d'aller vous voir, vous ne seriez pas si
fière et si dédaigneuse que vous l'avez été dans mon
palais aujourd'hui même. Veremos, nous verrons.

— Don Pedro Arias! »

Un aide de camp annonce le gouverneur de la prison de l'Accordada.

« Faites-le entrer. »

Ce fonctionnaire fut immédiatement introduit; il paraissait tout décontenancé; l'accueil qu'il reçut n'était pas fait pour lui remonter le moral.

« Qu'est-ce que j'apprends, s'écria d'une voix de stentor le dispensateur des châtiments et des récompenses; vous avez laissé vos prisonniers partir par fournées; je suppose qu'à cette heure il n'y a plus âme qui vive à l'Accordada.

— Excellentissimo, force m'est d'avouer que parmi les prisonniers il y en a quatre...

— Oui, quatre, dont deux avaient été spécialement recommandés à votre surveillance.

— Je le reconnais, mais...

— Inutile de chercher à vous excuser. Votre conduite sera l'objet d'une enquête. Ce que j'exige de vous en ce moment, ce sont les détails circonstanciés de cet évènement extraordinaire; répondez sans dissimulation ni mensonge. »

Le gouverneur de la prison fit un signe d'humble obéissance, attendant en silence que l'interrogatoire commençât, comme un témoin à la barre.

« Dites-moi d'abord pourquoi vous avez envoyé ces quatre prisonniers avec l'escouade des égoutiers?

— Par ordre du colonel, qui se conformait ainsi, croyait-il, aux ordres de Votre Excellence.

— C'est possible, et de cela je vous excuse; mais vous auriez dû vous assurer qu'ils étaient sous bonne garde.

— Je les avais mis sous la surveillance du geôlier en chef, un nommé Domingue, en qui j'avais toute

confiance. Sa conduite aujourd'hui a fait exception
à la règle ; c'est une conséquence des entraînements
de la fête ; amis sur amis l'ont invité au cabaret, et
il s'est trouvé légèrement pris de vin. Cela seul peut
expliquer sa négligence dans l'accomplissement de
ses devoirs.

— Il y avait, paraît-il, deux dames dans la voiture ;
vous savez, je suppose, qui elles étaient ?

— Les renseignements que j'ai reçus me permettent d'affirmer que l'une était la comtesse Almonte,
l'autre doña Louisa Valverde ; c'est au père de celle-
ci qu'appartenait l'équipage.

— Je sais cela ; on m'a dit que la voiture s'était
arrêtée à l'endroit même où les égoutiers travail-
laient. Est-ce vrai ?

— Oui, Excellence.

— Avez-vous entendu raconter comment l'incident
s'est produit ?

— Oui, Excellence. Les chevaux effrayés ont fait
un écart et projeté les roues sur le tas de boue ; le
cocher, qui n'était qu'un maladroit, paraît-il, a
serré les rênes au lieu de rendre la main ; les quatre
forçats ont profité de ce temps d'arrêt pour escalader
la voiture ; deux sont entrés à l'intérieur, deux sont
montés sur le siège. Là, le géant texien, s'emparant
des rênes et du fouet, a mis les chevaux au galop.
Un seul factionnaire se trouvait sur leur route dans
la direction de San-Francisco ; le factionnaire, qui,
comme Domingue, avait bu plus que de raison, a
négligé de les arrêter. Il y avait bien encore les gardes aux garitas, mais le sergent d'El-Nino-Perdido
les a laissés passer sans même leur crier : Qui vive !
Il donne pour excuse de sa conduite qu'ayant reconnu la voiture d'un des ministres de Votre Excellence, il ne se croyait pas en droit de l'arrêter. »

Ce trait d'adroite flatterie sembla désarmer le dictateur, qui reprit avec calme et sur un ton presque
confidentiel :

« Ces explications justifient votre conduite personnelle ; mais, dites-moi, croyez-vous que les dames
qui occupaient la voiture aient été pour quelque
chose dans l'arrêt des chevaux, ou était-ce simplement accidentel ?

— Votre Excellence veut-elle me permettre de réfléchir un instant ?

— Prenez tout votre temps ; j'exige seulement que
vous donniez franchement, sincèrement, votre opinion... C'est de la plus haute importance... »

Le gouverneur de la prison garda ensuite le silence,
tout entier à ses réflexions ; il repassait dans son esprit tout ce qu'on lui avait dit des faits et gestes des
deux dames, avant d'avoir été chassées de la voiture
et après en être descendues ; connaissant les sentiments réciproques qui animaient l'un des fugitifs et
l'une de ces jeunes femmes, il se demandait pourquoi
cette voiture semblait avoir été choisie plutôt qu'une
autre.

Cependant les renseignements que le gouverneur
de la prison avait recueillis de tous côtés le portaient
à conclure contre toute préméditation de la part de
ces dames ; après avoir de nouveau examiné la question comme le dictateur l'y avait invité, il avoua ne
plus savoir que dire et que penser. Après cette réponse évasive, il fut congédié assez brusquement, en
sorte qu'en reprenant le chemin de l'Accordada, il
se disait qu'au lieu de continuer à être le gouverneur
de cette grande geôle, bien logé, bien nourri, bien
payé, il pourrait avant peu être conduit et enfermé
dans l'une de ses cellules.

CHAPITRE XXXVIII

LE COMPTE RENDU DE LA POURSUITE

Le dictateur attendait avec une impatience toujours croissante le retour des hussards, ou tout au moins de leurs nouvelles. Vers le soir, enfin, il en reçut de la bouche même de leur commandant, qui s'était hâté de revenir à la ville à la nuit tombante et de se transporter en personne au palais.

« Vous les avez pris? » demanda Santa-Anna au colonel Santander, dont l'uniforme à galons d'or, tout couvert maintenant de poussière et de sueur, avait perdu son éclat.

La question fut faite d'un ton dubitatif, car, à l'expression de Santander, il était facile de prévoir que la réponse serait négative.

« Non, Excellence; je suis obligé d'avouer qu'ils sont encore au large. »

Santa-Anna poussa alors des exclamations d'une violence que la dignité d'un homme d'État interdit généralement de proférer. Mais le dictateur, en vrai soldat qu'il était, jurait comme le plus vulgaire troupier. Après une explosion de jurons formidables, il se calma et reprit :

« Racontez-moi tout ce qui s'est passé, tout ce que vous avez vu, tout ce que vous avez fait. »

Santander ne lui fit grâce d'aucun détail depuis le moment du départ des hussards, jusqu'au retour infructueux de l'expédition, à la tombée de la nuit. Le colonel expliqua qu'ayant eu la chance de se trouver en ce moment dans la Maza, il avait pu mettre immédiatement un escadron de hussards à la poursuite

12

des fugitifs; qu'il n'avait pas plus tôt su ce qui
était arrivé à la Calle de Plateros, qu'il avait commandé un nombre d'hommes considérable, afin de
pouvoir en envoyer dans toutes les directions, si la
chose était nécessaire. Il ajouta que les escapados
avaient filé par la porte d'El-Nino-Perdido, et que le
sergent de service les avait laissés passer sans les arrêter.

« Faites-le mettre aux arrêts.

— C'est déjà fait, Excellence; j'ai donné des ordres
à cet effet en revenant.

— Et après? »

Santander raconta qu'il s'était mis de sa personne
à la poursuite, en suivant la route de San-Angel; que
là, ils avaient rencontré les lanciers de Chapultepec;
puis, que, des paysans lui ayant dit avoir aperçu une
voiture dans le lointain, il s'était immédiatement
porté de ce côté; mais il n'avait trouvé qu'une voiture
vide, dételée, les harnais par terre, le cocher attaché à l'une des roues et bâillonné avec son propre
fouet.

Lorsque cet homme eut été rendu à la liberté, continua-t-il, tout ce que l'on en put tirer, c'est que les
quatre fugitifs, montés deux à deux sur les chevaux,
avaient pris par un chemin de traverse dans la direction de San-Antonio; Santander, après s'y être engagé à son tour, n'avait pas tardé à découvrir que les
fugitifs étaient entrés dans le chaparral; après une
battue faite dans tous les sens, on vit de loin deux
chevaux au galop sans selles ni cavaliers et qui
semblaient affolés. Dans leur course vertigineuse, ils
étaient passés tout près de Santander, qui comprit
d'où venait la surexcitation des pauvres bêtes en
voyant le sang jaillir d'une de leurs oreilles, fendue
évidemment à dessein par les fuyards. On eut beau

parcourir le chaparral, les échappés restèrent introuvables.

« Caramba! s'écria Santa-Anna; il ne pouvait en être autrement; si vous aviez connu le chaparral aussi bien que moi, vous auriez renoncé immédiatement à toute recherche dans ces parages. Il est inutile de m'en dire davantage; je suis sûr qu'ils seront entrés dans le Pedregal.

— Croyez-vous, Excellence?

— J'en suis certain. Ce serait temps perdu que de vouloir les y chercher; autour de votre ville natale, la Nouvelle-Orléans, il y a des marais où l'esclave parvient à se cacher; il aurait partie plus belle encore dans la région d'où vous sortez; c'est un vrai labyrinthe. Mais qu'êtes-vous devenu ensuite? Continuez.

— Je n'ai presque rien à ajouter à ce qui précède, Excellence. Il faisait nuit lorsque nous reconnûmes que les fuyards s'étaient réfugiés dans les rochers.

— Et comment cela?

— En suivant l'empreinte de leurs pieds; en trouvant des branches cassées et de la boue des égouts sur les rocs; mais comme, en l'absence de tout sentier, il m'a semblé inutile de poursuivre nos recherches avant le retour du jour, j'ai pris toutefois mes précautions pour cerner les fugitifs.

— Lesquelles?

— J'ai envoyé des lanciers par San-Geronimo et Coutreras; et des hussards dans la direction opposée par San-Augustin; ils ont ordre de laisser un piquet à toute issue possible.

— C'est bien. Votre plan stratégique est bon, et je ne crois pas qu'on eût pu mieux faire dans les circonstances données. Je doute, malgré cela, que nous puissions rejoindre nos renards dans le Pedregal. L'un d'eux en connaît trop bien les détours pour que

la nuit l'empêche, malgré vos piquets, d'atteindre
un lieu de refuge à lui connu dans la montagne. Ah!
maudites soient les montagnes, avec leurs cavernes
et leurs épais fourrés! Elles regorgent de mes ennemis, de rebelles ou de voleurs; mais je finirai par les
en extirper; j'en ferai pendre, fusiller, jusqu'à ce que
je ne compte plus un seul ennemi dans le pays. Carajo! je veux régner sur le Mexique, non pas de nom
seulement, mais de fait et en qualité d'empereur. »

Excité par l'illusion d'une puissance sans bornes
et par la soif de la vengeance, aussi chère au despote que le sang au tigre, il se leva de son siège,
allant, venant et gesticulant avec emportement.

« Oui, señor colonel, poursuivait-il d'un air triomphant, d'autres soins m'ont empêché d'exterminer
ces proscrits; mais notre victoire sur les Texiens me
permet enfin d'avoir prise sur eux. A tout prix, il
faut les attraper, quand même on devrait mettre
toute l'armée en mouvement. A vous, Carlos Santander, je confie le commandement de l'expédition;
je vous autorise à réquisitionner autant d'hommes,
de chevaux, d'argent, que vous le jugerez nécessaire
pour la mener à bonne fin; et, ajouta-t-il en se rapprochant de son inférieur et en lui parlant à voix
basse, si vous réussissez à me ramener Rivas, ou à
m'apporter sa tête de façon que je la puisse reconnaître, ce ne sera pas le colonel que je remercierai,
ce sera le général. »

L'expression de la physionomie de Santa-Anna,
en prononçant ces mots, était véritablement satanique, et celle de son interlocuteur ne l'était guère
moins. Comment, avec de pareils instincts et de pareilles espérances, douter du succès?

CHAPITRE XXXIX

DANS LA MONTAGNE

« La nuit va être noire comme de l'encre, dit
Rivas en examinant d'un coup d'œil la cordillère et
le ciel.

— Nous sera-ce défavorable? demanda Kearney.

— D'une façon, oui; de l'autre, non. Les cavaliers
mis à notre poursuite vont certainement faire le
tour du Pedregal et laisser un piquet partout où ils
s'imaginent qu'il y a une issue; s'il avait fait clair de
lune, comme heureusement ce n'est pas, c'eût été
tout différent... nous n'aurions eu qu'une bien faible
chance de passer près d'eux sans être vus. Il en fût
résulté une escarmouche où l'avantage du nombre
et celui des armes eussent été contre nous. L'important pour nous est de passer inaperçus; l'obscurité
nous sera donc favorable. »

De ce qui précède, il est facile de conclure que les
évadés sont encore dans le Pedregal; le soleil qui descend à l'horizon projette sur eux des lueurs empour-
prées, qui vont bientôt faire place aux ombres de la
nuit; la lumière du jour semble baisser d'autant plus
rapidement, que, parvenus à moitié du champ de
lave, le bloc noir de l'Adjusco s'élève, aux yeux des
fuyards, comme une immense muraille d'ébène à
l'horizon.

Rivas fait signe à ses compagnons de s'arrêter un
moment; pendant ce temps-là, il escalade avec précaution un point élevé, afin de se rendre compte du
pays environnant.

« Il nous faudra atteindre la montagne avant de-

main matin, reprit-il presque aussitôt. Si nous n'étions
que des bandits en rupture de ban, ce serait autre
chose; nous pourrions rester ici impunément, car
les autorités de Mexico ne poursuivent guère ceux
qui appartiennent à cette catégorie, dont ni vous ni
moi, señor Kearney (malheureusement pour nous),
ne faisons partie. Si inextricable que soit le Pedregal,
il sera cerné et battu de toutes parts avant quarante-
huit heures. Si nous ne réussissons pas à en sortir
cette nuit, c'en est fait de nous. »

Le crépuscule sur les plateaux de l'ouest ne dure
que quelques minutes; pendant que Rivas pronon-
çait ces mots, l'obscurité de la nuit s'étoit répandue autour d'eux; ils n'en continuèrent pas moins
à marcher; le Mexicain donnant pour consigne à ses
camarades de le suivre de près sans faire aucun
bruit.

Après une demi-heure d'ascension sur les rocs
et au travers d'épais taillis de cactus, Rivas s'arrête,
ses compagnons aussi, cette fois-ci pour écouter
plutôt que pour regarder, puisque tout était noir
comme de l'encre autour d'eux et qu'ils ne pouvaient
qu'à grand'peine distinguer le roc ou le taillis le
plus rapproché.

Ils restèrent ainsi pendant quelque temps, l'oreille
tendue... écoutant... Des voix d'hommes se font entendre; puis, à une certaine distance, on aperçoit
une lueur briller sur un banc de rocs peu élevés.

« Un piquet, murmura Rivas à voix basse..... Attention!

— Soto en la puerta.... Mozo!... Un valet! il est
sûr de gagner! s'écria quelqu'un dans la direction de
la lumière.

— Bravo! murmura Rivas à ses compagnons; ils
font là-bas une partie de *monte*, et, tant qu'ils seront

absorbés par le jeu, il n'y a pas de danger qu'ils pensent à autre chose; je connais l'endroit où ils sont arrêtés; il y a un chemin par lequel nous allons pouvoir les tourner. Courage! la chance est pour nous! »

La suite lui donna raison. Rivas, prenant un sentier qui semblait n'avoir jamais été foulé, évita le groupe de soldats et sortit sain et sauf du Pedregal, avec ses trois compagnons pendant que les joueurs continuaient tranquillement leur partie. Vingt minutes après, les fugitifs gravissaient le Cerro Adjusco, se frayant un passage au milieu des grands arbres. Ils n'avaient dorénavant pas plus à craindre d'être poursuivis par les soldats, que s'ils en fussent séparés par des centaines de lieues. Après avoir marché pendant quelque temps, ils s'arrêtèrent pour se reposer.

« Camarades, dit Rivas, nous pouvons reprendre haleine maintenant. Nous voici en sécurité; nous l'avons échappé belle. Notre étoile nous a protégés... Heureusement que ce soir il ne brille d'astres ni de petite ni de moyenne grandeur... là-bas seulement la lueur qui éclaire les joueurs. Ah! ah! ah! »

Il faisait allusion au petit point lumineux qu'on apercevait sur la lisière du Pedregal et qui permettait aux soldats de reconnaître leurs cartes.

« Maintenant peu nous importent les gagnants ou les perdants, » ajouta-t-il d'un ton très rassuré.

Ils gravissent de nouveau la montagne en s'aidant des pieds et des mains; au loin, on entend le tintement des cloches; il est minuit. Rivas se baisse, cueille une feuille d'une des plantes grasses qui couvrent le sol, et la met entre ses lèvres, de façon à en tirer un son bizarre.... Quelque signal sans doute; un coup de sifflet en écho ne tarde pas à confirmer

la chose. A intervalles réguliers, l'échange de signaux
continue... On pénètre plus avant dans la montagne...
puis on s'arrête subitement.

— Quien vive ? s'écrie une voix.

— El capitan! » répond Rivas.

Il pousse une exclamation de satisfaction en entendant d'autres mots qui l'autorisent à marcher en
toute sécurité. La pente est aussi escarpée, aussi
raide que celle d'une falaise. Parvenus au sommet,
nos évadés voient enfin celui qui vient de répondre
aux signaux de Rivas, assis sur un roc. Kearney et
le Texien sont frappés de l'aspect étrange de cet
homme ; si l'obscurité ne les trompe pas, il porte la
robe d'un moine, bien qu'ayant l'air militaire et
étant au port d'armes comme une sentinelle.

Tous passent près de lui d'un air étonné, mais sans
mot dire, sauf Rivas qui, s'arrêtant un moment,
murmure quelques mots à l'oreille de ce singulier
personnage, puis il repart, toujours précédant ses
compagnons ; leur marche devient de plus en plus
pénible ; Dieu merci, quelques minutes encore, et ils
seront au bout de leurs peines.

CHAPITRE XL

UN FIDÈLE MAJORDOME

Le lieu où les fugitifs s'arrêtent pour y passer la
nuit est situé un peu plus bas que le sommet de la
montagne ; c'est une sorte de plate-forme derrière
laquelle un rocher s'élève à pic ; la surface de cette
plate-forme n'a que quelques arpents de superficie.
Des arbres aux longues et larges feuilles particulières

au Mexique l'ombragent; au centre, un espace dénudé, et enfin un bâtiment adossé au roc.

« Voilà mon humble demeure, caballeros! s'écrie Rivas; permettez-moi de vous y souhaiter la bienvenue. »

Ils ne peuvent se faire une idée nette du caractère de cette habitation, tout en distinguant, néanmoins, deux fenêtres entre lesquelles se trouve une porte qui ressemble à l'entrée d'une caverne. Une chandelle brûle à l'intérieur du porche; à l'extérieur, plusieurs bancs de pierre; sur l'un d'eux, un homme, assis, se lève dès qu'il voit les voyageurs et dit :

« El capitan, et libre encore! Ah! quel bonheur! Don Ruperto Rivas, que le ciel en soit béni!

— Merci, mon bon Grégoire, merci; mais il faudrait aussi bénir une belle dame et même deux, qui ont puissamment contribué au succès de notre évasion.

— Señor capitan, je crois en connaître au moins une, et je jure que dans tout le Mexique...

— Oui, oui... nous ne saurions toutefois parler en ce moment de la señorita, riposta Rivas vivement. Mes amis et moi, nous mourons de faim; nous avons l'estomac creux comme un puits. Qu'avez-vous à nous offrir?

— Peu de chose, malheureusement, reprit le majordome; mais je cours réveiller le cuisinier.

— Non, non; laissez-le dormir sur les deux oreilles; un morceau de viande froide nous semblera excellent. Nous sommes aussi fatigués qu'affamés; plus tôt nous pourrons nous coucher, mieux cela vaudra. Allez donc voir ce que vous pourrez nous donner à manger et à boire. La cave n'est peut-être pas mieux approvisionnée que le garde-manger?

— Si, señor; je puis vous affirmer qu'il n'a pas été débouché une seule bouteille depuis votre départ;

j'entends de vin fin, bien entendu; on n'a bu en
votre absence que du Canaris ordinaire.

— Oh! alors je suis certain qu'à défaut de solide,
nous pourrons nous rattraper sur les liquides. Mon-
tez-nous donc une bouteille de vin de Bourgogne,
une autre de Madère rouge, une autre de vieux
Pedro-Ximénès. Et mes cigares? je crois qu'ils ont dû
disparaître, hein?

— Non, señor; j'ai mis sous clef les havanais; je
n'ai donné que les puros.

— Vous êtes le modèle des maîtres d'hôtel, mon
bon Grégoire; eh bien! apportez-moi, en même
temps que le vin, un paquet d'imperadores; il y a
un siècle que nous n'avons fumé, et nous en mourons tous d'envie. »

Ils longeaient alors un corridor moins bien éclairé
encore que le reste; une lueur passait par l'entre-
bâillement d'une porte. Rivas fit à Kearney et à Cris
Rock signe d'entrer. Mais il ne comptait pas faire
part au nain de ses vins fins et de ses excellents cigares. Après avoir montré d'un signe le Quasimodo
à Grégoire, il lui dit à voix basse :

« Emmenez-le et enfermez-le où vous voudrez;
faites-le souper et veillez à ce qu'il ne puisse s'échapper. Vous entendez, Grégoire?

— Oui, señor, vous pouvez compter sur moi. »

En disant ces mots, le majordome saisit le nain
par l'oreille et l'entraîna dans le corridor. Le bruit
de la longue chaîne du fugitif résonnait tristement
sur le pavé.

Rivas s'empressa d'aller rejoindre ses camarades
dans la pièce où ils l'avaient précédé, pièce de vaste
dimension, ayant pour tout ameublement une table
de sapin entourée de chaises recouvertes de cuir,
comme elles le sont généralement au Mexique. Cette

salle était mieux garnie d'armes que de meubles :
des fusils, des sabres, des accoutrements de toute espèce, lui donnaient l'aspect d'un corps de garde plutôt que d'un salon.

« Maintenant, amigos, dit Rivas, en remarquant
l'expression d'inquiétude que trahissait le visage de
ses hôtes, vous n'avez plus rien à craindre ; je regrette seulement de ne pas avoir un meilleur souper
à vous offrir ; toutefois, il sera encore préférable
à ceux de l'Accordada. Per Dios! quel régime! la
cuisine de la prison eût dû nous tenir lieu de toutes
les autres épreuves et nous dispenser d'être envoyés
dans les égouts.

— Ah! repartit Kearney, si vous aviez été prisonniers de guerre, dans les mains de ces gens-là, le
régime de l'Accordada vous eût semblé digne de Lucullus.

— Que vous donnaient-ils donc à manger?

— Des haricots rouges à moitié cuits, des *tortillos*
presque froids, et rien, absolument rien, quelquefois
pendant vingt-quatre heures.

— Caramba! s'écria le Mexicain ; si barbare que
cela soit, il n'y a pas de quoi me surprendre. C'est
bien ainsi que Santa-Anna doit traiter ses ennemis
captifs, compatriotes ou étrangers. Jamais tyran
plus cruel n'a gouverné un pays! Mais son règne,
Dieu merci, touche à sa fin, j'ai des raisons pour le
dire et plus encore pour l'espérer. »

L'entretien fut interrompu par l'entrée du majordome, qui, après avoir déposé sur la table bouteilles,
verres et cigares, laissa à Rivas le soin d'en faire les
honneurs à ses hôtes. Bientôt il reparut, mais, cette
fois-ci, chargé de pièces froides assez abondantes
pour apaiser même l'appétit de fugitifs sortant de
l'Accordada : gigot froid, gibier, pain de maïs et une

grande variété de fruits; un souper digne d'un gour-
met, bien que ce ne fussent que les restes d'un repas
auquel avaient pris part d'assez nombreux convives.

Ceux à qui il fut servi pour la seconde fois ne s'at-
tardèrent pas longtemps à le déguster. Les épreuves
par lesquelles ils avaient passé les jours précédents
avaient fini par avoir raison de leur énergie physique
et morale; ils n'aspiraient plus qu'au sommeil et au
repos; aussi ne dissimulèrent-ils pas leur satisfaction
lorsque Grégoire, ouvrant la porte, dit : « Caballeros,
vos chambres sont prêtes. »

CHAPITRE XLI

ANXIÉTÉS

« Louisa, ne voyez-vous pas là-bas ces soldats?

— Où?

— Le long de la Calza d'El-Nino-Perdido, sous les
arbres, près d'un taillis et au galop?

— Santissima! Oui, je les aperçois maintenant.
Oh! Isabelle, pourvu qu'ils ne rattrapent pas la voiture! Ay Dios!

— Oh! oui, c'est le cas de s'écrier : Ay Dios! Toutefois, j'ai bon espoir qu'ils ne seront pas rejoints; si
le cocher avait pris une autre direction, les hussards
n'auraient pas choisi cette route, et, du moment que
la voiture n'a pas été arrêtée à la garita, elle doit
être loin maintenant... Croyez-moi, ayez confiance,
amiga mia, et soyez sûre qu'ils seront bientôt hors
de danger, s'ils n'y sont déjà. »

Cette conversation avait lieu au son des cloches et
au bruit du canon; les deux jeunes femmes qui par-

laient ainsi se trouvaient alors sur l'azotea de la maison de don Ignacio; elles y étaient montées en arrivant, après avoir congédié leurs cavaliers et donné l'ordre de ne recevoir âme qui vive.

Déjà elles sont sur le mirador, d'où elles embrassent tout le pays environnant; elles tiennent leurs lorgnettes braquées sur les routes du sud et du sud-ouest; la voiture ayant dépassé le tournant de Cayoacan, elles n'aperçoivent que les soldats à la poursuite des fugitifs. C'étaient des hussards, avec Santander à leur tête.

Rassurée par les paroles encourageantes de son amie, Louisa Valverde lui répond sur le même ton, en ajoutant une prière pour que le succès couronne leurs efforts. Puis, toutes deux restent silencieuses, suivant, à l'aide de leurs lorgnettes, les mouvements des soldats sur la route. Bientôt elles ne distinguent plus qu'un nuage de poussière qui s'élève et tourbillonne dans le lointain.

Puis enfin, plus rien... on n'entend plus ni cloches ni canon; la ville et tous ses alentours sont rentrés dans le calme; Louisa Valverde et son amie n'en peuvent dire autant en ce qui les concerne personnellement, car maintenant elles tremblent et pour le sort des fugitifs et pour le leur; elles commencent à réfléchir aux conséquences que peut avoir pour elles ce qu'elles ont fait pour l'évasion des fugitifs. Plus elles y pensent maintenant, plus leurs appréhensions redoublent. Quelle serait la fin de tout ceci, si la voiture et les évadés étaient repris?

Comment expliquer la présence des poignards, des pistolets, de la lime surtout, du manteau d'homme et du scrape? Comment et pourquoi deux jeunes femmes s'étaient-elles munies de ces différents objets pour une promenade? Elles ne craignaient pas d'être

trahies par le cocher, mais bien par cet attirail;
même en admettant qu'elles ne le fussent pas, elles
savaient qu'elles ne pourraient échapper à un interrogatoire en règle, si l'on découvrait ces pièces à
conviction.

Leur situation s'en aggraverait encore. Toutes ces
inquiétudes avaient fini par jeter un grand trouble
dans leur esprit, puis elles n'avaient personne à qui
demander conseil. Don Ignacio, en apprenant ce qui
était arrivé, avait été pris d'un véritable accès de fureur, sa voiture, ses chevaux enlevés ainsi en un tour
de main! Qu'aurait-il dit s'il eût su que ses pistolets
et sa grande pelisse avaient eu le même sort? Que
faire? se demandaient les deux amies. Que dire? Tout
avouer à don Ignacio et s'en remettre à sa générosité.

Bien loin de tout savoir, il ignorait même le nom
de ceux qui s'étaient emparés de son landau.

Louisa Valverde et Isabelle Almonte restèrent quelque temps en tête à tête, se demandant quel parti
prendre; elles ne voyaient qu'un moyen de salut, et
il dépendait de don Ignacio lui-même; s'il consen-
tait à faire un mensonge, la situation serait facilement sauvée; il n'avait qu'à dire simplement qu'il
devait se rendre à la campagne le soir même avec sa
fille et la comtesse Almonte; de cette façon, la présence des armes dans la voiture n'aurait rien que
de très naturel, car il était non seulement d'usage,
mais de règle de s'en munir pour aller à la campagne et même dans les faubourgs de la ville. N'y a-t-il
pas des voleurs partout? Quant aux manteaux, c'était
un préservatif tout naturel contre la fraîcheur de la
nuit. Ces arguments sont pour les deux jeunes filles
comme la branche de roseau à laquelle se crampenne
le malheureux qui se noie.

Néanmoins, elles n'ont qu'une confiance très limi-

tée dans ce moyen de salut; car il y avait la lime
aussi, et, si petite qu'elle fût, elle n'en avait pas moins
une très grande importance. Ceux qui avaient enlevé la voiture s'étaient sans doute servis de cet outil,
avant d'avoir été pris, en admettant qu'ils l'eussent été.

Puis, finalement, ce qui les compromettait davantage encore, c'étaient les sentiments qu'on leur connaissait pour deux des fugitifs. Elles passèrent ainsi
l'après-midi à deviser tristement, toujours en proie
aux craintes, aux doutes, aux conjectures, car elles
ne pouvaient encore confier leur secret à don Ignacio. Le temps n'en était pas venu.

Les heures qui s'écoulent sans apporter aucun
changement à la situation finissent par rendre un
peu de calme à leurs esprits. Mais voilà enfin du
nouveau! José est de retour avec la voiture et les
chevaux, c'est tout; ni armes, ni manteau; ni scrape,
rien.... rien, pas même la lime! C'est Pepita qui
vient d'apporter cette bonne nouvelle aux deux señoritas; elles désirent avoir tout de suite une entrevue
avec le cocher; mais il a dû commencer par aller répondre aux questions de don Ignacio, qui s'est rendu
immédiatement dans les écuries pour lui parler. Ce
grand dignitaire écoute, tout en regardant d'un air
furibond ses harnais coupés et rattachés avec des
ficelles, ses beaux *frisones* fourbus. Quant au reste,
·José n'a garde d'en rien dire.

Tout à l'heure, nous retrouverons le cocher racon-
tant l'aventure d'une autre manière et avec tous ses incidents. Don Ignacio étant appelé au palais de Santa-
Anna, José en profite pour se rendre près des deux
señoritas; elles l'accablent à l'envi de questions, et
parlent avec une telle volubilité, qu'il lui est presque
impossible de placer un mot; peu à peu, elles l'écou-

tent avec plus de calme, mais non toutefois sans interrompre continuellement leur interlocuteur.

Il raconte que la voiture avait suivi au pas le mur du couvent de San-Francisco, de façon à permettre aux fugitifs de changer de vêtement pendant ce temps-là, que les chevaux ont franchi au galop la Calzada; que la voiture a été abandonnée sur la route, que sur chaque cheval sont montés deux cavaliers, puisqu'ils ont laissé leurs montures, et qu'enfin les chevaux ont été ramenés à José par un soldat de sa connaissance; que les hussards ont battu en vain le chaparral et que les fugitifs sont maintenant à l'abri de tout danger dans le Pedregal.

« Que la sainte Vierge soit bénie! s'écrient ensemble les deux amies. Quel bonheur! ajoute la comtesse, tous les sentiers du Pedregal sont aussi familiers à don Ruperto Rivas que les allées de l'Alameda. Comme nous allons bien dormir cette nuit! »

Pour toute réponse, Louisa Valverde, agenouillée devant l'image de Santa-Guadelupe, se contenta d'adresser au ciel de ferventes actions de grâces.

José, bien qu'ayant fini sa narration, ne bougeait pas; il n'attendait pas cependant la moindre récompense pour le service qu'il avait si courageusement rendu, car il avoua naïvement qu'il n'y pensait pas pour le moment et qu'on verrait plus tard. La comtesse, elle, y pensait:

« Courageux serviteur, dit-elle à José, et non moins fidèle que courageux, acceptez ceci; vous l'avez bien gagné. »

Tout en parlant, la comtesse enlevait de son cou sa chaîne d'or et sa montre, qu'elle donna à José.

« Acceptez aussi ceci, ajouta Louisa Valverde en ôtant de son doigt une bague ornée de brillants.

— Ni l'une ni l'autre, señoritas; je suis suffisam-

ment récompensé par le seul fait d'avoir pu vous
rendre service, si toutefois je vous l'ai rendu...

— Mon bon José, avez-vous donc oublié nos con-
ventions? J'insiste pour que vous acceptiez.

— Muy bien. J'y consens, mais seulement lorsque
nous serons entièrement rassurés sur le sort des fugitifs. Jusque-là, je prie madame la comtesse de me
considérer comme son créancier.

— S'il en est ainsi, c'est moi qui le payerai, dit Pepita, en se jetant au cou de José et en lui donnant
un baiser tendre et sonore; mais après tout, ajouta-
t-elle, en quel honneur ai-je donné ce baiser à cet
homme?... En résumé, il n'a fait que son devoir....
ha! ha! ha! »

L'hilarité de Pepita ne déconcerta pas José; ce
baiser, si longtemps souhaité, lui était le garant d'un
espoir bien plus doux encore : celui d'être sous peu
l'heureux époux de Pepita.

CHAPITRE XLII

UNE SAINTE CONGRÉGATION

« Où diable suis-je? »

Telle était la question que Kearney s'adressait à
lui-même le lendemain matin du jour où ses camarades et lui s'étaient réfugiés dans la montagne; il était
couché sur un lit de camp en maçonnerie, recouvert
d'un matelas de feuilles de palmiers; pour toute couverture, le manteau apporté de la voiture de don
Ignacio. La chambre représentait tout au plus un
carré de huit ou neuf pieds. Comme fenêtre, un trou
de pigeonnier sans châssis ni vitre.

13

Il est à moitié éveillé, n'ayant pas, ainsi qu'il le
dit, une idée bien nette de l'endroit où il se trouve
Son cerveau, fatigué par une trop longue surexcitation, jette sur ses sensations un vague indéfinis-
sable.

Après s'être frotté les yeux pour savoir s'il est le
jouet d'une illusion, il se met sur son séant et exa-
mine sa chambre, contenant et contenu. Pour tout
mobilier, une seule chaise, sur laquelle sont placés
deux pistolets, une des paires trouvées sous les coussins de la voiture, et son chapeau ; rien de plus, sauf,
à côté de ses bottes, une bouteille dans le goulot
graisseux de laquelle a dû, évidemment, brûler une
chandelle.

Brisé de fatigue et mourant de sommeil, il n'avait
rien remarqué la veille en entrant dans cette chambre ; le vin de Madère et le vieux Pedro-Ximénès
avaient peut-être aussi contribué pour leur part à
l'invincible besoin de sommeil du jeune Irlandais ; il
s'était jeté sans y regarder sur le matelas de palmiers et avait aussitôt perdu connaissance.

« Quel singulier taudis! se dit-il. Je ne puis lui
comparer que la cabine d'un navire, ou la cellule
d'une prison. »

Il s'y trouvait cependant certains emblèmes qui
infirmaient cette dernière comparaison : une sta-
tuette de saint, avec des croix et des images de piété.

« Ce doit être un ancien couvent, se dit-il, après
examen ; je sais que jadis au Mexique on choisis-
sait de préférence pour ces établissements des points
presque inaccessibles. S'y trouverait-il encore des
religieux? se demanda-t-il, se rappelant les deux
hommes qu'il avait vus la veille au soir revêtus d'un
costume si étrange. En tout cas, ajoutait-il, n'est-il
pas bien singulier qu'un ordre religieux puisse avoir

un capitaine à sa tête? Mais si les membres de cette
confrérie consentent à nous donner asile, comme il
n'y a pas à en douter, je serai trop heureux de m'y
enrôler. »

Il retomba ensuite sur sa couche, promenant ses
yeux autour de la chambre; les murs, blanchis à la
chaux, étaient tachetés de mousse, puis de longues
traînées brunes indiquaient également que l'eau y
pénétrait; en un mot, si c'était un couvent, l'ère de
sa prospérité était passée depuis longtemps, pour
faire place à celle de la décadence.

Tout en se livrant à ces réflexions, Kearney s'aperçut que la porte de sa cellule avait été ouverte par
quelqu'un qui restait sur le seuil, en la tenant entre-
bâillée. Tournant la tête, il voit devant lui un
homme revêtu d'une longue robe, les pieds dans des
sandales; une mince couronne de cheveux entoure
son crâne nu; un rosaire pend à ses côtés; crucifix,
capuchon, scapulaire, il porte tous les insignes d'un
ordre religieux.

« Je viens savoir comment mon fils a passé la nuit,
dit le saint homme, voyant que Kearney était éveillé;
j'espère que l'atmosphère légère de la montagne, si
différente de celle que nous avons respirée pendant quelque temps, lui aura procuré un sommeil
agréable.

— En effet, répondit l'Irlandais, j'ai parfaitement
dormi; il y a bien longtemps que je n'avais joui d'un
pareil sommeil. Mais où... »

Il s'était levé de son lit, dévisageant le moine. La
surprise qu'il éprouva en le reconnaissant fut si vive,
qu'elle lui coupa la parole. Il ne pouvait s'y tromper,
c'était celui-là même avec qui il avait vécu étroite-
ment uni pendant de longs jours; malgré le changement de costume et de coiffure, il était impossible de

mettre en doute l'identité de celui qui avait partagé
sa chaîne à l'Accordada, car c'était bien lui !

« Ah ! c'est don Ruperto Rivas ! s'écria Kearney sur
un tout autre ton.

— Moi-même, mon fils, » répondit le religieux,
toujours avec le même air de componction.

Le jeune Irlandais, éclatant de rire, s'écria :

« Vous êtes bien, ma foi, le dernier individu que
j'aurais supposé être un moine. »

Il se rappelait avoir entendu son compagnon tenir
certains propos peu révérencieux sur les religieux.

« Ah ! don Florence, au Mexique nous sommes
forcés d'avoir plus d'une corde à notre arc et plus
d'un toit pour nous abriter. Hier, j'étais prisonnier
comme vous dans une affreuse geôle ; aujourd'hui,
vous me voyez dans un monastère, non pas en qualité de frère simplement, mais bien comme supérieur
de l'établissement. Ah ! pardon ! j'oublie mes devoirs
d'hôte ; vous devez être à moitié mort de faim ; puis
il doit vous tarder aussi de faire votre toilette ; le
déjeuner sera prêt quand vous le serez vous-même.
— Grégoire, s'écria-t-il, en appelant le majordome,
avez-vous tout préparé ? Le cabinet de toilette est-il
bien pourvu d'eau fraîche et de linge blanc ? Condui-
sez-y ce señor, et mettez-vous à sa disposition ; je
vous demanderai seulement de vous dépêcher ; il est
déjà un peu tard, et les frères ne sont pas contents
quand le déjeuner se fait attendre. *Hasta luega.* »

Après cette salutation en usage au Mexique lorsqu'on se sépare pour peu de temps, il quitta la
chambre, laissant ensemble Kearney et le majordome. Celui-ci conduisit l'Irlandais dans une pièce,
où il trouva un lavabo, des serviettes et autres usten-
siles de toilette ; rien de recherché ni d'élégant ; mais,
si simple que cela fût, c'était pour lui un luxe qui

lui était refusé depuis longtemps et dont il était très
heureux de profiter. L'eau de source coulant dans
un bassin de pierre avait pour lui un charme tout
particulier. Il revêtit un costume complet de *ran-
chero* que le majordome lui présenta : veste de velours, écharpe de crêpe de Chine ; ce vêtement, destiné à un homme de moyenne taille, semblait fait
pour Kearney et lui donnait fort belle apparence.

« Maintenant, señor, lui dit-il, veuillez me suivre ;
je vais vous conduire au réfectoire. »

Ils longèrent un corridor au bout duquel était la
porte d'une pièce qui renvoyait au loin l'écho de
voix bruyantes. Rivas avait prévenu Kearney qu'il
s'y trouverait en nombreuse compagnie ; il y avait là,
en effet, une trentaine d'hommes portant un habit
religieux semblable à celui de Rivas.

Au milieu de cette pièce de vaste dimension était
dressée une table entourée de bancs et de chaises ;
des bouteilles, des vers épars çà et là, indiquaient
qu'on était arrivé à la fin du repas, qui, à cette heure
du jour (il était onze heures passées), tient à la fois
du déjeuner et du dîner.

De jeunes Indiens, qui ne portaient pas l'habit religieux, plaçaient les plats sur la table, lesquels montaient et descendaient par une trappe qui commu-
niquait avec la cuisine et d'où sortait une odeur
très agréable. Kearney reconnut tout cela d'un clin
d'œil. Les convives formaient deux ou trois groupes ;
le plus nombreux était dominé par un homme qui
dépassait de la tête le niveau général. C'était Cris
Rock ; il paraissait avoir beaucoup de succès au milieu de ses nouvelles connaissances ; leur physionomie ironique et railleuse indiquait qu'on avait dû
chercher à le faire parler.

Mais Kearney avait toute confiance dans la réserve

de son ancien compagnon. Pendant qu'il s'étonnait,
à part lui, de l'expression joviale des frères, expression si peu en harmonie avec la gravité des pensées
religieuses, le supérieur entra dans la salle et leur
présenta Kearney en ces termes :

« Hermanos, le señor don Florence, un Irlandais
qui réclame l'hospitalité du monastère. »

Ils le saluèrent tous, s'avançant pour lui donner la
main. Mais il n'y avait pas de temps à perdre en sala-
malecs. Des plats apportés fumants sur la table invi-
taient d'eux-mêmes à les déguster. Le supérieur, s'asseyant au milieu de la table, fit placer l'Irlandais près
de lui. Cris Rock avait pour voisin un moine qui paraissait être un des chefs de l'établissement.

Le linge n'était pas de Saxe, ni les cristaux de premier choix; mais le repas eût été digne d'un service
plus recherché; il n'y a pas dans le monde entier de
meilleure cuisine que celle de Mexico : elle surpasse
même l'ancienne cuisine espagnole, base de la cuisine française, qui n'en est qu'une insipide imitation;
cette supériorité tient en grande partie, d'ailleurs, à certaines viandes indigènes qui figuraient sur la table de
l'Aztèque sybarite Montezuma. Nos moines s'entendaient évidemment à bien vivre, car les plats succédaient aux plats avec une telle variété, que c'était à se
demander si cela finirait jamais. Pour la première
fois de sa vie, Kearney goûta des pucheros, guisados,
tomates et autres choses dont il ignorait jusqu'au
nom.

Maintenant il s'expliquait sans peine comment la
veille les restes du dîner avaient pu offrir tant de ressources pour leur souper. Quant aux vins, ils cumu-
laient le double avantage de la qualité et de la quantité. Certains propos tenus par les convives n'étaient
pas sans causer un véritable étonnement à Kearney,

et bien plus encore le cri qu'il entendit à la fin du repas : le cri de *Patria y Libertad* poussé par Rivas et tous ceux qui l'entouraient, debout et le verre en main.

Patrie et Liberté! L'enthousiasme qu'excitaient ces mots n'était pas moins extraordinaire en un tel lieu que ce cri lui-même.

CHAPITRE XLIII

QUE SONT-ILS?

Le repas terminé, les frères se lèvent de table ensemble et quittent le réfectoire; les uns disparaissent sous les cloîtres de chaque côté du péristyle; les autres restent devant la maison, s'assoient sur les bancs, roulant et fumant des cigarettes. Le supérieur, alléguant des affaires pressantes, prend congé des deux étrangers et les quitte. Kearney et Cris Rock vont enfin pouvoir causer à l'écart; les frères, se doutant bien que leurs hôtes aspirent à profiter du tête-à-tête qui s'offre à eux, n'ont garde d'aller le troubler. Tous deux le souhaitent en effet vivement : que de choses n'ont-ils pas à se dire! de conseils à se demander! de questions à se faire, sur les gens chez qui ils étaient tombés la veille !

Le soleil étant alors au méridien, ses rayons frappent perpendiculairement sur une terrasse qui s'étend devant la maison, dont l'architecture est bien empreinte du caractère religieux : fenêtres en ogives, portes cintrées, préaux, campanile; des pans de

murs s'écroulent de côté et d'autre, ou disparaissent
sous des pariétaires; en un mot, tout l'édifice semble
tomber en ruines. Kearney et Cris Rock s'enfoncent
sous les voûtes élevées de pins toujours verts, auxquels pendent des orchidées qui auraient émerveillé
un botaniste.

Ne voulant pas que les frères restés devant la maison pussent entendre leur conversation, ils pren-
nent une allée, sablée sans doute jadis, mais envahie alors par la mousse et les herbes; au-dessus
de leurs têtes, les branches des arbres, en se rejoignant, forment une arcade de verdure qui les
préserve du soleil. Au bout de cent mètres environ,
ils se retrouvent à ciel ouvert. Là, ils aperçoivent
qu'ils sont au bord d'un ravin ou précipice qui sert
de limite à la plate-forme sur laquelle est élevé le
couvent. De ce point, leurs yeux plongent sur le plus
magnifique horizon qui ait jamais étonné regard
d'homme.

Les beautés de la nature néanmoins les touchent
peu, et, après un coup d'œil rapide jeté sur ce spectacle admirable, ils lui tournent le dos et s'asseoient
en face l'un de l'autre; il y avait là plusieurs sièges
rustiques placés sous les arbres; c'était évidemment
un des buts de promenade favoris des moines.

« Eh bien, Cris Rock? Eh bien, mon vieux camarade, dit Kearney, en parlant le premier, il s'est
passé bien des choses depuis quarante-huit heures;
que pensez-vous de nos nouvelles connaissances?

— Capitaine, vous me posez là un véritable problème!

— Sont-ce des moines?

— Je ne saurais vous dire. Ah! que me demandez-
vous là? Je n'en ai jamais vu avant de venir avec
vous à Mexico, capitaine; il y en avait peut-être un

ou deux à San-Antonio au Texas. Ce que j'en sais est donc par ouï-dire, et à en juger ainsi je serais très porté à croire qu'il ne s'y trouve pas un seul moine.

— Seraient-ils donc des voleurs?

— On n'a jamais pu savoir, capitaine. M. Rivas passe bien pour être un capitaine de salteadores, c'est-à-dire un brigand. Mais quant à moi j'en doute, et vous?

— Cela me surprendrait fort, répliqua Kearney; j'ai tout lieu de le croire, au contraire, un parfait gentilhomme. Il a été officier dans l'armée, d'où lui est venu son titre de capitaine.

— Je le crois volontiers comme vous; mais il ne faut pas perdre de vue que tout le long du cours du Rio-Grande, il y a beaucoup d'officiers mexicains qui ont été des voleurs, à partir de leur grade de lieutenant jusqu'à celui de colonel, ou même de général. Parmi les colonels, citons en première ligne le renard Chaperral, comme les Texiens l'appellent. Il n'a jamais existé de voleur ou d'assassin plus déterminé que lui, depuis Matomores jusqu'aux montagnes. Qu'est-ce que Santa-Anna lui-même, sinon un brigand? Les titres militaires ne sont pas, croyez-moi, un garant d'honnêteté; en temps de révolution, les officiers de ce pays-ci deviennent des bandits, et *vice versa*.

— Si ce sont des brigands, quel parti prendre?

— A quoi bon réfléchir, puisque nous n'avons pas le choix? Il n'y a pas à nous le dissimuler, nous sommes à la merci de nos hôtes; il s'agit de tirer le meilleur parti possible de la situation. Brigands ou non, voleurs de grand chemin, ou de chemin de traverse, il n'y a qu'eux qui puissent en ce moment nous donner asile et protection; il me semble que, sous ce double rapport, ils ont déjà fait leurs preuves. »

Kearney garda le silence, réfléchissant à ce que venait de dire le Texien ; remontant dans ses propres souvenirs à partir du jour où il avait été attaché par une chaîne à Rivas, il se remémorait les propos qu'il l'avait entendu tenir, les actions qu'il avait vu faire et espérait arriver ainsi à résoudre le problème.

Cris Rock n'eut garde de se mettre en travers des réflexions de Kearney et attendit que celui-ci rompît le silence à son tour.

« Si nous sommes tombés dans un repaire de bandits, dit enfin l'Irlandais, il faudra en toute probabilité en supporter les conséquences ; ils voudront nous affilier à leur bande, et ce sera fort désagréable.

— Pas plus pour vous que pour moi, capitaine ; il répugne à tout honnête homme de faire partie de pareille association ; mais, lorsqu'on y est contraint et forcé, c'est autre chose. D'ailleurs, au Mexique, ce n'est pas comme au Texas ou aux États-Unis. Tant qu'on n'ajoute pas la cruauté au vol, il n'y a nul déshonneur à leurs yeux. J'ai entendu un Mexicain affirmer qu'un voleur de grand' chemin n'est pas plus coupable, en admettant qu'il le soit autant, que les hommes d'État ou les législateurs qui pillent la nation. C'est bien à peu près la même chose lorsqu'on y est accoutumé. »

Kearney, pour toute réponse, se contenta de sourire, car cet amphigouri ne lui paraissait pas absolument vide de sens. Cris Rock interpréta ce sourire comme un encouragement à continuer.

« Après tout, ajouta-t-il, je n'affirme rien ; je n'ai pas plus de raison de les prendre pour des voleurs que pour des moines. Tout ce que je sais, c'est que je n'ai jamais rencontré nulle part des gens plus sympathiques et de meilleure compagnie. Je me refuse à croire qu'ils nous imposent de mauvaises actions; soyons donc bravement, sincèrement des leurs, jusqu'à ce que nous ayons acquis la preuve qu'ils sont indignes d'être des nôtres. Alors seulement nous leur brûlerons la politesse.

— Si nous le pouvons toutefois, riposta Kearney; d'ailleurs ce n'est pas de l'avenir, mais du présent que je me préoccupe... Que faire?

— Mais rester ici avec nos nouvelles connaissances.

— En effet, je ne vois pas d'autre alternative; espérons toujours que nous sortirons d'ici les mains pures, car, en résumé, où est la preuve que ce sont des brigands?

— J'ai observé une chose qui serait plutôt l'indice du contraire.

— Laquelle?

— C'est qu'il n'y a pas de femme dans la maison; je suis descendu à la cuisine ce matin, et je n'ai pas aperçu un seul jupon. Je me suis laissé dire qu'il en est toujours ainsi dans les ordres monastiques, mais non parmi les bandits. Qu'en pensez-vous, capitaine?

— Je n'en sais trop rien; les brigands mexicains sont peut-être comme les brigands italiens, qui ne se soucient pas de traîner après eux une suite embarrassante de femmes.

— D'autre part, ajouta le Texien, n'est-il pas bien étrange que des religieux placent des factionnaires partout? J'en ai vu hier, j'en ai vu ce matin l'arme au bras, qui venaient sans doute d'être relevés de leur poste. Il y a un passage souterrain sous une partie du monastère.

— Tout cela est bien singulier; mais nous finirons par avoir la clef du mystère. A propos, ajouta-t-il, qu'est donc devenu le nain?

— Je ne saurais dire, capitaine ; je n'en ai pas entendu parler depuis que le majordome l'a amené, et je désire ne jamais le revoir. Ah ! quel être !

— Ils l'auront mis sous clef. Eh bien, qu'il y reste ; nous allons peut-être enfin apprendre quelque chose sur le sort qui nous attend, car voici le supérieur qui vient de notre côté, » dit Cris Rock, en voyant s'avancer vers eux le soi-disant moine.

CHAPITRE XLIV

LE SUPÉRIEUR

« Amigo, dit le supérieur en s'adressant à Kearney, qui seul pouvait le comprendre, permettez-moi de vous offrir un cigare, avec mes excuses pour avoir oublié que vous fumez. Voici des manilles et des havanes, choisissez. »

Derrière le moine marchait le majordome, portant une grande boîte d'acajou remplie de cigares ; il la plaça sur un des bancs rustiques et en leva le couvercle.

« Merci, mon révérend Père, dit Kearney avec un sourire railleur ; si vous ne le trouvez pas mauvais, je fumerai des imperadores ; lorsqu'on en a fumé un, un homme ne doit plus hésiter dans son choix. »

Tout en prononçant ces mots, il prit un imperador dans la boîte.

« Je suis enchanté de vous les voir apprécier comme ils le méritent, répondit le moine en lui offrant du feu ; ils doivent être parfaits, vu leur qualité et leur prix ; mais ne vous préoccupez pas de ce détail, et fumez-en autant qu'il vous sera agréable ;

ils ne m'ont rien coûté. C'est une contribution offerte au monastère, mais qui cependant a une certaine valeur. »

Ces mots étaient accompagnés d'un sourire qui semblait être inspiré par le souvenir de quelque histoire se rattachant aux imperadores.

« Une contribution forcée alors, » se dit l'Irlandais, la phrase de son interlocuteur lui ayant fait une impression mauvaise plutôt qu'agréable.

Le Texien, lui, n'avait pas encore touché aux cigares, et, lorsque d'un geste l'invitation lui en fut adressée, il fit un pas en arrière, disant à Kearney :

« Dites-lui, capitaine, que je préférerais une pipe, s'il pouvait m'en procurer une.

— Que dit le señor Cris ? demanda l'abbé.

— Qu'il préférerait une pipe, si vous ne vous y opposez pas, et si la chose est possible.

— Oh ! *un pipa!* Gregorio... Gregorio, s'écria Rivas, rappelant le majordome, qui avait repris le chemin du monastère.

— Ne prenez pas cette peine, ajouta Kearney. Cris Rock, contentez-vous d'un cigare; il ne faut pas être trop exigeant.

— Je regrette d'en avoir parlé, répondit le Texien; je serai très heureux d'avoir un cigare, surtout si l'on m'autorise à chiquer ; mon estomac réclame depuis longtemps un peu de tabac.

— Prenez ce cigare et chiquez-le, si bon vous semble... »

Profitant de la permission qui lui était octroyée, le Texien choisit un des plus gros cigares et mordit dedans comme dans un morceau de sucre, au grand étonnement de Rivas, qui se garda, malgré cela, de faire la moindre observation. Cris Rock fuma et chiqua tour à tour, car le majordome reparut peu de temps après, apportant une pipe, qu'il avait trouvée dans les régions inférieures de l'établissement.

Le moine, de son côté, avait aussi allumé un imperador et fumait comme une cheminée d'usine; un religieux qui fume produit toujours en tout pays et en toute circonstance un assez drôle effet; mais ils n'en étaient plus à apprendre que le supérieur du couvent de Serro Adjusco n'était rien moins qu'un anachorète; il n'y avait donc rien là qui pût les surprendre. S'asseyant à côté de Kearney, les yeux tournés vers le paysage qui se déroulait devant eux, il adressa cette question à son hôte :

« Que pensez-vous de ce panorama, don Florence?

— Magnifique... admirable! Je ne me rappelle pas avoir jamais rien vu de plus beau et de plus grandiose et d'un aspect plus varié ; c'est à la fois sublime et ravissant. »

Le jeune Irlandais n'était pas pour rien un compatriote de Burke.

« Prenez cette longue-vue, dit le moine, et vous jugerez mieux encore de toutes les parties du tableau. »

Il mit l'instrument à son point et fixa tour à tour chaque portion de la vallée.

« Pouvez-vous voir d'ici le Pedregal? demanda le moine. Juste au pied de la montagne; vous le reconnaîtrez à sa couleur grise.

— Certainement, répondit Kearney, de même que le taillis par lequel nous sommes passés; je le vois très distinctement.

— Regardez à droite maintenant; apercevez-vous une maison située au milieu des champs de maguiez?

— Oui; pourquoi me demandez-vous cela?

— Parce que cette maison a un intérêt tout spécial pour moi. A qui supposez-vous qu'elle appartienne?

Je devrais plutôt dire à qui elle a appartenu, ou bien encore à qui elle devrait appartenir.

— Comment voulez-vous que je le sache, mon Père ? demanda Kearney, trouvant assez étrange qu'on lui adressât pareille question.

— C'est vrai, mon fils, répliqua le moine, mais je vais vous le dire ; malgré mes titres indéniables à la propriété de cette magneyal, elle ne m'a pas moins été volée pour être donnée à notre dernier hôte, le gouverneur de la prison de l'Accordada, en récompense de sa trahison envers son pays et envers notre cause.

— Quelle cause? » demanda le jeune Irlandais, mettant de côté la longue-vue ; ce qu'il entendait l'intéressait évidemment plus que ce qu'il voyait : — son pays et notre cause !

Ce n'étaient pas là des mots qu'on s'attend à entendre sortir des lèvres d'un moine ou d'un brigand. Ce qu'il dit ensuite prouva qu'il n'était ni l'un ni l'autre.

— Une cause, señor Irlandais, pour laquelle je suis prêt à donner ma vie si l'on me demande ce sacrifice ; je puis en dire autant de tous ceux que vous venez de rencontrer au réfectoire. Le toast que vous m'avez entendu porter en fait foi. Patria y libertad !

— J'ai été heureux de constater l'enthousiasme qu'il a provoqué.

— Et non moins surpris, n'est-il pas vrai, amigo?

— A parler franchement, je dirai oui.

— Cela ne saurait m'étonner, mon fils. Il est tout naturel que vous désiriez avoir la clef de ce que vous avez vu et entendu depuis votre arrivée ici et même avant. Le moment de tout vous révéler est arrivé... Prenez donc un autre cigare et écoutez ce que je vais vous dire. »

CHAPITRE XLV

LES PARTISANS

« Essayez ce manille cette fois-ci, dit le Mexicain, pendant que Kearney se levait pour prendre un cigare dans la boîte. Beaucoup de gens croient que les meilleurs viennent seulement de Cuba; c'est une erreur. Il en est quelques-uns faits aux îles Philippines qui, à mon avis, sont supérieurs à n'importe quel havane. Je parle d'un article de choix qu'on ne trouve pas dans le commerce et qui est seulement connu des initiés; quelques-uns de nos *ricos* les font entrer par Acapulco. Ces cigares en sont de bons échantillons.

Le jeune Irlandais prit alors le manille, si chaudement recommandé, et qui devait, paraît-il, avoir raison des idées préconçues que Kearney avait sur la matière.

Il avait en effet toujours entendu dire que les meilleurs cigares sont les havanes; mais, après quelques bouffées d'un manillero qui n'avait jamais passé par aucun débit de tabac, il était prêt à abandonner les imperadores.

Son hôte, allumant un cigare à son tour, commença en ces termes :

« Vous avez déjà observé, sans doute, que les moines de ma communauté appartiennent à un ordre qui est loin d'être des plus austères, et peut-être même avez-vous soupçonné que ce ne sont pas des moines. Chacun d'eux est soldat; la plupart ont servi et même avec éclat; quand je dis qu'ils ont servi, il faut le prendre au vrai sens du mot; à une

ou deux exceptions près, ce sont d'anciens officiers,
et tous, ou presque tous, sont des gens de bonne
famille. La dernière révolution qui a encore affligé
notre pays, en ramenant au pouvoir la tyrannie
chronique de Santa-Anna, les a tous chassés ; le plus
grand nombre d'entre eux étant proscrits comme
moi, avec leurs têtes mises à prix.

— Vous n'êtes donc pas des voleurs ? »

Ceci fut dit sans réflexion, les mots s'échappant
involontairement des lèvres de Kearney ; mais le
moine de contrebande, loin de s'en offenser, éclata
de rire, répliquant d'un ton de bonne humeur :

« Voleurs ! amigo mio ! qui vous a dit cela ? »

L'Irlandais était confus de sa méprise.

« Pardon, señor, s'écria Florence Kearney, s'empressant de réparer sa faute, c'est la conséquence de
certains propos que j'ai entendu tenir à la prison ;
soyez sûr que je n'ai jamais pu ni voulu y croire.

— Merci, señor, répliqua Rivas ; j'accepte vos
excuses, qui sous un rapport, néanmoins, sont superflues. Nous avons cette réputation parmi nos ennemis, et je conviens que ce n'est pas sans motif. »

Kearney entendit cette dernière phrase non sans
une certaine inquiétude ; il ne dit mot, cependant,
voulant laisser à l'autre la faculté de continuer.

« Caramba ! Oui, ajouta le proscrit, il est incon-
testable que nous avons pillé un peu par-ci par-là ;
sans cela je n'aurais pu vous offrir un aussi bon
déjeuner ni des vins aussi remarquables ; en regardant en bas, à droite, vous verrez le Pueblo de San
Augustin et au delà ses faubourgs ; puis une grande
maison jaune ; c'est de là que proviennent nos dernières provisions de vin, de cigares, cette boîte d'acajou et le reste. Une contribution forcée, comme je
vous l'ai laissé entendre ; mais n'allez pas croire que

14

nous en exigeons à tort et à travers. Celui qui nous
a payé ce tribut est un de nos ennemis les plus
acharnés; c'était d'ailleurs à titre de représailles,
justifiées en tout point par les circonstances; j'ai la
conviction que tel sera votre avis quand vous en
connaîtrez les détails.

— Je les comprends maintenant parfaitement,
répliqua Kearney rassuré, et j'espère que vous accep-
terez nos excuses.

— Sans arrière-pensée et très cordialement, répondit Rivas, qui savait le français. Pourquoi vous
en voudrais-je de nous avoir pris pour des voleurs?
Je crois que beaucoup d'autres, chez qui nous avons
passé, l'ont supposé également. Du côté du sud, dans
l'État d'Oaxaca, nous sommes généralement connus
sous le nom de Partisans.

— Pourriez-vous me dire, demanda Kearney, pourquoi vous portez l'habit religieux?

— Pour une bonne raison, amigo; c'est en même
temps une sécurité et un moyen de faire bien des
choses; dans tout le Mexique, le capuchon du moine
est le meilleur passeport qu'on puisse avoir. Il nous
permet de parcourir les villages sans inspirer le
moindre soupçon, les gens croyant que ce vieux
monastère, depuis si longtemps abandonné qu'il en
est oublié, est redevenu une maison religieuse. Nous
ne laissons jamais personne en approcher, bien
entendu. Les paysans ne sont pas heureusement
assez curieux de le connaître pour en entreprendre
l'ascension; s'ils la tentaient, ils trouveraient des
sentinelles qui leur feraient rebrousser chemin. Quant
à nous, nous jouons notre rôle avec une telle per-
fection, qu'il serait bien difficile de s'apercevoir de
la contrefaçon. Le hasard fait qu'il en est parmi nous
un ou deux qui ont jadis porté la soutane; ils nous

seront utiles jusqu'au jour où nous pourrons jeter la
froc aux orties, pour revêtir l'uniforme militaire. Ce
jour n'est pas éloigné, d'après ce que m'ont dit les
camarades, depuis mon retour parmi eux. L'État
d'Oaxaca commence à se désaffectionner. Toute la
partie sud d'Acapulco l'est déjà, et l'on s'attend à
un *grito* d'ici à un mois peut-être. Alvarez, qui
exerce une très grande influence sur cette portion du
pays, sera l'instigateur du mouvement. Le vieux
Pinto a bon espoir d'être suivi par nous; en cela, il
ne sera pas désappointé, nous voudrions tous y être.
Voilà notre histoire, caballeros, dans le passé, le
présent et l'avenir. Maintenant, permettez-moi de
vous faire, à mon tour, une question.

— Laquelle? demanda Kearney.

— Voulez-vous être des nôtres? »

Cette proposition ne pouvait pas être tranchée
sans réflexion; à quoi s'exposait-il en acceptant? à
quoi s'exposait-il en refusant? D'ailleurs, dans les
circonstances présentes, était-il libre de refuser? Cela
seul était une question des plus délicates; lui et son
camarade Cris Rock devaient leur évasion à cet
homme étrange, n'importe ce qu'il fût; et se séparer
de lui maintenant, même avec son autorisation,
ressemblerait fort à de l'ingratitude, surtout après
avoir entendu la confidence qu'il venait de leur faire.
Le Mexicain, s'apercevant de l'embarras de son
interlocuteur, chercha à lui venir en aide en disant :

« Si ma proposition ne vous convient pas, señor
Irlandais, il faut le dire, et sans crainte de m'offenser;
notre protection ne vous en sera pas moins assurée;
je ferai tout ce qui dépendra de moi pour vous faire
sortir sain et sauf du pays. En tout cas, soyez sûr
que je ne vous renverrai pas à l'Accordada. Parlez

franchement et sans réserve, voulez-vous être des
nôtres?

— Oui, je le veux, » répondit Kearney d'un ton
résolu.

Pourquoi aurait-il hésité ou refusé? Prisonnier en
pays ennemi, sa tête mise à prix, sa seule chance de
salut était de se joindre à Rivas et à ses camarades.
C'était le meilleur parti à prendre, même si ceux-ci
eussent été bandits, brigands ou voleurs.

« Oui, don Ruperto, ajouta-t-il, si vous me jugez
digne d'appartenir à votre bande, je me rends à
votre appel.

— Et vous, camarade don Cristoforo, êtes-vous
dans les mêmes dispositions?

— J'en doute si peu, répliqua Kearney, que j'en
réponds même avant de le lui demander. Rock,
s'écria-t-il, venez ici, mon ami. »

Kearney appela le Texien, qui, ne comprenant pas
le dialogue, s'était un peu éloigné en dégustant son
imperador.

« Présent, capitaine; qu'y a-t-il pour votre service?

— Ce ne sont pas du tout des voleurs, Cris, dit
Kearney en anglais au Texien.

— Tant mieux, tant mieux; mais, pour ma part,
je n'ai jamais cru qu'ils fussent ni moines ni voleurs.

— Que sont-ils donc, capitaine?

— Ce que vous êtes vous-même, des compatriotes
qui ont combattu pour leur pays et qui ont été
vaincus. Voilà pourquoi ils sont ici, se cachant.

— Ce sont des ennemis de Santa-Anna?

— Oui, des ennemis vaincus; mais on médite une
prochaine insurrection, et l'on nous demande notre
concours. Qu'en dites-vous?

— Quelle question, capitaine! Je suis tout prêt à
partir avec eux, moi! Eussent-ils été des brigands,

j'aurais mis ma conscience dans ma poche, et je ne les aurais pas moins suivis. Ainsi donc, c'est entendu. Je ne me serais pas fait moine pour un empire, mais puisque ce sont des hommes qui veulent combattre pour la liberté, *Alleluia!* Cris Rock est des leurs! Vous pouvez leur en donner l'assurance.

— Il consent, dit Kearney à Rivas, et d'aussi grand cœur que moi; tous deux nous regarderons comme un honneur de vous avoir pour chef.

— Mil gracias, señor; c'est nous qui sommes fort honorés de compter parmi nous, deux hommes d'une bravoure éprouvée comme la vôtre. Maintenant, puis-je vous demander de revêtir l'habit qui nous tient lieu en ce moment d'uniforme? C'est une précaution nécessaire. Vous trouverez vos costumes tout prêts; j'ai donné à cet effet des ordres à Gregorio, vous voyez, camarades, que j'ai compté sur vous.

— Que de transformations depuis la Nouvelle-Orléans jusqu'ici, en passant par l'Accordada! s'écria Cris Rock. Moi, revêtu de l'habit religieux? Si je ne suis pas le plus édifiant des moines du monastère, je serai du moins le plus grand! »

CHAPITRE XLVI

SAINT-AUGUSTIN-DES-CAVES

Un des plus agréables villages de la vallée de Mexico est San-Augustin-de-las-Cuevas, Tlalpam dans la langue aztèque, ainsi nommé à cause de cavernes remarquables près de ce village, situé à environ douze milles au sud de la capitale, sur la route

d'Acapulco qui, là, quitte le fond de la vallée, monte
la pente de la Sierra, qu'elle franchit près de Cruz-
del-Marques, pour arriver enfin au fameux port du
Pacifique.

San-Augustin est un village jouissant de certains
privilèges municipaux ; outre l'alcade mayor, il y a
des conseillers municipaux, des alguazils ou police-
men. Les principaux employés sont en général des
hommes de pure race espagnole, *gente de Razon,*
comme ils se vantent de l'être, bien qu'en réalité il
s'en trouve parmi eux beaucoup de sang-mêlé ou
métis. A cette catégorie appartient le haut commerce
de la ville, peu nombreux d'ailleurs, la gente de
Razon formant un élément à peine perceptible dans
la population, dont la grande majorité se compose
d'indigènes au teint bronzé. A une certaine saison de
l'année, cependant, les teints blancs l'emportent à
leur tour. C'est au moment du carnaval : Las Pascuas.

En même temps que les rues de San-Augustin regorgent de promeneurs, un flot incessant de voitures
et de cavaliers monte et descend entre le village et
la capitale.

Pendant la semaine de *Las Pascuas,* la moitié de
Mexico se livre à la passion du jeu, comme les Anglais à Epsom pendant le Derby, ou, mieux encore,
comme à Hombourg ou Monaco, car à Tlalpam les
paris ne s'engagent pas sur tel ou tel cheval, mais
sur telle ou telle carte. C'est alors que le jeu national
du *monte* se joue sur une grande échelle ; de vastes
tentes sont dressées pour les joueurs, vrais temples
élevés à la déesse Fortune ; à l'entour, les groupes
les plus hétéroclites et les plus variés : officiers, géné-
raux, colonels, assis à la même table, voire des sergents et des colonels pariant ensemble.

Membres du congrès, sénateurs, ministres et parfois même le Chef de l'État, coudoient le lepro en haillons, le mendiant ou le salteador. N'est-il pas plus étrange encore que l'élément féminin se mêle à ces jeux? Femmes de haute naissance et de grandes manières ne dédaignent pas d'apporter leur enjeu sur le tapis vert, à côté de la fille des champs, pieds et bras nus, et d'autres plus richement vêtues, mais de pauvre réputation.

Après tout, c'est Bade de l'autre côté de l'Atlantique, et l'on doit dire à l'avantage de San-Augustin que cette furie de jeu ne dure que quelques jours, au lieu de toute une saison.

Cette semaine infernale passée, il n'est pas plus question des banques que des banquiers de *monte;* les tentes sont enlevées; les joueurs de haute et d'humble naissance retournent à la ville, et le petit village, retrouvant sa tranquillité passée, est oublié jusqu'au carnaval suivant.

Dans son état normal, bien qu'il puisse paraître fort monotone aux yeux de certaines gens, ce village n'en est pas moins une des résidences les plus agréables de la vallée. Situé au pied de montagnes qui forment un arrière-plan très accidenté au tableau, San-Augustin offre, d'un autre côté, un paysage fort intéressant avec sa lagune de Xochimilco, sans parler du Pedregal aux aspects si variés.

Outre la population fixe, il y a celle qu'on peut appeler flottante ou intermittente : les gens qui vont et viennent; de certains *ricos*, par exemple, qui affectionnent particulièrement les faubourgs de la ville, où ils ont de belles maisons de campagne, *casas de campo*. Il n'y en a pas des centaines, comme à San-Angel et à Tacubaya; Tlalpam se trouvant à une distance plus éloignée est naturellement d'un accès

moins facile. Néanmoins, on voit plusieurs villas
autour du village, lesquelles appartiennent à des
familles opulentes, qui ne les habitent que par intervalles et seulement quelques jours ou semaines de
suite.

L'une de ces résidences appartient à don Ignacio
Valverde; c'est un des séjours favoris du ministre,
une retraite où il aime à venir se reposer dès qu'il
peut se soustraire à ses devoirs officiels; c'est ainsi
que, peu de temps après les incidents extraordinaires
que nous avons racontés, il est venu s'installer à sa
maison de San-Augustin, avec sa fille et Isabelle
Almonte. Depuis que le lecteur n'a plus entendu parler
de ces trois personnages, ils ont passé par bien des
épreuves; l'affaire de la Calle de Plateros a été suivie
d'une enquête en bonne et due forme; seulement
Santa-Anna a décrété qu'il n'en serait pas donné connaissance au public. A quoi bon l'éclairer d'ailleurs?

Grâce à la fidélité à toute épreuve de José, qui a
fait mensonge sur mensonge avec un imperturbable
aplomb, les intéressés sont sortis de là blancs comme
neige. Il a tout raconté avec des détails si circonstanciés, que personne n'a pu le soupçonner de complicité avec les forzados, et bien moins encore avec
la comtesse Almonte.

Don Ignacio a puissamment contribué à obtenir
ce résultat, en consentant, lui aussi, à falsifier la
vérité.

Il a fallu pour cela le mettre dans le secret et tout
lui raconter; sa fille s'est décidée à faire des aveux
complets; elle savait d'ailleurs qu'elle n'avait pas à
redouter la sévérité de son père; don Ignacio n'était
pas homme à traiter sa fille avec rigueur. Une chose
seule eût suffi pour le décider à la clémence : c'était
le danger qui menaçait les deux jeunes señoritas;

puis Louisa Valverde connaissait de longue date la
sympathie de son père pour celui dont elle avait
favorisé l'évasion, et cette pensée l'avait encouragée
dans sa résolution.

La suite lui donna en tout point raison; don Ignacio consentit à se faire le complice de sa fille, et
ainsi tout fut sauvé. Les soupçons de Santa-Anna et
du colonel se trouvèrent ainsi déjoués pour un temps;
tous deux durent renoncer à l'espoir de voir les fugitifs leur tomber sous la main; les recherches les plus
minutieuses à travers le Pedregal et ailleurs restèrent sans effet. Mais on n'abandonna pas pour cela
la partie; les villages de la vallée, les montagnes
voisines, tous les parages environnants furent fouillés
par des soldats ou des espions de police. Mais ni les
piquets placés de côté et d'autre, ni les patrouilles
faites nuit et jour sur les routes, ne parvinrent à découvrir trace des fugitifs.

Peu à peu, les mesures deviennent moins rigoureu-
ses; ce n'est pas que celui qui les dicte n'éprouve
toujours le même désir de les voir couronnées de
succès, mais un motif plus sérieux que celui de la
vengeance personnelle préoccupe en ce moment le
dictateur. Il sait qu'on parle tout bas, mais qu'on
parle d'un pronunciamiento, et cela suffit pour absorber toutes les pensées de Santa-Anna.

A chaque instant, il croit entendre le cri détesté
de : *patria y libertad!*

Bientôt il n'est plus question de l'épisode de la
Calle de Plateros; la ville de Mexico a ses journaux
quotidiens, et, le lendemain du jour où cet événement
s'était produit, le compte rendu détaillé en avait paru
dans *El Diario el Monitor;* huit jours après, on n'en parlait plus, et au bout d'un mois l'incident était complètement oublié, sauf par ceux qui s'y trouvaient person-

nullement intéressés. Voilà comment les événements
se succèdent, passent et s'oublient dans la vie de
Mexico!

CHAPITRE XLVII

SUR LE ROC

Depuis quelque temps, Kearney et Cris Rock
n'avaient pas demandé de nouvelles de leur compagnon le bossu. Pourquoi auraient-ils désiré en savoir?
Pour son compte, le Texien n'éprouvait pas le moindre désir de revoir jamais cet affreux monstre; ils le
croyaient enfermé dans quelque coin du monastère :
il l'était, en effet, ayant toujours rivé à la cheville la
chaîne qu'il avait partagée avec Cris Rock. L'autre
extrémité était attachée par un cadenas à un anneau
de fer.

Le réduit occupé par le nain rappelait en tout point
la cellule de l'Accordada; à coup sûr, au temps jadis,
plus d'un moine réfractaire avait dû y venir expier
des fautes contre les règles de son ordre. Il est sans
doute superflu de dire pourquoi on avait jugé nécessaire d'enfermer cette méchante créature dans cette
cellule. Bien que sans défense, ce monstre n'en était
pas moins redoutable, et don Ruperto n'ignorait pas
que lui rendre la liberté, serait risquer de perdre la
sienne, et plus encore.

Il n'était ni plus mal logé ni plus mal nourri
qu'à l'Accordada; après un certain nombre de jours
de captivité, on l'autorisa à sortir de sa cellule pendant plusieurs heures; puis il finit par enjôler le
majordome et par obtenir de passer une partie de

son temps à la cuisine; là, il trouva moyen de se rendre utile; il avait d'ailleurs plus d'une corde à son arc. Il eut seulement beaucoup à souffrir des méchants lazzis et des moqueries des *moyos* dans la *cocina* de l'établissement.

Il supportait tout, avec une patience dont on n'aurait jamais pu le soupçonner à l'Accordada. Gregorio, qui l'avait spécialement sous sa garde, finit par le considérer comme faisant partie du personnel domestique de l'établissement, mais sans cesser pour cela de l'enfermer le soir sous clef et de cadenasser sa chaîne. De cela il ne pouvait prendre son parti; il se soumettait aux mauvaises plaisanteries dont on l'accablait à la cuisine, mais non à l'entrave qui lui était imposée, et chaque soir il répétait au majordome :

« C'est si dur, si pénible, si gênant; quand je me retourne dans mon lit, c'est plus que gênant, c'est très douloureux. Pourquoi tant tenir à me laisser cette maudite chaîne? vous ne craignez pas cependant que je tente de m'évader; tourne-t-on jamais le dos à ses meilleurs amis? Cascaras! je suis trop bien ici pour songer à changer de gîte et surtout pour vouloir retourner à l'Accordada, où je serais bien sûr d'être réintégré si je me montrais en ville. Oh! non, señor, il n'y a pas à craindre que je veuille quitter cette maison, tant que vous voudrez bien m'y loger et m'y nourrir. Je ne demande qu'à être délivré de cette froide chaîne. Bon don Gregorio, débarrassez-m'en pour cette nuit, et, si vous avez à le regretter, eh bien, demain, vous me la remettrez, et je ne m'en plaindrai plus... je vous le jure! »

Ce fut toujours le même refrain pendant quelques soirs; à la fin, don Gregorio se laissa toucher. Parmi tous les métiers qu'avait faits le bossu était celui de savetier. Un certain jour qu'il avait rendu au major-

dome le service de raccommoder ses bottes, celui-ci
accorda comme récompense au nain de passer la nuit
sans chaîne.

« Que vous êtes bon, don Gregorio, dit-il en apprenant la grâce qui lui était accordée. Ah ! comme
je vais bien dormir ! Je ne manquerai pas de prier
pour vous avant de fermer l'œil. Buenas noches ! »

Au dehors, la lune se levait ; mais dans la cellule
l'obscurité était si grande, que don Gregorio ne
s'aperçut pas du sourire satanique de Zorillo, sans
quoi il eût immédiatement rattaché la chaîne à la
cheville du bossu. Malgré la reconnaissance qu'il lui
devait pour le raccommodage de ses chaussures, il
n'eût pas hésité un instant.

« Si je parviens à sortir d'ici, se disait le nain tout
en entendant encore les pas du majordome dans le
corridor, je suis sauvé, ma fortune est faite ; toutes
les jouissances de la vie seront à ma disposition ; loin
d'avoir à craindre qu'on me remette en prison, on
sera trop heureux de m'accorder mon pardon avec
une bourse bien remplie de doublons d'or. Chingara ! chingara ! ah ! ah ! »

Il se leva pour aller appliquer son oreille à la porte
et écouter ; il entendit l'écho de voix bruyantes, des
éclats de rire... Les moines sont à souper et ne son-
gent pas à lui.

« En définitive, se dit-il, cela peut être pour moi
une fameuse chance d'avoir été accouplé au géant
texien et amené avec lui ici ; si rien ne vient contrarier mes projets, quel tour je vais leur jouer ! Mais
commençons par voir s'il y a moyen de sortir de ce
trou. Carrai ! carrai ! il ne faut pas vendre la peau de
l'ours avant de l'avoir mis par terre ! »

Quittant la porte, il se faufile jusqu'à la fenêtre,
s'en approche de façon à calculer l'élévation qu'elle

peut avoir. Cette fenêtre, simple ouverture sans
vitre, était partagée par le milieu, avec une barre
de fer.

S'il ne réussissait pas à l'enlever, impossible à lui
de passer par là; mais, ayant eu soin de s'emparer de
la lime, qu'il tenait soigneusement cachée dans sa
cellule, il lui était facile de triompher de cet obstacle;
avant de rien entreprendre, il voulait aussi se faire
une idée du pays, ce qu'il n'avait pu jusque-là. Il
passa donc la tête entre la barre de fer et le mur,
se demandant de quelle nature était le sol : sol gra
nitique sur un plateau escarpé; un bloc de rocher
de dix ou douze pieds de haut fait saillie sous
l'appui de la fenêtre, saillie étroite, mais suffisante
pour prendre pied et d'où l'on peut atteindre le terrain plat.

Mais comment y parvenir?

Il le savait, ou autrement il n'eût pas fait ce qu'il
fit. En effet, sans perdre plus de temps, il quitte la
fenêtre et plonge la main sous le matelas de son lit
de camp, en tire la lime et se met à la besogne, mais
sans bruit et sans hâte, car, même au cas où l'obstacle
eût été enlevé, l'heure n'était pas encore arrivée pour
lui de sauter en bas de la fenêtre; il s'était fixé celle
d'une heure après minuit, alors que tous les moines
seraient endormis.

Le fer, rongé de rouille, cède facilement à la lime;
la barre étant coupée par le bas, il la saisit et l'ar-
rache à sa soudure; si petit que fût le nain, sa force
n'en était pas moins prodigieuse; ses bras nerveux
eussent défié ceux d'un portefaix.

Cette tâche accomplie, il retourne à son lit, et, prenant la couverture, il la déchire par petites bandes.
afin de s'en faire une corde pour s'aider à descendre
dans le vide; s'apercevant bientôt qu'elle ne pourrait

offrir une solidité suffisante, il renonce à cette idée et s'assied pour réfléchir, mais un instant seulement, se rappelant que sous sa main la chaîne est à sa disposition.

« Bah! s'écria-t-il, mettant de côté les bandes qu'il n'avait pu utiliser, comment n'y ai-je pas pensé plus tôt? Au reste, il n'y a pas péril en la demeure! Cinq ou six pieds de long; c'est tout ce qu'il faut. Et dire que cet imbécile a laissé la clef du cadenas. Rien n'y manque. Ah! chaîne longtemps maudite, tu ne tarderas pas à être bénie par moi! »

Tout en faisant cette singulière invocation, il s'était mis à quatre pattes, non pour chercher la chaîne, mais la clef que le bon Gregorio avait oubliée. Ayant fini par mettre la main dessus en tâtonnant, Zorillo continua ainsi jusqu'à ce qu'il eût trouvé l'anneau, puis il ouvrit le cadenas et retourna à la fenêtre, emportant la chaîne; après l'avoir fixée par une des extrémités à la moitié de la barre de fer qui restait encore en place, il la fit tomber en dehors, avec prudence et de façon que les anneaux ne fissent aucun bruit; se penchant de nouveau à la fenêtre, il constata avec plaisir que cette chaîne arrivait à un ou deux pieds du roc en saillie; ceci fait, il s'assit sur son lit, attendant l'heure de minuit; mais pourtant il n'y resta pas longtemps, se décidant presque aussitôt à agir sans plus tarder.

« Pourquoi attendrais-je? se demandait-il? Ils sont tous dans le réfectoire, buvant, mangeant à gogo. On devait, paraît-il, mettre ce soir-là les petits plats dans les grands; jamais je ne retrouverai pareille occasion. Caramba! profitons-en. »

Disant ces mots, il s'approche de la fenêtre, grimpe, passe par l'ouverture et se laisse glisser à la chaîne, anneau par anneau, comme un singe descend d'une liane dans les forêts de la Sierra-Calenta.

Aussitôt qu'il a mis le pied sur le roc, il abandonne la chaîne, va de çà de là en reconnaissance, se félicitant d'avoir choisi pareille heure, car le chemin qu'il lui faudra prendre passe devant la maison, là où on place un factionnaire, mais à une heure plus avancée de la nuit; personne donc, à coup sûr, ne lui criera qui vive! et ne lui barrera le passage.

Bien qu'on ne lui eût jamais permis de franchir les portes du monastère, il se souvient parfaitement du sentier par lequel lui et ses compagnons sont arrivés la fameuse nuit de leur évasion de l'Accordada.

Il se rappelle les deux talus escarpés projetés l'un sur l'autre, avec un étroit petit passage au milieu, là où ils avaient rencontré la sentinelle qui leur avait crié : Quien vive?

Que répondrait-il en ce moment à pareille question?

C'était à quoi il réfléchissait en descendant le premier des deux talus; l'obscurité, rendue plus profonde encore par l'ombre des arbres, l'obligeait à se mouvoir très lentement; avec ses longs bras étendus comme les tentacules d'un octopus, il se frayait un passage à travers les branchages, saisissant parfois dans sa main quelques touffes de parasites; il marchait avec tant de précaution, que personne ne pouvait l'entendre, pas même le factionnaire placé à cet endroit; revêtu de la robe d'un moine, il se tenait sur le bord du précipice, le visage tourné vers la vallée, sur laquelle les rayons de la lune commençaient à refléter leur lueur d'argent.

Peut-être, comme don Ruperto Rivas, contemplait-il une maison toute remplie pour lui de souvenirs d'enfance et dont il avait été spolié depuis peu. Peut-être se laissait-il bercer par le rêve de rentrer en possession de cette maison chérie. Ce à quoi il était bien loin de penser, à coup sûr, c'était au

danger qui le menaçait... Il était là cependant... prêt
à fondre sur lui...

« Ah! se disait à part lui Zorillo, que n'ai-je en
ce moment un couteau ayant une lame longue de
dix pouces! »

Puis une autre idée traverse son cerveau infernal,
et, saisissant l'occasion de faire sans couteau ce qu'il
médite, il s'élance sur le moine et le précipite dans
l'espace... Le cri que pousse le factionnaire, en se
sentant projeté en avant, se perd dans l'abîme où le
malheureux disparaît pour toujours.

CHAPITRE XLVIII

FUITE ET TRAHISON

« Il doit être mort, s'écria le misérable, regardant
au fond du précipice et sur la place même qu'occupait
le factionnaire, à moins qu'on ne puisse tomber de
deux cents pieds de haut sans se casser le cou. » Il
allait bientôt s'en assurer *de visu*, car, après être descendu de ravin en ravin, une éclaircie au milieu des
arbres laissa pénétrer les rayons de la lune et permit
au meurtrier de reconnaître sa victime étendue sans
vie sur le roc.

Il y avait de quoi émouvoir même un criminel,
mais non le petit monstre dont le cynisme égalait la
cruauté; il va droit à sa victime pour la dévaliser;
mais d'argent point. Son fusil était brisé; seul un
poignard à manche d'argent parut être de bonne
prise au malfaiteur : « Si je ne m'en sers pas, je
pourrai le vendre, » se dit-il.

Une fois en possession de cette arme de prix, il

reprend sa marche vers la ville, où il lui tarde d'arriver au plus vite. Il a une communication importante à faire à quelqu'un, et le plus tôt sera le mieux; il s'agit d'atteindre Mexico. Le nain doit pour cela traverser d'abord San-Augustin, qu'il savait bien pourvu d'alguazils; puis il avait entendu les mozos parler de troupes cantonnées dans ces parages; malheureusement le clair de lune le gênait; il eût préféré une nuit plus sombre. Enfin il arriva à l'un des faubourgs du village.

Pourvu que les habitants n'aient pas profité de ce beau temps pour aller faire un tour! Impossible d'espérer qu'on ne le remarquera pas, lui le dernier des hommes à pouvoir passer inaperçu; sa difformité le trahirait tout de suite.

A cette réflexion, une expression de tristesse indescriptible se répand sur ses traits; mais ce n'est pas le moment de faire du sentiment, il faut, bon gré, mal gré, qu'il traverse le village. Avant de poursuivre, il regarde tantôt à droite, tantôt à gauche, et il aperçoit une allée qui semble lui permettre de tourner le village sans passer par la plazza ou par les rues, il prend l'allée; c'est le vrai chemin qu'il rêvait; des rideaux d'arbres y jettent une draperie sombre; ils longent le mur d'un parc qui borde cette route et étendent au dehors leurs longues branches feuillues.

En suivant ce mur, qui le mettait à une certaine distance de la grand'route, le nain remarque un homme qui vient droit vers lui. Le zorillo s'arrête, regarde; malgré l'obscurité, il lui semble, à la démarche ferme et assurée du passant, que ce doit être un alguazil, ou un espion de police; mais il a un moyen, aussi sûr que simple, d'échapper à la vigilance de l'œil le plus exercé. Étendre ses longs bras, saisir les branches des arbres et grimper sur le

15

haut du mur construit en *abodes* et surmonté d'un faîte large de près de trois pieds. Ce plan n'est pas plus tôt imaginé qu'exécuté. Le nain se couche sur le mur et devient complétement invisible. Le passant, alguazil ou non, ne l'ayant pas soupçonné d'être là, continue sa marche, toujours du même pas.

Le nain, se croyant à l'abri de tout danger d'être vu ou entendu, allait redescendre l'allée, lorsqu'un murmure de voix douces et pures comme celui d'une cascade d'eau de roche, le décide à rester à son poste d'observation ; ces voix deviennent graduellement plus claires et plus distinctes ; on approche... attention !

D'un coup d'œil le zorillo a vu que ces murs entouraient un parc percé de belles allées, orné de fontaines et émaillé de fleurs ; les deux promeneuses paraissent enfin... le clair de lune projette sur elles un rayon lumineux... aussitôt le nain de les reconnaître et de s'écrier mentalement :

« Santissima ! les señoritas de la voiture ! »

C'était en effet le parc de la maison de campagne de don Ignacio ; la beauté du temps et le clair de lune ont invité Louisa Valverde et la comtesse Almonte à venir respirer l'air embaumé du soir ; elles marchent à pas lents. Les roulades du *czenzoutle* éclatent au-dessus de leur tête ; mais la voix du rossignol, pas plus que celle d'aucun autre oiseau, ne peut les distraire de la pensée qui les absorbe uniquement.

« N'est-il pas bien étrange que nous n'ayons plus entendu parler d'eux ? Qu'en pensez-vous, Isabelle ? Est-ce mauvais signe ? demande Louise Valverde à son amie.

— C'est moins étrange que vous ne l'imaginez, vu les circonstances ; nos fugitifs savent que les routes sont gardées ; s'ils nous ont envoyé un messager (ce qu'ils n'ont pas fait), j'espère, il aura été pris ou fait prisonnier ; une lettre aurait pu nous compromettre, et don Ruperto est homme trop prudent pour avoir risqué cet expédient. Pour moi, j'interprète ainsi ce silence : pas de nouvelles, bonnes nouvelles. J'y trouve l'assurance que Ruperto et Florence sont toujours libres et en sûreté quelque part. S'ils avaient été repris, nous le saurions depuis longtemps, tout Mexico en parlerait.

— C'est vrai, reprit Louisa Valverde d'un ton plus rassuré ; mais je voudrais savoir dans quel endroit ils sont maintenant.

— Moi aussi ; je ne suppose pas qu'ils sont dans le vieux monastère dont Ruperto m'a fait naguère la description dans ses lettres ; ce couvent situé dans la montagne est presque inaccessible. Le pays étant gardé comme il l'est de tous côtés, ce ne serait pas un lieu sûr ; il vaut mieux espérer qu'ils ont franchi les sierras et qu'ils sont à Acapulco ; arrivés là, nous n'aurons plus à nous préoccuper autant de leur sort.

— Pourquoi pas, Isabelle ?

— Pourquoi pas ? Ah ! c'est une question à laquelle je ne puis encore répondre ; mais bientôt vous saurez tout, et vous n'aurez qu'à vous en féliciter, votre père et vous. »

La fille de don Ignacio était non moins étonnée qu'intriguée des paroles de son amie ; mais elle savait que la comtesse avait de ces étranges façons de dire et de faire. Elle se doutait qu'Isabelle gardait au fond de son cœur quelque secret qu'elle ne voulait révéler à personne, pas même à sa meilleure amie.

Aussi n'insista-t-elle pas davantage.

Ce à quoi la comtesse faisait d'abord allusion, c'était à la fermentation des esprits dans le Sud et

au prochain pronunciamiento qui devait renverser le
dictateur; au courant de la conspiration qui se tramait, elle s'était abstenue par délicatesse d'en faire
part à dona Louisa.

Les deux amies achevaient leur premier tour de
parc lorsqu'elles s'arrêtèrent tout à coup, s'écriant
ensemble :

« Santissima... et Madre de Dios !

— Qu'est-ce? dit en tremblant Louisa Valverde;
est-ce un homme? »

Cette question est provoquée par la vue du petit
monstre qui est couché sur le mur; avant que la comtesse ait pu répondre, il s'interposa lui-même en disant :

« N'ayez pas peur, señoritas, d'une pauvre créature
comme moi; mon physique est repoussant, j'en conviens, mais mon âme n'est pas moins belle pour cela...
Ne vous rappelez-vous pas m'avoir déjà vu? »

Tout en parlant, il s'était levé, et la lune, qui frappait sur lui, mettait en relief les formes étranges de
son corps hideux.

Il ne leur en fallait pas davantage pour voir que
c'était l'Enano que le géant Texien avait hissé sur le
siège de leur voiture. L'étonnement leur coupant la
parole, le nain continua en ces termes :

« Je regrette, señoritas, que vous ne me reconnais-
siez pas, car je suis un de vos meilleurs amis, ou tout
au moins l'ami de vos amis.

— De qui voulez-vous parler? demanda la comtesse
en reprenant la première son assurance.

— De deux jeunes gens qui ont eu comme moi le
malheur d'être renfermés à l'Accordada et de se voir
condamnés à faire le métier d'égoutiers; grâce à
votre voiture, nous avons pu nous échapper et nous
soustraire à la poursuite de nos ennemis.

— Tous les quatre? demandèrent les deux jeunes femmes, renonçant à feindre plus longtemps l'ignorance.

— Oui, comme je viens de vous le dire; mais les mauvais jours par lesquels nous avons passé ensemble nous ont presque fait regretter de n'être pas restés enfermés dans la prison.

— Comment cela? dites-le-nous; vous n'avez pas à craindre que nous vous trahissions.

— Puis-je avoir une pensée pareille? Je suis ici pour le compte de mes amis et en mission de salut.

— En mission de salut?

— Ou, pour mieux dire, de nécessité.

— Dites-nous de quoi il s'agit.

— Je suis envoyé en expédition pour tâcher de rapporter un peu de grain au moulin... Nous sommes réduits aux derniers expédients. Vous rappelez-vous que nous étions quatre?

— Parfaitement. Vous disiez aux derniers expédients : comment cela?

— Comment cela? manque de nourriture; nous mourons de faim; depuis un mois, nous avons vécu cachés dans les replis de la montagne, ne mangeant que des fruits et des racines crues. Nous n'osions nous aventurer à descendre, les routes étant gardées par des espions de la police, ou des soldats; il a fallu m'armer du courage du désespoir pour les braver. Don Ruperto m'a envoyé à San-Augustin pour en rapporter des vivres; j'allais entrer dans le village, lorsque la vue d'un alguazil, qui venait droit sur moi, m'a décidé à grimper sur le mur; je me demande, au cas où je parviendrais à entrer sain et sauf dans la ville, comment je pourrais me procurer des provisions... à moins de faire appel à la cha-

rité..... le moyen est bien aléatoire; il y a tant de
cœurs durs! »

Les deux jeunes femmes, muettes de surprise et
d'attendrissement, se représentent douloureusement
don Florence et don Ruperto en proie aux tortures
de la faim.

« Puis-je espérer, continua le misérable, que vous
me permettrez de considérer cette rencontre comme
une bonne fortune et que vous me donnerez quelque
chose pour acheter des provisions?

— Louisa, avez-vous de l'argent dans votre bourse?
Moi, je n'ai rien, ou presque rien dans la mienne.

— Quelle fatalité! je n'en ai pas davantage.

— A défaut d'argent, señoritas, n'importe quel
objet ayant une valeur quelconque, un bijou, par
exemple; je connais une maison où il me sera facile
de le changer pour de la monnaie courante.

— Tenez, prenez ceci, s'écria la comtesse en lui
donnant sa montre; celle qui avait été promise à
José, mais à laquelle il avait préféré son équivalent
en doublons d'or.

— Et ceci également, ajouta Louisa Valverde en
lui passant aussi sa montre, qu'il saisit vivement.

— C'est très généreux à vous, señoritas, dit-il en
mettant les deux montres dans ses poches; nous
voilà tirés d'affaire pour quelque temps, même au
bas prix où je serai obligé de les vendre. Après cela,
nous tâcherons d'aviser.

En prononçant ces mots, il tenait ses petits yeux
perçants fixés sur les objets qu'il voyait scintiller au
clair de lune : bracelets, bagues, boucles d'oreilles...
C'en était assez pour donner à penser aux deux jeunes femmes que leurs bien-aimés auraient sans doute
besoin quelque jour d'un nouveau secours et qu'elles
ne seraient plus à même de leur venir en aide; im-

médiatement, les deux amies ôtent tout ce qu'elles ont de bijoux sur elles et les présentent au bossu, qui, tendant les mains, les attrape avec l'adresse du singe.

— Mil gracias... s'écrie-t-il en fourrant le tout dans sa poche... mais je renonce à vous remercier; vous puiserez votre vraie satisfaction dans la pensée que votre générosité a sauvé la vie à deux personnes qui vous sont si chères. Comme les señores don Ruperto et don Florence vont être heureux de mon retour, non pas tant pour les provisions que je vais leur rapporter, que pour les moyens qui m'ont été offerts de me les procurer! Mais le temps presse, señoritas... Je n'ajouterai pas un mot... Adios. »

Sans plus de cérémonie, il dégringole du mur et disparaît de l'autre côté.

Cette manière de prendre congé *ex abrupto* fut pour les deux jeunes femmes une cause de surprise et de désappointement, car elles avaient encore bien des questions à adresser au courageux messager.

————— —— —— ———

CHAPITRE XLIX

ANCIENNES CONNAISSANCES

Après avoir passé San-Augustin, en se dirigeant vers la ville, la grand'route nationale entame le Pedregal, les rochers de lave s'élevant çà et là, comme des falaises. De l'autre côté, une vallée s'étend jusqu'aux rives de la lagune de Xochimiho, où la végétation aquatique est si plantureuse qu'elle ressemble à celle des prairies plutôt qu'à celle d'un lac. Ce pâturage a, paraît-il, desqualités si reconnues quef

tous les propriétaires des villas y envoient paître
leurs vaches et leurs chevaux.

Juste au moment où le bossu quittait brusquement ses bienfaitrices, un homme passait à environ
un demi-mille des faubourgs du village; il marchait
à pas lents, s'arrêtant parfois comme quelqu'un qui
n'est pas commandé par le temps. Il était dans la
tenue d'écurie d'un cocher mexicain de bonne maison : large culotte de velours rouge, *batos* et chapeau
noir vernis, écharpe de crêpe de Chine autour de la
taille; sous son couvre-chef, on reconnaît le visage
de José, le groom de don Ignacio; rien de plus facile
que de deviner ce qui l'attire dans ces parages, car
il porte sur son bras deux licous.

Les chevaux auxquels il les destine sont attachés
à une porte un peu plus loin; c'est une paire de chevaux gris pommelé que nous connaissons depuis
longtemps, les fameux frisones; il est l'heure de les
reconduire à l'écurie.

A côté s'étend le Pedregal, dont le sommet, de
moyenne hauteur, surplombe la route; arrivé près de
es chevaux, le cocher aperçoit sur la cime du rocher,
un *loyote* qui contemple les frisones comme s'il avait
la prétention de lier conversation avec eux. Par
simple manière de jeu, José s'élance de ce côté en
brandissant les licous au-dessus de sa tête; l'animal
effarouché disparaît aussitôt.

Par suite de ce mouvement, le groom se trouve
être à l'ombre des rochers; il se dispose à traverser
le chemin, lorsqu'il voit venir quelqu'un dans cette
direction, ce qui, par un mystérieux instinct, le
décide à rester sur place; mais pourquoi mystérieux?
car il reconnaît à première vue l'espèce de crabe qu'il
a devant les yeux, pour être le nain qui avait partagé son siège un jour à jamais inoubliable.

Personne, depuis lors, n'en avait jamais plus entendu parler, du moins à ce que José croyait. Cette rencontre paraissait donc lui offrir une occasion d'avoir des nouvelles de ceux avec qui le nain avait été vu dernièrement ; malgré cela, le cocher ne s'avança pas vers lui ; mais, frôlant le mur de plus près encore, il se tapit dans un enfoncement noir comme un four. Zorillo, lui, resta toujours du côté le plus sombre de la route. Arrivé à la porte du pâturage, il s'arrêta et parut frappé de stupéfaction.

« Oh ! s'écria-t-il en regardant les frisones que la lune éclairait en ce moment, voilà qui s'appelle faire plusieurs rencontres du même coup, il ne manquerait plus maintenant que de trouver aussi le cocher. La partie serait complète. Pourquoi pas ? Je crois que nous nous reconnaîtrions sans peine. »

Il entendit en même temps le piétinement de chevaux qui semblaient venir du village ; quelques instants après, il aperçut une masse noire qui suivait le ruban blanc de la route ; le cliquetis des sabres frappant sur les étriers d'acier annonçait de la cavalerie. Comme une tarentule qui retourne chercher son trou dans un arbre, le nain grimpe sur le rocher et s'y blottit.

Le visage tourné vers la route, il ne songe qu'à l'escadron qui approche au galop et n'aperçoit pas le cocher, qu'il a tout près de lui. Les hussards passent enfin. Une escorte de huit ou dix files avec deux officiers en tête, ceux-ci l'un à côté de l'autre et un peu en avant de la colonne ; ces messieurs causent gaiement et sur un ton élevé. José reconnaît celui qui parle le plus haut ; c'est le colonel Santander, qui, bien accueilli ou non, n'en vient pas moins souvent rendre visite à la señorita Louisa Valverde. Le nain va donc pouvoir lui parler enfin !

« Carajo! s'écrièrent ensemble les deux officiers;
leurs chevaux font un écart, comme pris de peur en
apercevant l'être informe qui se trouve devant eux.

— Le diable lui-même ne peut être plus hideux que
ce monstre! s'écrie Santander; puis il commande
à sa troupe l'allure du pas.

— Non, señor colonel, répond Zorillo, ce n'est pas
le diable, mais une pauvre créature si disgraciée par
la nature, que pour cette raison seule, elle ne peut
être sortie du souvenir de Vos Excellences.

— Ah! c'est vous qui étiez à l'Accordada?

— Si, señor colonel.

— Et accouplé au géant texien?

— Si, señor.

— Mais où avez-vous été depuis?

— Ah! Excellence! c'est précisément là ce qu'il me
tarde de vous dire. Je me dirigeais vers la ville
pour solliciter de vous une audience. Quel bonheur
que vous soyez passé par ici! Cela m'épargnera
un trajet que je suis peu capable de faire; je suis si
fatigué, si faible, si affamé! Je n'ai rien mangé depuis le sommet de la montagne jusqu'ici.

— Vous étiez dans la montagne?

— Oui, señor colonel, me cachant avec les autres,
mais non pas comme eux volontairement; ils m'ont
emmené de force et m'ont gardé à vue jusqu'à cette
nuit, où j'ai eu la chance de pouvoir me sauver. Il n'y
a pas plus de quatre heures de cela; mais, si Votre Excellence désire savoir l'histoire tout au long, il serait
peut-être plus prudent de parler en tête à tête. Si je
ne me trompe, il est certaines choses que vous seul
devez entendre. »

Santander y avait déjà songé.

Se tournant vers l'officier qui l'accompagnait, il
dit :

« Prenez le commandement, Ramirez ; faites faire halte à cent mètres d'ici. Attendez-moi. »

Obéissant à l'ordre, Ramirez partit en avant, s'arrêtant comme il le lui avait été dit. Pendant ce temps-là, continuait le dialogue entre le nain et Santander ; monologue serait plutôt le mot, car le nain raconta par le menu tout ce qui lui était arrivé, depuis que les quatre prisonniers s'étaient échappés de l'escouade des égoutiers, ajoutant force commentaires et insinuations à son récit.

Après avoir tout entendu, Santander se leva sur ses étriers ; sa physionomie révélait une expression de triomphe comme celle que Satan doit avoir quand des âmes sont livrées à son empire infernal.

« J'ai partie gagnée ! s'écrie le colonel ; tous les atouts sont dans ma main. Cette fois-ci, l'ennemi n'échappera pas au supplice. »

Il garda un moment le silence, réfléchissant sur ce qu'il avait de mieux à faire ; après avoir pris une décision, il s'écria :

« Ramirez, envoyez ici deux hommes, un caporal et un autre. »

Les deux soldats arrivèrent en un temps de galop près du colonel.

« Cabo ! gardez ici ce nain jusqu'à ce que je vous dise de le relâcher. »

Tout en disant ces mots il pique des deux et rejoint son escorte ; puis, poussant le cri : « En avant, au galop ! » il part avec elle à bride abattue pour la ville.

———————

CHAPITRE L

LE BRIGADIER

Ce que José saisit du dialogue entre Santander et le bossu suffit à lui inspirer de justes inquiétudes, car, si ces révélations ne le concernaient pas personnellement, il n'en était pas moins clair qu'il courait, lui aussi, un vrai danger. Le colonel de hussards était peut-être rentré en ville pour quelque devoir de service, mais plus probablement encore pour y chercher du renfort. D'après ce qu'il avait dit, il ne devait pas tarder à revenir, et alors il était évident qu'il se dirigerait, avec le nain comme guide, du côté de l'ancien monastère.

José ne songeait en ce moment ni à lui ni à ses chevaux, mais à retourner au plus vite chez don Ignacio pour raconter aux señoritas ce qu'il avait vu et entendu. Bien plus encore, il lui tardait d'aller avertir les fugitifs du danger qui les menaçait; fils d'un *carbonaro*, il avait souvent passé devant le vieux monastère en aidant son père à transporter du charbon; la difficulté n'était pas tant pour lui de s'y rendre, que de retourner chez son maître. Comment quitter la place qu'il occupait? Les deux hussards avaient mis pied à terre, gardant à vue celui que le colonel leur avait confié; comment passer près d'eux sans être vu?

Caché à leurs regards par un pan de mur en saillie, José n'avait rien à redouter tant qu'il resterait blotti dans cette retraite; la situation n'était pourtant rien moins que confortable; certains propos qu'il entendit achevèrent de la lui rendre intolérable.

Les deux hussards ne paraissaient pas de bonne humeur, le brigadier surtout ; s'étant assis sur une pierre, il s'écria d'un ton bourru :

« Maddita ! quel ennui de rester ici jusqu'à ce qu'il revienne ! Dieu sait combien cela durera, peut-être jusqu'à demain matin ; je comptais passer la nuit à San-Augustin et pouvoir causer un peu avec la muchachita d'une certaine maison où le colonel va souvent faire des visites.

— Vous voulez parler de Pepita, la femme de chambre de Louisa Valverde?

— D'elle-même ; j'ai de bonnes raisons de croire que je ne lui suis pas indifférent. »

En entendant ces mots, José se fit violence pour ne pas aller appréhender au corps le soldat ; il se félicita bientôt de n'avoir pas suivi son premier mouvement.

« Eh bien ! Cabo, riposta le soldat, qui paraissait avoir son franc-parler avec son supérieur, je suis fâché de contrarier vos espérances ; mais, en ami, je vous avertis que vous n'avez pas beaucoup de chance de ce côté ; cette Pepita a d'autres ambitions que de simples soldats...

— De simples soldats ! je suis brigadier ! vous oubliez cela, hombre. Mais d'où vient que vous me supposez si peu de chance ?

— Parce qu'on prétend qu'elle a donné son cœur à quelqu'un de la maison.... au groom, je crois ; il paraît même qu'ils sont fiancés. »

José respira à pleins poumons.

« Bah ! répliqua le brigadier. Je ne crains pas un rival de cette catégorie ! Un palefrenier ! un valet d'écurie ! »

Puis, se tournant vers le nain, il l'apostropha brutalement en déversant sur lui toute sa mauvaise humeur.

« Epargnez, de grâce, un de vos semblables! lui
cria Zorillo.

— Un de mes semblables! Ah! voilà qui est trop
fort, s'écria le brigadier en riant aux éclats....

— En tout cas, je regrette de vous retenir ici, répliqua le nain; mais pourquoi restez-vous? vous ne
supposez pas sans doute que je tente de m'éloigner?
Je ne suis pas prisonnier; je suis venu ici en toute
liberté pour parler au colonel Santander. Vous l'avez
bien vu, n'est-ce pas?

— A coup sûr, dit le soldat.

— Eh bien, que cela prouve-t-il? murmura le brigadier.

— Que je n'ai ni l'intention ni le désir de vous
quitter, répondit Zorillo. Por Dios, je serais bien
fâché de mettre obstacle à l'agréable tête-à-tête que
vous projetez avec la muchachita; nous ne sommes
qu'à deux pas de la maison, et je suis sûr que déjà
deux beaux yeux y font le guet en vous attendant,
malgré ce que votre camarade a pu vous dire; mais
il a peut-être ses raisons particulières pour chercher
à vous décourager. »

Cette plaisanterie et le ton sur lequel elle fut faite
désarmèrent les soldats, qui en rirent à gorge déployée. Le brigadier n'était pas tenté, malgré cela,
de s'éloigner; la question était de savoir comment
tuer le temps.

Les deux hussards se mirent d'abord à fumer des
cigarettes, puis le Cabo demanda à son camarade
s'il avait des cartes.

« M'avez-vous jamais pris sans cartes? répondit-il.

— Quelle chance! car moi j'ai oublié les miennes.

— Voilà ce que c'est de penser à Pepita; je vous
ai vu ce soir friser vos moustaches d'un air tout particulier.

— Laissez-moi tranquille avec Pepita, et faisons une partie de *monte*.

— Y verrons-nous assez clair ?

— Si la lune ne suffit pas, la lueur de nos cigares nous éclairera ; j'ai souvent joué ainsi.

— Et les enjeux ? Je n'ai pas le sou.

— Ni moi ; j'ai vidé ma bourse à la cantine avant de monter à cheval ; jouons sur parole... nous servant de nos cartouches comme marques. Ah ! attendez ! »

Il se tourna alors vers le nain en jetant sur lui un regard de convoitise ; le Zorillo s'en aperçut et trembla de tout son corps. Un secret pressentiment l'avertissait que les trésors dont ses poches étaient pleines allaient bientôt lui être ravis.

CHAPITRE LI

UNE PLUIE D'OR ET UNE SÉRIE DE SURPRISES

« Ne serait-il pas possible, continua le caporal dévisageant le nain, que ce diminutif d'homme ait quelque argent sur lui ? Il ne saurait se refuser à nous faire un petit prêt, vu les circonstances. Qu'en dites-vous, señor Enano ?

— Je n'ai rien sur moi.

— Il n'a pas l'air très riche, en effet, reprit Perico en fixant son regard sur les hardes déchirées du nain.

— Il ne faut pas se fier aux apparences ; qui pourrait soupçonner qu'une coquille d'huître peut renfermer des perles ?

— Si j'avais de l'argent, je vous en prêterais bien

volontiers, mais j'ai été dévalisé de tout ce que je possédais. Si je vous racontais mon histoire, je suis convaincu que vous me plaindriez.

— Quelle histoire?

— Je me rendais à San-Augustin, où je comptais souper et coucher, quand deux bandits, qui se tenaient en embuscade sur la route, se sont jetés sur moi; je me suis défendu avec énergie, m'échappant plus d'une fois de leur étreinte; mais l'un de mes agresseurs m'ayant demandé la bourse ou la vie, en me mettant son poignard sur la gorge, j'ai dû me rendre. »

Tout en faisant la relation de cette aventure purement fictive, le nain se livrait à une mimique désordonnée, lançant les bras de droite, de gauche, comme pour simuler la lutte qu'il avait soutenue avec les malfaiteurs. Le cocher, toujours tapi dans l'enfoncement du mur et ayant le nain devant lui, se sentit alors atteint en pleine poitrine par une grêle d'objets qui tombèrent ensuite à ses pieds. Zorillo ne s'était en effet livré à cette pantomime que pour se débarrasser des bijoux qui auraient pu le compromettre.

— Vous dites donc qu'ils vous ont dévalisé de tout ce que vous possédiez?

— Je vous le jure sur mon honneur, Cabo!

— Cette formalité est superflue; c'est plus simple de vous fouiller; approchez donc. »

Le bossu obéit sans hésitation et sans crainte, sachant que ses poches étaient vides. Mais le Cabo ne se contenta pas de chercher dans les poches du nain et, l'ayant palpé de tous côtés, il sentit dans la ceinture un point résistant qui lui parut suspect; un instant après, il en tirait un poignard à manche d'argent d'une grande valeur.

« Vous nous aviez cependant dit que les voleurs vous avaient complètement dévalisé.

— Ils se sont contentés de prendre ce qu'il y avait dans mes poches.

— Comment une pareille arme est-elle en votre possession? Cela me paraît louche, señor Enano.

— Rien de plus naturel, car c'est un héritage de famille.

— Ah! ah! s'écria le caporal, l'histoire n'est pas mauvaise! Toujours est-il que je m'empare de cette arme. Perico, les cartes, les cartes! Voyons qui de nous deux gagnera le poignard, l'héritage de famille! »

Tous deux s'assirent sur le bord de la route; le nain, accroupi près d'eux, paraissait prendre un vif intérêt à la partie; mais en réalité ses pensées étaient ailleurs.

José, lui, toujours tapi dans sa cachette, préméditait de battre en retraite sans être vu, en levant et baissant successivement la tête; faisant ce dernier mouvement, il aperçut les montres, bagues, bracelets, qui, comme une pluie d'or, étaient tombés à ses pieds. S'étant emparé de ces trésors, il jugea le moment venu de s'esquiver et sortit en effet de son trou, sans que les soldats et le nain le vissent ou l'entendissent, absorbés qu'ils étaient par la partie de *monte* qui touchait à sa fin; d'un bond d'ailleurs, José gravit un roc, puis un autre, et en quelques minutes il fut complètement à l'abri de leurs regards et de leur poursuite. Il entendit néanmoins, tout en fuyant dans la direction opposée aux joueurs, le *Cabo* s'écrier :

« J'ai gagné la partie, le poignard est à moi, mon cher Perico! »

José se promettait d'examiner, dès qu'il pourrait le faire en sécurité, ce qu'il avait ramassé par terre

16

s'asseyant sur un roc bien éclairé par les rayons de
la lune, il tira en bloc tous les trésors dont sa poche
était remplie.

« Carrai! s'écria-t-il, ses yeux tombant sur une
montre d'or, à lui bien connue; est-ce possible!
C'est la montre de la comtesse, celle-là même qu'elle
a voulu me donner. Comment est-elle arrivée entre
les mains du nain? Il l'aura volée..., ainsi que tout le
reste, bracelets, chaînes, colliers, broches, bagues et
pendants d'oreilles appartenant, à n'en pas douter,
à la comtesse et à son amie. Qu'il ait volé les montres, cela se peut; mais les bagues et les pendants
d'oreilles, c'est autre chose; comment a-t-il pu se
les procurer? »

L'inquiétude le saisit, sachant le nain capable
de tous les forfaits; il se rappelle que les jeunes
femmes se promenaient dans le parc lorsqu'il avait
quitté la maison. Le monstre les avait-il poignardées
et dépouillées ensuite de tous leurs bijoux? Son
passé autorisait les plus graves soupçons. En outre,
le pays était infesté de voleurs et d'assassins,
qui pouvaient avoir, eux aussi, commis ce double
crime. José se dirigeait d'un bon pas vers le patio,
lorsqu'il rencontra Pepita.

« Où sont, de grâce, les señoritas?
— Mais que vous importe?
— Êtes-vous certaine qu'elles sont en sécurité?
— En sécurité? Mais avez-vous perdu la tête,
hombre?
— Non, Pepita; regardez, je vous prie, ce que je
rapporte. »

En disant ces mots, il avait retiré de ses poches
ses mains remplies de bijoux qui scintillaient au clair
de lune.

Avec la curiosité commune à toutes les filles d'Ève,

Pepita se précipita sur les bijoux et reconnut sans
peine chacun d'eux.

« *A de mi*, s'écria-t-elle, qu'est-ce que cela veut
dire, José?

— C'est ce qui fait que je m'inquiète et que je
m'enquiers du sort des señoritas; où sont-elles?

— Dans le parc depuis une heure environ.

— Pourvu qu'elles y soient encore! Allons nous
en assurer. »

José et Pepita avaient fait seulement quelques pas,
lorsqu'ils entendirent les señoritas non seulement
parler, mais rire. Comment pouvaient-elles être si
gaies après avoir été victimes d'un pareil vol?
L'étonnement des deux serviteurs n'était pas plus
grand, au reste, que celui de leurs maîtresses, lorsque José, se présentant devant elles les mains pleines
de bijoux, leur dit :

« Veuillez me pardonner la liberté que je prends;
mais ceci ne vous appartient-il pas? »

La vue des bijoux dont elles venaient de se désem-
parer leur prouva qu'elles avaient été la dupe d'un
fourbe. La relation de José eut promptement raison
de leur gaieté, car la trahison du bossu et ses intentions étaient manifestes; le monstre se proposait de
conduire Santander et ses hussards au monastère et
de s'emparer de ceux qui l'occupaient!

« Que faire, Isabelle? demandait Louisa Valverde
à son amie. Comment les avertir du danger? »

José se borna à répondre.

« Je m'en charge, señoritas. »

Le ton plein de confiance avec lequel il prononça
ces mots calma les deux amies; après les avoir assu-
rées qu'il connaissait de longue date l'ancien monastère et le moyen d'y parvenir, il partit sans leur
donner le temps d'insister pour qu'il fît diligence.

L'horloge de Tlalpam n'avait pas sonné minuit, qu'il gravissait la montagne, les regards tournés vers le Cerro Ajusco.

CHAPITRE LII

IL N'Y A PLUS DE MOINES

Excellente est l'inspiration à laquelle a obéi le Zorillo, en quittant la cellule du couvent plus tôt qu'il n'en avait d'abord eu l'intention. Le réfectoire dénote une animation extraordinaire ; cinquante hommes environ y sont réunis, non plus revêtus de l'habit religieux, mais de l'uniforme militaire ; la majorité porte celui des guérillos : bottes, ceinture, épée au côté, pistolets appendus au mur dans leurs fontes, éperons prêts à être chaussés, faisceaux de fusils posés dans les coins, lances reluisantes, en un mot toute une panoplie dont les éléments sont prêts pour le combat. On peut se demander où sont les chevaux, puisque armes et accoutrements appartiennent à l'arme de la cavalerie. Ils ne sont pas là, mais chacun sait où prendre sa monture, près ou loin, dans l'écurie de quelque rancho perdue au milieu de la campagne, dans une grotte, ou sur des rochers.

D'ailleurs, le moment d'entendre le boute-selle n'est pas encore arrivé pour eux.

Il s'agissait de fêter gaiement la dernière nuit qu'ils devaient passer au couvent ; la table du réfectoire était chargée des mets et des vins les meilleurs qu'on avait pu trouver : entre autres liquides plaçons en première ligne le vin du riche haciendado, ce pro-

duit si apprécié, d'une contribution forcée. A la
façon dont les ex-moines vident leurs verres, il est
évident que tout doit y passer : bourgogne, madère,
pedro-ximénès et le reste.

Vers minuit environ, Rivas, qui préside le souper,
se lève avec le cérémonial qui annonce toujours toast
ou speech.

« Camarades, dit-il aussitôt que le silence fut
rétabli, vous savez que nous quitterons le couvent
cette nuit; quelques-uns d'entre vous connaissent
l'endroit où nous devons aller et ce que nous nous
proposons de faire, mais non pas tous encore. Je
crois de mon devoir de vous le dire; vous avez vu
un courrier arriver ici ce matin; je suis heureux de
vous communiquer les bonnes nouvelles qu'il a ap-
portées; cette dépêche que je tiens dans ma main
est d'un de mes vieux amis, le général Alvarez, qui,
bien qu'il ne puisse se vanter d'avoir du sang bleu
dans les veines, est un soldat aussi brave, un patriote aussi dévoué que n'importe qui fut jamais.
Aucun de vous n'en doute, n'est-ce pas? Il m'annonce que les Pintos sont prêts et qu'ils n'attendent
plus que nous, les Partisans, pour donner le signal
du grito. J'ai répondu, par l'entremise de ce même
messager, que nous aussi nous sommes prêts à nous
rendre à cet appel. Vous m'approuvez, n'est-ce pas

— Tous! répondirent-ils à l'unisson.

— J'ai dit au général que nous le rejoindrions au
rendez-vous qu'il nous a donné; son plan est d'atta-
quer Oaxaca et d'avancer ensuite sur la capitale.
Maintenant, camarades, je n'ai rien de plus à ajouter.
Il faut sans plus tarder aller chercher vos chevaux;
le rendez-vous est de ce côté-ci de la Guarda. »

Malgré cette invitation, les convives ne se levèrent
pas immédiatement de table; toutes les bouteilles

n'étaient pas vides; pourquoi donc s'arrêter en si
bon chemin? Rien d'ailleurs ne pressait tant; on
avait bien encore une ou deux heures devant soi.

Ils restèrent donc à table, buvant, fumant et portant toasts sur toasts. Parmi les noms le plus souvent
proposés étaient ceux de l'Irlandais et du Texien.
Les Partisans, en rappelant les exploits de leurs
alliés, ne mettaient de borne ni à leur éloquence ni
à leur enthousiasme. Kearney répondit, en espagnol,
le Texien dans l'étrange patois qui lui était habituel;
mais son speech, traduit par Kearney, n'en fut pas
moins suivi des cris répétés de : *Patria y Libertad!*

Ce fut au milieu de ce tumulte indescriptible, qu'un
homme, poussant vivement la porte, s'écria : « Trahison! — Trahison! » répétèrent en écho les cinquante
hommes réunis dans le réfectoire : tous se tournant
vers ce messager de malheur, qui n'était autre que
le majordome.

« Que voulez-vous dire, Gregorio? demanda Rivas.

— Il y a ici quelqu'un qui vous le dira mieux que
moi, señor Ruperto?

— Qui cela ? où?

— Un homme qui vient d'arriver de San-Augustin.

— Mais comment a-t-il pu éviter la sentinelle?

— Ah! capitaine, il vous le dira lui-même. »

Ce mystérieux discours ne faisait qu'exciter davantage encore la curiosité des auditeurs,

« Dites-lui d'entrer, » ordonna Rivas.

Gregorio ouvre la porte, et le messager si anxieuse-
ment attendu fait son entrée dans la salle.

« Le cocher! » se dirent, mais *in petto*, Kearney et
le Texien.

Ce cocher, c'était José, mais personne ne savait
son nom, Rivas et Kearney ne le connaissant que
par ce que la comtesse avait écrit une fois sur son

compte et aussi par les courts instants qu'ils avaient passés ensemble au moment de leur évasion.

Très pressé d'arriver, José avait gravi la montagne si rapidement, qu'il paraissait hors d'haleine. Rivas et Kearney ne demandèrent pas qui l'envoyait en mission près d'eux, ils le savaient par une douce intuition.

« Comment avez-vous trouvé votre chemin?

— Por Dios! señor! ce n'est pas la première fois que je viens ici. Enfant de la montagne, j'en connais les détours.

— Je ne comprends pas que le factionnaire vous ait laissé passer? Vous n'avez pas le mot d'ordre?

— Il n'aurait pas pu l'entendre plus qu'aucun autre.

— Comment cela? Expliquez-vous?

— Esta muerto! Il est étendu sans vie au fond du ravin.

— Qui nous a trahis? Qui l'a tué? s'écrièrent de nombreuses voix.

— Le bossu Zorillo, » répondit José, à la stupéfaction générale.

Des cris de vengeance éclatèrent de tous côtés. Rivas, accompagné de Kearney, emmena José à l'écart, et là il leur fit le récit de tout ce qui s'était passé, depuis le moment où ils s'étaient séparés sur la route de Coyacan, terminant sa narration en leur disant que don Ignacio, sa fille et la comtesse Almonte étaient en ce moment à la campagne, près du village de San-Augustin.

Pendant ce temps, la plupart des Partisans avaient quitté la salle; quelques-uns voulurent aller s'assurer si certaine cellule était vide. La barre de fer coupée, la lime par terre, la chaîne pendant en dehors, confirmaient l'évasion du nain et le crime qu'il avait dû commettre. Ils ne rentrèrent au réfectoire qu'après avoir déposé dans une fosse, qu'ils creusèrent de leurs mains, le corps mutilé de leur infortuné camarade. Après quoi, ils se réunirent de nouveau autour de la table, pour boire le coup de l'étrier, mais le cœur trop attristé pour se livrer cette fois à aucune démonstration de gaieté ou d'enthousiasme.

CHAPITRE LIII

RIEN QUE DES BOUTEILLES VIDES

Pendant que les Partisans enterraient leur malheureux camarade, deux escadrons de hussards sortaient de Mexico; il y avait près de deux cents hommes formés par quatre. La largeur de la route eût pu permettre même à dix cavaliers de marcher de front; à leur tête est le colonel Santander, le major Ramirez à côté de lui, d'autres officiers placés suivant leur grade sur les flancs de la colonne.

Revenu au point où il avait laissé le nain à la garde de deux soldats, Santander ordonne au Cabo de prendre le nain en croupe; la cavalerie traverse San-Augustin sans faire halte, le colonel a hâte d'arriver à destination; tout le monde est couché dans le village. Exceptons-en toutefois deux jeunes femmes qui habitent une villa située sur la route du midi; elles ne peuvent mettre en doute le point vers lequel marchent au galop les cavaliers qu'elles entendent; derrière les jalousies, elles reconnaissent au clair de lune le colonel Santander; lui ne pouvait les voir, car elles avaient eu soin d'éteindre la lumière, mais en passant il n'en jeta pas moins un coup d'œil à leurs fenêtres.

« Sainte Vierge, s'écria Louisa Valverde en tombant à genoux, protégez-nous, nous et ceux que nous
aimons !

— Calmez-vous, amiga mia, je suis persuadée que
José est arrivé en temps opportun au monastère. »

. A un kilomètre environ de San-Augustin, la route
devient si difficile, que les hussards sont obligés de
mettre pied à terre ; le nain, qui les précède en
qualité de guide, ressemble plutôt à un quadrupède
qu'à un bipède, car il lui faut s'aider des pieds et des
mains ; tout à coup il tressaille ; c'est là qu'il a pris
à sa victime le poignard à manche d'argent dont il a
été récemment dépossédé ; toutefois ce n'est pas ce
souvenir qui le trouble, mais la certitude que le corps
du factionnaire a été emporté !

Les moines auront descendu le ravin et enlevé ce
malheureux. Maintenant qu'ils ont eu l'éveil, tout est
à craindre. Santander, qui n'a jamais été courageux
que de loin, semble se demander s'il ne ferait pas
mieux d'abandonner la partie et de dire au nain de
s'arrêter ; mais Ramirez, homme mieux trempé,
pousse toujours Zorillo en lui mettant l'épée dans
les reins, de sorte que le colonel ne peut sans se
déshonorer donner contre-ordre.

Ils n'ont cependant aucun ennemi à craindre, et,
sans avoir rencontré ni factionnaire ni patrouille, ils
arrivent à la plate-forme sur laquelle s'élève le monastère ; les soldats l'entourent de toutes parts ;
l'ordre répété de se rendre reste sans réponse ; un
coup de fusil n'est pas suivi de plus d'effet. Ce silence
de mort montre que la maison est vide... Le colonel,
s'armant alors de tout son courage, se décide à
franchir le seuil de la porte, suivi d'une douzaine de
soldats ; ils pénètrent dans le réfectoire, où tout
dénote la présence récente de convives : les bouteilles

restées sur la table sont aussi vides que la maison elle-même.

Mais le désappointement des soldats, qui ne trouvent plus rien à boire, est moins grand encore que celui du colonel en voyant que ses ennemis ont déguerpi.

Le Zorillo, lui, ne se tient pas pour battu; il profite du moment où le colonel jure et tempête, pour lui lancer une flèche qu'il gardait en réserve dans son carquois.

Le nain ayant murmuré quelques mots à l'oreille de Santander, la physionomie de celui-ci se rasséréna comme par enchantement. Appelant le major, il lui dit : « Encore quelques kilomètres, et nous trouverons, j'espère, un nid qui ne sera pas vide. » Puis, donnant un coup d'éperon à sa monture, il s'élance en tête de sa colonne en criant : « Au galop! »

CHAPITRE LIV

PÉRIPÉTIES

L'aube commençait à répandre une teinte rose sur la cime orientale des Cordillères, lorsque les hussards traversaient le village de San-Augustin; les cloches de l'église avaient sonné l'angelus; nombre de gens allant à la messe rencontrèrent les hussards et se demandèrent d'où ils venaient à pareille heure. Il leur faut passer sous les yeux de celles qui les avaient déjà vus la veille; mais c'est avec un intérêt bien plus vif encore qu'elles comptent maintenant les rangs et les hommes de la colonne. Pas un de moins! pas un de plus!

« N'avais-je pas raison en vous disant d'avoir confiance? s'écrie la comtesse; j'étais sûre que, pourvu qu'ils fussent avertis à temps, il n'y avait plus rien à craindre. »

Elles savaient en effet toutes deux à quoi s'en tenir maintenant, puisque le messager était revenu porteur de deux lettres : l'une à l'adresse de Louisa Valverde, l'autre pour la comtesse Almonte; c'était la première épître de Kearney à sa bien-aimée, épître passionnée, comme il se croyait maintenant autorisé à lui en écrire; il la terminait en disant que, s'il devait perdre la vie, le nom de Louisa serait le dernier prononcé par lui.

« Sainte Vierge, protégez-le! » s'écria-t-elle en serrant sur son cœur cette lettre si chère.

La missive reçue par Isabelle était d'une tout autre nature; Ruperto lui écrivait avec la confiance d'un fiancé qui sait que rien ne peut ébranler la foi réciproquement donnée. Sans se perdre en protestations superflues, sa lettre à la comtesse était celle d'un camarade à un camarade plutôt qu'une lettre d'amour. Il lui parlait d'un soulèvement imminent; de l'attaque projetée d'Oaxaca, d'espérances de succès et de leurs conséquences. Il lui disait aussi où il se trouverait le lendemain, de façon à pouvoir communiquer si la chose était nécessaire; il terminait en l'assurant que, si elle ressentait des craintes à son égard, il n'était pas sans éprouver les plus vives inquiétudes tant pour elle que pour son amie.

Il est clair qu'un danger les menace... Lequel? Don Ignacio est parti pour Mexico depuis longtemps déjà; renonçant à aller à l'office du matin, les deux amies errent comme des âmes en peine; mais elles ne vont pas rester longtemps seules; à peine est-il huit heures qu'elles aperçoivent à travers le saguan, dont la

porte est restée ouverte, le colonel Santander, revêtu
de l'uniforme des hussards. Il entre à cheval, suivi
d'un grand nombre de soldats, pénètre dans le patio,
et, sans s'excuser de sa grande liberté, s'adresse en
ces termes aux deux jeunes filles, qui le regardent
indignées et tremblantes :

« Señoritas, dit-il, vous êtes surprises en me
voyant pénétrer à pareille heure et sans plus de formalité chez vous; mais vous comprendrez qu'il n'en
saurait être autrement, quand je vous aurai dit pourquoi je viens ici. Croyez que je suis le premier à
regretter la rigueur avec laquelle je suis obligé
d'agir.

— Qu'y a-t-il, colonel Santander? demanda la
comtesse avec sang-froid.

— Je suis désolé, comtesse, désolé... mais le devoir
avant tout...

— Parlez, de grâce!

— J'ai l'ordre de vous faire prisonnière, ainsi que
votre amie.

— Ah! s'écria la comtesse, je comprends qu'un tel
devoir vous soit pénible à remplir; ordinairement,
c'est l'affaire des employés de la police plutôt que
des officiers de l'armée. »

Cette riposte piqua le colonel Santander d'autant
plus au vif que Louisa Valverde était là pour l'entendre. Cependant il ne pouvait plus se faire d'illusion sur les sentiments qu'il lui inspirait. Blessé par
l'allusion, il répliqua avec dédain :

« Merci, comtesse, pour votre aimable observation; mais je ne vous en arrête pas moins, ainsi que
votre amie la señora Valverde. »

Jusque-là Louisa n'avait pas prononcé un mot,
mais elle se décida enfin à prendre la parole.

« Si nous sommes prisonnières, dit-elle, j'espère

du moins que vous ne nous emmènerez pas avant le retour de mon père, qui, ainsi que vous le savez peut-être, a été appelé ce matin en ville.

— Je le sais, et j'ai reçu des ordres en conséquence; seulement je dois jusque-là vous garder à vue; ce devoir vous semblerait probablement appartenir à un employé de la police plutôt qu'à un officier de mon grade, mais je ne sais qu'obéir.... »

La comtesse dédaigna de lui répondre. Après avoir jeté sur lui des regards non moins hautains que ceux d'une reine captive sur le soldat qui la garde à vue, elle lui tourna le dos en s'éloignant. Derrière elle marchait Louisa Valverde, l'air fier aussi, mais moins méprisant; toutes les deux furent autorisées à rentrer dans leurs appartements, laissant le colonel prendre les mesures qu'il jugerait nécessaires. La première fut de faire cerner la maison militairement; en sorte qu'au bout de dix minutes la Casa de Campo de don Ignacio ressemblait à une caserne, avec des sentinelles à chaque porte.

CHAPITRE LV

PRISONNIÈRES

Au moment où les deux jeunes femmes étaient faites prisonnières, mais avant que la maison fût cernée, un homme trouvait moyen de s'en échapper. C'était José; non seulement il avait vu ce qui se passait, mais entendu la conversation entre Santander et les señoritas; or, au lieu de retourner à l'écurie, où il ne doutait pas qu'on viendrait le prendre, José courut à l'extrémité du parc. Escaladant le mur, il se trouva sur la grand'route et se dirigea vers le point que lui avait désigné la comtesse, point qui d'ailleurs concordait parfaitement avec les instructions qu'il avait reçues au monastère des lèvres de don Ruperto Rivas.

Il gravissait la montagne aussi vite que ses jambes le lui permettaient, sans songer à regarder derrière lui, n'imaginant pas qu'il était suivi par un homme, ou plutôt par un monstre. C'était le nain qui, de loin, l'avait vu escalader le mur. Au lieu d'aller en avertir le hussard, il avait cru qu'il était plus politique de sa part de continuer à suivre José jusqu'à destination, sachant bien que son but était évidemment de rejoindre Ruperto Rivas et les autres. Une fois en possession du secret de leur retraite, il se promettait d'aller le révéler au colonel Santander, qui ne pourrait se dispenser de le récompenser généreusement et de compenser ainsi la perte des bijoux ramassés par José.

Le nain suivit le cocher pendant près de cinq kilomètres, puis il le perdit de vue; mais il n'en continua pas moins à marcher toujours, ayant aperçu au loin un feu de bivouac qui jetait un reflet rougeâtre sur les rochers environnants et qui projetait sa lumière sur des hommes, des chevaux, des armes, dont il n'était pas difficile de deviner la destination. Il se trouvait là une centaine d'hommes environ. Mais le nain ne se rapprocha pas d'eux de façon à pouvoir les compter; il lui suffisait d'avoir reconnu le géant texien, pour juger du tout par la partie.

Après avoir constaté la surexcitation produite par l'arrivée du cocher, il se remit en marche, non pas vers le camp, mais vers Tlalpam, où il lui tardait d'arriver et d'aller rendre compte des faits et gestes de ceux qu'il venait d'apercevoir.

En attendant son retour, pénétrons chez don Ignacio, où il se passe aussi de grands événements. De leurs fenêtres, Louisa Valverde et son amie voient un soldat qui monte la garde dans le jardin.

Pepita, qui avait son libre accès près de sa jeune maîtresse, s'empresse dans sa joie de venir lui apprendre la bonne nouvelle de l'évasion de son cher José.

« En êtes-vous positivement sûre? demanda la comtesse.

— Oui, madame la comtesse, absolument sûre. Ah! que la sainte Vierge soit bénie! »

Les deux jeunes femmes unirent leurs actions de grâces à celles de leur jeune servante; la comtesse paraissait attacher la plus grande importance à cette nouvelle.

Sous cette impression, le temps leur paraît dorénavant moins long; peu à peu cependant, l'inquiétude reprend le dessus, car la nuit arrive, et rien ne vient modifier leur situation. Enfin, vers minuit, la petite métisse fait de nouveau son apparition; mais, hélas! cette fois-ci c'est pour apprendre aux señoritas que don Ignacio a été fait prisonnier par les soldats du colonel Santander.

Louisa Valverde, qui s'était bercée de l'espoir que tout s'arrangerait au retour de son père, voit du coup disparaître toute chance de salut! Don Ignacio, tout ministre qu'il est, va être incarcéré dans la cellule d'une prison!

Louisa Valverde et son amie s'approchent de la porte entr'ouverte par Pepita, et de là elles aperçoivent la voiture qui vient de ramener don Ignacio chez lui.

Pourquoi la tête des chevaux est-elle maintenant tournée dans la direction de la ville? Des cavaliers sont de chaque côté du landau; les armes qui brillent au clair de lune indiquent que ce sont des soldats. Les deux jeunes femmes ne tardent pas à apprendre à quoi cette voiture et ce déploiement de forces sont destinés.

« Señoritas! la voiture est prête... j'ai ordre de vous emmener immédiatement, » dit un soldat.

Il parlait d'un ton insolent, la langue épaisse comme un homme à moitié ivre.

« Permettez-nous, avant de partir, d'aller prendre nos manteaux. »

Cette requête adressée par la comtesse n'avait d'autre but que de retarder leur départ.

« Carrai, s'écria le Cabo, celui qui avait gagné le poignard au jeu; à votre place, j'accorderais bien volontiers à ces belles demoiselles tout le temps qui pourrait leur être utile et agréable; pour mon compte, je serais enchanté d'en profiter près de cette gentille muchacha. »

Disant ces mots, il essaya d'embrasser Pepita, mais elle para le coup en lui appliquant un soufflet sonore sur la joue.

Le soldat, exaspéré, s'écria d'un ton bourru et insolent :

« Allons, je ne compte pas *droguer* ici plus long-temps. »

Louisa Valverde et la comtesse voient que l'heure des atermoiements est passée et qu'il faut obéir, coûte que coûte. Elles arrivent enveloppées de leurs manteaux, capuchon sur la tête; elles traversent la cour, précédées d'un soldat qui avait l'air de conduire des criminels au supplice. Avant d'entrer dans la voiture, il leur sembla qu'on y faisait monter quelqu'un.

Au milieu des soldats à pied et à cheval, groupés

autour du véhicule, se tiennent trois ou quatre officiers à l'uniforme galonné d'or. Le plus brillant de tous est le colonel Santander, qui, dès qu'il aperçoit les deux jeunes femmes traverser le patio, donne à son cheval un coup d'éperon et avance vers elles, en leur disant avec une galanterie et une humilité feintes :

« Recevez toutes mes excuses, mesdames, de vous faire partir à pareille heure, mais le voyage ne sera pas long, et d'ailleurs vous ne le ferez pas seules. »

Il ne reçoit de réponse ni de l'une ni de l'autre; furieux de ce dédain, le colonel, s'adressant au soldat, dit :

« Cabo, faites-les monter en voiture. »

Louisa Valverde reconnaît alors don Ignacio Valverde, qui, défait et pâle, semble en proie à la plus vive émotion. Se jetant à son cou, elle s'écrie :

« Vous ici, mon père! Prisonnier!

— Oui, amiga amia; mais asseyez-vous, et ne tremblez pas ainsi. La Providence nous protégera, si les hommes nous abandonnent! »

La comtesse prend place à son tour dans la voiture, puis on ferme la portière avec fracas. Pepita insiste pour accompagner sa maîtresse et monte sur le siège, à côté d'un soldat qui, pour la première fois de sa vie, fait l'office de cocher. Mais, au Mexique, ce n'est pas une raison pour ne pas bien s'en acquitter.

Enfin tout est prêt; l'ordre du départ est donné aux soldats; le cocher s'apprête à lancer aux chevaux un coup de fouet, lorsque ceux-ci effrayés hennissent, se cabrent. Qu'ont-ils donc vu? Le nain qui, s'arrêtant droit devant eux, demande de sa voix de crécelle où est le colonel?

La parole entrecoupée du petit monstre indique aux soldats un danger imminent.

17

« Ici, s'écrie Santander... parle; que se passe-t-il ?

— L'ennemi, señor colonel, l'ennemi !

— Quel ennemi ?

— Don Ruperto Rivas, avec l'Irlandais, le Texien et bien d'autres.

— Où sont-ils ?

— Je les ai aperçus de loin bivouaquant autour d'un grand feu; mais ils n'y sont plus... Ils descendent la montagne; entendez-vous ? »

On distingue en effet dans le lointain les pas des chevaux et les cris de : *Patria y Libertad!* et de : Mort aux tyrans ! Un instant encore, et les Partisans fondent sur les hussards, lancés en avant, le sabre à la main; leur chef, d'une belle voix de commandement, s'écrie :

« Rendez-vous ! »

Les hussards entourent le colonel, qui paraît frappé de stupeur. Ramirez, plus courageux, part au galop et est atteint en pleine poitrine par la balle d'un Partisan.

Santander se décide enfin à dégainer; mais il tremble si fort, que son épée paraît prête à tomber de sa main. Au même instant la lame d'un sabre brille devant ses yeux; quelqu'un l'apostrophe en ces termes :

« Carlos Santander, votre heure est venue !... s'écrie Florence Kearney, car c'était lui. Vous ne m'échapperez pas cette fois-ci; mais je ne veux pas être votre assassin, je n'ai jamais commis de meurtre... Défendez-vous !

— Se défendre ! dit Cris Rock dans son patois; sans sa cotte de mailles ! Oh ! non, il ne s'y frottera pas ! »

Une voix de femme se fit alors entendre, celle de Louisa Valverde, qui, se précipitant hors de sa voiture, s'écria :

« Épargnez-le, don Florence; il n'est pas digne de votre épée.

— Bien parlé, répliqua le Texien; mais, s'il ne vaut pas le plomb qui tient dans ce vieux pistolet, je ne vais pas moins lui en faire cadeau. »

Disant ces mots, il fait feu sur le colonel Santander, qui tombe inanimé de son cheval.

Le Texien n'a pas encore achevé son œuvre de vengeance; de loin il aperçoit le nain, et, se précipitant sur lui, il l'enlève de sa main puissante, le projetant sur le sol si violemment, que sa tête se fend comme une noix de coco frappée d'un coup de marteau.

« Il me répugne plus qu'à tout autre de commettre un acte de cruauté, mais je crois au contraire faire preuve d'humanité en délivrant la société d'un être pareil, » dit Cris Rock à Kearney.

En ce moment, celui-ci a mieux à faire qu'à discuter cette doctrine avec le géant texien. Il tient dans ses mains celles de Louisa Valverde, échangeant avec elle de douces paroles et des baisers plus doux encore... Un peu plus loin, et leur faisant face, la comtesse et don Ruperto Rivas ne paraissent pas moins heureux de se retrouver... Mais il n'eût pas été prudent de s'oublier ainsi longtemps... Les hussards étaient partis du côté de San-Angel et de Chapultepec pour aller chercher des renforts...

En effet, une colonne considérable de soldats de toutes armes revient bientôt dans la direction de Tlalpam... mais ils ne trouvèrent âme qui vive dans la maison de don Ignacio Valverde; maîtres, gens, voitures, chevaux, tout était parti! Est-il nécessaire d'ajouter que la voiture qui joue un si grand rôle dans ce récit est toujours attelée des mêmes chevaux, les frisones, et occupée par les mêmes person-

nes? Elle a seulement changé de cocher, de direction
et d'escorte. José tient de nouveau les rênes, dirigeant les chevaux non plus du côté de Mexico, mais
de la montagne... et, au lieu d'une escorte de hussards avec le colonel Santander à leur tête, ce sont
les Partisans du capitaine Ruperto qui protègent et
entourent la voiture.

CONCLUSION

Un mois après environ, à San-Augustin, on voyait
une petite goélette courant des bordées devant la
côte d'Oaxaca, luttant contre les brises de terre pour
gagner l'embouchure du Rio Tecoyama, cours d'eau
qui se jette dans le Pacifique près de la frontière
ouest de cet État; il fallait de bien bons yeux pour
apercevoir la goélette, car il faisait nuit et une
nuit très sombre; il en est toutefois qui cherchent
à la voir, interrogeant l'horizon du côté du large;
quelques-uns même regardent avec des longues-
vues.

Sur un point élevé, au milieu des palétuviers, à
l'embouchure du fleuve, se tient un groupe d'une
vingtaine d'individus, parmi lesquels trois femmes
seulement. Leur air et leur costume dénotent les
fatigues d'un voyage : l'une d'elles est une femme de
chambre; bref, c'étaient la comtesse Almonte, dona
Louisa Valverde et la fidèle Pepita.

Parmi les hommes, il en est six que le lecteur connaît :

Don Ignacio, Kearney, Cris Rock, Rivas, José et
Grégorio, le majordome de l'ancien monastère.

La plupart des autres avaient aussi passé quelque temps dans cet établissement, avec les moines, en qualité de volontaires, mais en fait ils n'étaient plus que les débris de cette bande aujourd'hui dispersée.

Et comment? La dernière fois que nous en avons parlé, leur jour de triomphe semblait arrivé ou être tout proche; il en eût été, en effet, ainsi sans une trahison qui fit échouer le pronunciamiento, ou plutôt qui l'empêcha d'éclater. Le dictateur, averti de ce qui se tramait et rendu prudent par l'affaire de San-Augustin, avait envoyé des troupes en nombre suffisant dans les sierras d'Oaxaca, pour décourager les chefs de l'insurrection projetée.

Il s'en fallut de l'épaisseur d'un cheveu que le ministre et ceux qui l'accompagnaient ne pussent atteindre l'endroit où nous les trouvons sur la côte du Pacifique.

C'est grâce à Alvarez, chef des Pintos, qu'ils ont pu y parvenir; il avait eu l'adresse de ne pas se compromettre dans le grito qui avait avorté; il s'était engagé à procurer aux fugitifs une embarcation pour quitter le pays, et c'était ce qu'ils attendaient, lorsque Rivas, regardant à travers cette même longue-vue qu'il avait donnée à Florence Kearney pour voir la vallée de Mexico, s'écria :

« La goélette! »

Tous se tournèrent vers le Mexicain, ivres de joie.

Plus heureux furent-ils encore lorsque, après une heure de louvoyage contre les brises de terre, la goélette entra dans l'estuaire du fleuve, accostant la bordure des palétuviers.

Ne s'étant point encombrés de lourds bagages, ils furent tous bientôt à bord et débarquèrent trois jours après dans le port de Panama. De là ils traversèrent l'isthme, et, arrivés à Changres, une autre embarcation les conduisit en lieu sûr, où ils n'avaient plus rien à craindre du tyran du Mexique.

Don Ignacio retourna à son ancien domicile de la Nouvelle-Orléans, banni et ses propriétés confisquées; il en fut de même à l'égard de la comtesse Almonte.

Mais ils espéraient que ce n'était pas pour toujours et comptaient bien sur un changement de gouvernement.

Ils ne se trompaient pas; le pronunciamiento retardé fut enfin proclamé et mené à bonne fin; la terre d'Anahuac fut bientôt témoin d'un nouveau soulèvement, et de toutes parts le cri de *Patria y Libertad!* retentit si vigoureusement, qu'il finit par renverser de nouveau le dictateur, en l'obligeant, comme cela lui était déjà arrivé plusieurs fois, à chercher un refuge à l'étranger.

Les Partisans, bien entendu, ne restèrent pas inactifs dans ce mouvement révolutionnaire; ils y jouèrent même un rôle important; avant qu'il éclatât, ceux qui avaient quitté le pays y rentrèrent par la frontière du Texas, et, rejoignant leurs frères, ils se mirent derechef sous les ordres de Ruperto Rivas, ayant Florence Kearney pour second. Cris Rock, accepté dans la bande, n'était pas un appoint à dédaigner, un jour de combat.

Les sabres rentrent dans leur fourreau, les clairons cessent de sonner des fanfares guerrières; il ne nous reste plus qu'à parler d'un épisode d'une nature plus agréable et plus pacifique, arrivé peu de temps après. Il se passa dans l'intérieur de la grande cathédrale de Mexico, au son des cloches et de l'orgue. Au pied du maître-autel se tiennent trois groupes sur le point d'être unis : don Ruperto Rivas à la comtesse

Isabelle Almonte, Florence Kearney à dona Louisa Valverde, et José à Pepita!

Tous sont heureux enfin! Heureux aussi était un témoin de la cérémonie; il pouvait d'autant mieux jouir du coup d'œil, qu'il dépassait tout le monde de la tête. Est-il nécessaire de dire que c'est le géant texien?

Cris Rock est fier de son camarade et protégé, Florence Kearney, avec la belle fiancée qu'il a conquise et qu'il va épouser. Malgré cela, rien ne peut ébranler sa foi dans l'avantage du célibat; à ses yeux, il n'existe pas de fiancée aussi belle que la terre du Texas, ni de femme qu'il puisse préférer à ses prairies sauvages. Au bout d'un certain temps, il retourna dans son pays, se plaisant à raconter à ses compagnons de chasse, ses aventures dans les vallées du Mexique, et comment il y avait successivement joué les rôles de gibier de prison, d'égoutier, de moine et enfin de Partisan.

FIN

TABLE DES MATIÈRES

Chapitre premier. — Les partisans...................... 1

— II. — Il s'agit d'une femme................ 6

— III. — Élection des officiers.............. 10

— IV. — Invitation à souper............... 14

— V. — Une provocation préméditée....... 17

— VI. — Le salut sous les armes........... 23

— VII. — Le duel à mort................... 29

— VIII. — Le châtiment félon.............. 35

— IX. — La compagnie des Spartiates...... 30

— X. — L'Accordada.................... 46

— XI. — Le plus resplendissant des colonels. 51

— XII. — Prenez votre revanche........... 54

— XIII. — Le retour des exilés............. 60

— XIV. — Sur l'azotea.................... 65

— XV. — Le guet 69

— XVI. — Une double méprise.............. 73

— XVII. — Dans les zancas................ 81

— XVIII. — Le tyran et son agent.......... 87

— XIX. — Un don Juan à la jambe de bois... 95

— XX. — Deux belles solliciteuses.......... 100

— XXI. — Un complot féminin.............. 103

— XXII. — Dans les zancas................. 110

— XXIII. — La procession 114

— XXIV. — Regards significatifs 119

— XXV. — Une missive mystérieuse......... 122

— XXVI. — Le langage des yeux............. 127

CHAPITRE XXVII. — Une lettre remise adroitement ...   131
—   XXVIII. — Attendant le landau..... 135
—   XXIX. — Un cocher maladroit............. 130
—   XXX. — Les malheureuses femmes........ 142
—   XXXI. — Une métamorphose............. 146
—   XXXII. — Honneurs inattendus............. 151
—   XXXIII. — Serait-ce un grito?............ 154
—   XXXIV. — Un cocher malmené............. 159
—   XXXV. — En' croupe,....................... 164
—   XXXVI. — Le Pedregal....................... 167
—   XXXVII. — Soupçon de complicité........... 172
—   XXXVIII. — Le compte rendu de la poursuite. 177
—   XXXIX. — Dans la montagne............. 181
—   XL. — Un fidèle majordome............. 184
—   XLI. — Anxiétés......................... 188
—   XLII. — Une sainte congrégation......... 193
—   XLIII. — Que sont-ils ?................. 199
—   XLIV. — Le supérieur..................... 204
—   XLV. — Les Partisans................... 208
—   XLVI. — Saint-Augustin des Caves......... 213
—   XLVII. — Sur le roc... 218
—   XLVIII. — Fuite et trahison............. 224
—   XLIX. — Anciennes connaissances......... 231
—   L. — Le brigadier..................... 236
—   LI. — Une pluie d'or et une série de sur-
                prises......................... 239
—   LII. — Il n'y a plus de moines........... 244
—   LIII. — Rien que des bouteilles vides..... 248
—   LIV. — Péripéties..................... 250
—   LV. — Prisonnières................... 253
CONCLUSION.................................... 260

Coulommiers. — Imp. PAUL BRODARD. — 277-99.

Original en couleur
NF Z 43-120-8